アメリカ短編ベスト10

Best Ten American Short Stories

平石貴樹 編訳

松柏社

アメリカ短編ベスト10　もくじ

装画　うえむらのぶこ

1

ヴァルデマー氏の病状の真相

Edgar Allan Poe
“The Facts in the Case of M. Valdemar”

ヴァルデマー氏の尋常ならざる症例が、さまざまな議論を巻き起こしたについては、私としても無論、これを解せないなどと言うつもりはない。ああした状況下にあっては、巻き起こさなければかえって不思議だっただろう。すべての関係者の要望によって、少なくとも当面、さらなる調査の機会が訪れるまで、事を公表しないことが取り決められ、しかるべく努力がなされているあいだ、かえって歪曲され、誇張された流言飛語が、巷間に出回る結果となり、多くの不快な誤解や、また当然ながら大量の不信の声を招いたからだ。

そこで今、私が理解する限りにおいて真相を、明らかにすることが必要だと考えるに至った。以下できるだけ簡潔に解説を試みよう。

過去三年のあいだ、私はメスメリズム、すなわち催眠術の研究に、しばしば努力を傾注してきた。しかるに九ヶ月ほど前、これまで行われてきたメスメリズムの一連の実験において、驚くべき、また説明のつかぬ欠落が存在することに、はしなくも私は気づかされた。すなわち、死にゆく瞬間に催眠術をかけられた者は、いまだかつていないという点である。そのような容体にあって、まず第一に、患者には催眠磁気に対する感受性が存続しているのだろうか。第二に、もし存続しているなら、それは瀕死の容体によって弱められているのか、それとも強められているのか。第二に、催眠効果によって、死の到来がどの程度まで、どれぐらいの時間、食い止められるのか。他にも検証すべき疑問は少なくないが、当面これら三つの問いが、私の興味を刺激していた。特に第三の問いは、その結果如何によって、深甚な影響をもたらすものと思われた。

こうした諸点をみずからの手で実験しうる患者を探してみたところ、友人のアーネスト・ヴァルデマー氏に思いが及んだ。『法医学論文集』の編者であり、(イサカー・マークスの筆名のもとで)シラーの『ヴァレンシュタイン』とラブレーの『ガルガンチュア』の長大なポーランド語訳を刊行した翻訳者でもある。ヴァルデマー氏は一八三九年から、ニューヨーク郊外のハーレム市におもに居住してきた。身体つきは第一に、極端に痩せ細った骨格に特徴があり、とりわけ下肢は、著名な議員で後に廃人と化したジョン・ランドルフに、大いに似通ったところがあった。また第二に、真っ白な頬髭と、鮮やかな対照をなす黒髪にも特徴があったが、そのせいで黒髪のほうは、いつも鬘《かつら》だろうと誤解されていた。ヴァルデマー氏の性格は神経質の極致で、それゆえ催眠術の実験には恰好の対象だと言えた。すでに二、三度、術を使って氏を苦もなく眠らせた経験があったが、その特異な体格から予想される結果を出すことにかけては、残念ながら失望の連続だった。氏の意志が、私の操作に明瞭に、完全に従うことはついになく、

「透視術」に関しても、なんら信頼すべき成果をあげられなかった。私としては、こうした実験の不成功を、もっぱら氏の健康状態の不調に結びつけて考えていた。知り合う数ヶ月前に、氏は医師団によって、重篤な結核であると診断されていたのだ。実際、近づきつつあるみずからの死について、これを怖れるでも悔やむでもなく、穏やかに口にすることが氏の日常になっていた。

従って、上述した実験の構想を思いついたとき、私がヴァルデマー氏のことを念頭に置いたのは自然な成り行きだった。氏の安定した人生観をよく知っていたので、実験の話を持ち出しても、氏に限って二の足を踏まれる恐れはない。しかもアメリカ国内に、口をはさむような親類縁者もいない。私は氏に率直に自分の構想を打ち明けた。すると驚いたことに、氏はあからさまに賛意を示すではないか。驚いたことに、と言うのは、氏はこれまで、実験に常に臆せず身柄を提供してくれてはいたものの、私の研究に共感するような素振りは、まったく見せたことがなかったからである。氏の病は、死の訪れを正確に予期できる性質のものだったので、最終的に、臨終が来ると医師団が診断した予想時点の二四時間前に、氏が私を呼びつける、ということで私たちは約束を取り交わした。

かくして七ヶ月あまり前、私はヴァルデマー氏から以下のような直筆の手紙を受け取った。

P――様

すぐに来ていただくのがよろしい。D――医師とF――医師はともに、私が明日の深夜を乗り切ることはないと結論を出しました。私も彼らの判断はほぼ正確であると考えます。

ヴァルデマー

私がこの手紙を受け取ったのは、氏がこれをしたためてから三〇分以内のことだった。その一五分後には、私は臨終の人の邸宅内にいた。氏に会うのは一〇日ぶりだったが、その短い期間に起こった容貌の恐ろしい変化に、私は仰天させられた。顔は鉛色を帯び、目は完全に輝きを失い、窶《やつ》れ過ぎたせいで頬骨が皮膚を破っている。痰の量が異常で、脈拍はかろうじて聞き取れる程度、それでも驚くべきことに、意志の力と一定の筋力とを維持したままである。言葉をはっきりと話し、自力で鎮痛剤を飲み下し、私が氏の寝室に入ったときには、手帳に鉛筆で何かメモを書いている最中だった。枕を支えにして上体を起こし、ベッド脇にはD――医師とF――医師が詰めている。

ヴァルデマー氏の手を握ったあと、私は二人の医師を離れたところへ誘って、患者の容体について詳しい説明を受けた。左肺が過去一八ヶ月間、準石化ないし軟骨化の状態にあり、当然、呼吸器官としてはまったく機能していない。右肺の上部も、部分的に石化しており、下部は、化膿した結核体が縺《もつ》れあって塊状をなしている。いくつか大きな穿孔が開いており、一部では肋骨との癒着も起きている。これら右肺の症状は、比較的最近のものである。石化はきわめて急速に進行しており、一ヶ月前にその兆候は認められなかった。癒着もこの三日間に観察されたばかりである。結核とは別に、患者には大動脈瘤の疑いがあるが、この点に関しては、石化症状のため、正確な診断が不可能である。両方の医師とも、ヴァルデマー氏は翌日（日曜日）の真夜中ごろに死亡するだろうと予測していた。その時点では、土曜日の午後七時だった。

私と話をするためにベッドを離れるにあたって、D――医師もF――医師も、最後の別れの挨拶を病人と交わした。二人とももう戻ってくるつもりはなかったのだ。だが私は頼み込んで、明日の夜一〇時に顔を出すことに同意してもらった。

二人が帰ってしまうと、私はヴァルデマー氏と、近づきつつある死について、そしてもっと踏み込んで、実験の計画について、自由に話をすることができた。氏は実験を受けることを今でも了承しており、待望してさえいるのだと打ち明け、ただちに始めてもらいたいと私を急きたてた。ただ、そこには男女一名ずつの看護人が付き添っていたが、何か事故が起こった場合に備えて、もっと信頼のできる目撃証人が控えているのでなければ、私としてはこの種の作業に取りかかるわけにはいかなかった。そこで実験の開始を明日の夜八時ごろにすることを取り決め、そのとき知り合いの医学生（シオドア・L――氏）が来てくれたので、それ以上頭を悩ませずに私は寝室を出た。最初の予定では、医師たちが到着するまで待とうと考えていたのだが、実験を二時間早めたのは、ヴァルデマー氏がしきりに急きたてたせいもあるが、もう一つは氏の容体が明らかに急速に悪化しつつあるので、時間的余裕を持たせないほうがいいという私の判断によるものだった。

L――氏は親切にも、私の頼みを聞き入れて、病室で起こったことをすべて記録してくれた。私がこれから物語る内容も、氏の手書きノートから、要約したりそのまま引き写したりして出来上がったものである。

翌日の夜八時五分前ごろ、私はヴァルデマー氏の手を握って、現在の状況下で催眠術の実験を行うことに完全に同意している旨、L――氏に向かってできるだけ明瞭に述べて欲しいと求めた。

ヴァルデマー氏は、弱いがはっきり聞こえる声で、「そう、私は催眠術をかけてもらうことを、望んでいます」と言い、すぐあとに、「始めるのを、引き延ばし過ぎたんじゃないかと、心配しているんだ」とつけ加えた。

氏がそう話すうちにも、私のほうは氏を眠らせるのにもっとも効果的だとかねて知っている手の所作を始めていた。案の定氏は、額の上を横切る私の手の動きに、はっきりと反応を示したが、そこから先は私がどんなに念を込めても、目に見える効果は認められない。そのまま一〇時を過ぎて、D――医師とF――医師が約束通りやってきた。私は二人に手短に現状を説明した。二人は患者がすでに断末魔にあると指摘し、私の計画に反対しなかったので、私はただちに作業を進めることにした。ただし、手の横の動きを縦の動きに変え、凝視の視線を患者の右の目に集中した。

この時点までに、患者の脈拍はほとんど感知されなくなり、呼吸も三〇秒の間隔をおいて痙攣的に喘ぐばかりになっていた。

その後一五分ほど、さしたる変化は起こらなかったが、やがて自然な、たいへん深いため息が患者の胸から吐き出され、痙攣的な喘ぎがそこで終わった。すなわち、痙攣性が感知されなくなり、三〇秒の間隔はそのままだった。患者の手足は氷のように冷たくなっていった。

一一時五分前になると、間違いなく催眠術が効いてきた兆候が現れはじめた。潤んだ両目の動きが、不安げにみずからの脳内を見回す様子を見せ、これは夢遊状態に特有の現象であり、見間違えることはありえない。手ですばやく横の動きを繰り返すと、瞼が眠りにつくときのように震えはじめ、さらにその動きをつづけて、瞼を完全に閉じさせた。ただしこれで満足するわけにはいかず、私はさらに熱心に、意志の力を最大限に発揮しながら手の所作をつづけ、とうとう眠る患者の手足を楽な姿勢に保ったまま、完全に硬直させることに成功した。両脚はまっすぐに伸び、両手もほとんどまっすぐで、腰からやや離れてベッドに載せられている。頭はごくわずかに枕で持ち上げられている。

ここまで成し遂げたとき、時刻は深夜〇時を回ったところだった。私は居合わせた人々に、ヴァルデマー氏の容体を確認するように求めた。いくつかの検査の後、医師たちはヴァルデマー氏が完全な昏睡状態にあることを認めた。両医師の興味は大いに掻き立てられていた。D――医師は一晩中患者に付き添っていることに決め、F――医師も夜明けに戻ってくると言明してから帰宅した。L――氏と看護人たちはその場に留まった。

午前三時まで、ヴァルデマー氏とは一切接触せずに眠らせておき、それから私は進み出て、氏がF――医師帰宅の時点と厳密に同じ状態にあることを確かめた。すなわち姿勢も変わらず、脈拍もほとんど感知されず、呼吸も微弱で、口元に鏡を当てなければそれとわからない程度、瞼は自然に閉じられ、手足は大理石のように硬く冷たかった。それでも氏の全体の印象はもちろん死者のものとは異なっていた。

ヴァルデマー氏に改めて近づくと、氏の身体の上で右手をゆっくり行き来させながら、氏の右手が私の手の動きを追うように、念を与えるとりあえずの努力をしてみた。氏とのこれまでの経験では、この方法が完全に成功したためしはなかったので、今回も成功するとは予期しなかったのだが、驚いたことに、氏の右手は、ゆっくりとではあるが間を置かず、私の手が指示する方向のどちらへでも従って動くではないか。わたしは言葉を使って短い会話を試みようと決めた。

「ヴァルデマーさん、眠っておられるのですか?」と私は言った。返事はないが、唇の震えが認められ、そこで同じ質問を二度、三度と繰り返してみた。三度目の質問に、氏の全身が生気を帯びて幽かに震え、瞼も眼球の白い縁が見える程度にやや開き、唇がのろのろ動いたかと思うと、両唇のあいだから、ほとんど聞き取れないほどの囁きで、言葉が発せられた。

「そう……眠っている。起こさないでくれ! ……このまま、死なせてくれ!」

手足に触ってみると、相変わらず硬化している。右腕は前と同じように、私の手の指示に従って動く。この夢遊状態の患者に、私はふたたび質問を試みた。

「ヴァルデマーさん、まだ胸の痛みはありますか?」

今度はすぐに返事があったが、前にも増して聞き取りにくかった。

「痛み……ない……死ぬところだ」

そのときは、これ以上氏の眠りを妨げるのは賢明ではないと考え、言葉も所作も行わないまま、F——医師が戻るのを待つことにした。夜明け少し前に医師はやって来ると、患者がまだ存命であることに、途方もない驚きを覚えたようだった。脈を探り、唇に鏡を当ててから、ヴァルデマー氏にもう一度話しかけてくれないかと医師は私を促した。そこで私は次のように言った。

「ヴァルデマーさん、まだ眠っておられますか？」

前と同様、何分かが過ぎてから返答があった。その間患者は、言葉を発するだけの力を掻き集めているように見えた。同じ質問を四度繰り返したとき、氏はたいへん幽かに、ほとんど聞き取れない声で言った。

「そう……まだ眠っている……死ぬところ」

この段階で、医師たちの意見、あるいは要望は、ヴァルデマー氏にこれ以上干渉しないで、死が訪れるまで、比較的穏やかなこの現状のままに据え置くべきだというものだった。死の訪れが、もう数分後のことだろうという点で、全員の予想が一致していた。だが私は、もう一度だけ氏と話をしようと決意して、前と同じ質問を繰り返した。

話しかけると、ヴァルデマー氏の顔に明らかな変化が生じた。眼球がゆっくりと動いて開き、だが瞳孔は上のほうへ隠れた。肌の全体が死人らしい、羊皮紙というより白紙に近い色を帯びた。結核患者の頬に現れる消耗性紅潮は、今まで輪郭の鮮やかな丸い点だったのだが、瞬時のうちに消えてしまった。瞬時のうちに、と言ったのは、紅潮の消え方が、息を吹きかけることによって蝋燭の炎が消えるさまを、何よりも想起させたからである。同時に上唇はめくれ、それまですっかり隠していた歯から離れ、下顎は、音はしなかったもののがくんと垂れて、口が大きく開き、腫れて黒ずんだ舌が丸見えになった。その場にいた誰一人として、死の床の恐怖に慣れぬ者はなかったのだが、このときのヴァルデマー氏の形相の想像を超えた変化に、一同はベッドの周囲から思わず後ずさった。

さて、この症例解説において、すべての読者が驚きのあまり強い不信を抱くであろう場面に、私はいよいよ差しかかった。だが、私の役目は解説を進めること以外にはない。

もはやヴァルデマー氏には、どんな生命の兆候も見られなかったので、死んだものと見なして、われわれは後の処置を看護人たちに委ねようとしていた。そのとき、強い痙攣状の震えが氏の舌に認められた。それはおよそ一分間つづいた。それが終わると、広がったまま動かない両顎のあいだから、声が発せられた。その声を本気で説明することは、狂人ならぬ身には不可能である。確かに二、三の、部分的に当てはまりそうな形容辞は思い浮かぶ。例えばその声は荒く、罅《ひび》割れ、虚ろだったと言っていい。だが、その全体の不気味さは、類似の音が人類の耳を掠めたためしがない、という単純な理由からして、如何にしても描写しがたいのだ。それでも、二つの特異点が、その発声の特徴として記述するに相応しく、この世ならぬ奇妙なその調子を、なにがしかでも描き出す役に立つだろうと、当時も今も私には思えている。まず第一に、氏の声は、少なくとも私の耳には、遙か彼方からの声のように、あるいは地中深くに穿《うが》たれた洞窟から、響いてくるように聞こえた。第二に、私の印象では――理解しがたいと思われるだろうが――声というより、ゼラチン質かニカワ質の粘着物が皮膚に接触するような感じだったのだ。

　声と言ったり音と言ったりしたが、その音には明瞭な、不思議なことに、戦慄を覚えるほど明瞭な、音節分けがなされていた。明らかにヴァルデマー氏は、私が何分か前に発した質問に対して、答えて言葉を話したのだ。思い出してもらえるだろう。眠っておられるのですか、と私は尋ねた。それに氏は答えたのだ。

「そう……いや……今まで眠って……今は……今……私は死んでいる」

　上述の声でこれらの数語が言われたとき、それがまさに効果的に伝えてよこした、口にもできぬ戦慄の恐怖を、居合わせた者は誰一人、否定する素振りもなかったし、抑えつけようともしなかった。L――氏（医学生）は気絶した。看護人たちはただちに部屋を出て行き、どんなに宥《なだ》めても戻って来なかった。私自身が受けた印象も、読者にわかるように説明できるとは思っていない。一時間近くのあいだ、われわれは黙って、一言も発しないまま、L――氏を正気づかせる努力をつづけた。L――氏が我れに返ると、われわれはふたたびヴァルデマー氏の容体の検討に取りかかった。

　すべては前に述べた通りで変化はなかったが、唯一の例外は、鏡を当てても、もう呼吸の証拠が見られないことだった。腕の血管から血を抜こうとする試みも失敗した。つけ加えるなら、氏の腕は、もう私の指示には従わなかった。私の手を動かして追わせようと、いろいろやってみたが無駄だった。実際のところ、催眠術の効果がいまだ確実に認められるのは、唯一、私が質問をしたときの、舌の痙攣状の動きだけだった。氏は返事をしようと努力しているように見えたが、意志の力がもう掻き集められないのだ。私以外の医師たちからの質問には、氏は完全に無反応であるように見えた。医師たちが氏との催眠的関係を構築できるように、私としてもいろいろ試みたが、空しかった。さて、この時点までの夢遊状態を理解していただくために、必要なことはこれですべて述べたように思う。別の看護人が呼び入れられ、私は朝一〇時に、医師二人とL——氏とともにヴァルデマー氏邸を辞去した。

午後になると、われわれは全員、ふたたび患者の様子を見るために集まった。容体には何の変化も認められない。ここでヴァルデマー氏を、催眠状態から覚醒させることが適切かどうか、また可能かどうか、いくらか議論をしたが、そんなことをしても氏にとって、良い結果は得られない、という一致した結論にすぐに到達した。目下のところ、催眠の効果によって、死の（あるいは通常死と呼ばれる現象の）進行が食い止められている。氏を覚醒させることは、ただちに、あるいはきわめて急速に、終焉に追いやることにしかならないだろうことは明白だと思われた。

このときから先週末まで、じつにほぼ七ヶ月に及ぶ期間のあいだ、われわれはヴァルデマー氏邸を日ごと訪れ、時には医者仲間その他の知人を同行させた。この間一貫して、氏の夢遊状態は前に述べたのとまったく同じままだった。看護人たちの注意も休みがなかった。

先週の金曜日になって、氏を最終的に覚醒させる、少なくともそう試みる実験を開始することが決定された。おそらく、この最後の実験の不幸な結末が、巷間あちらこちらで議論が湧き起こった、いや議論というより、勝手気ままな民衆感情と見なさざるをえない動揺が、湧き起こった原因だったと考えられる。

ヴァルデマー氏を催眠状態から解放する目的から、私は通常の手の所作を試みた。初めのうちそれは効果がなかった。氏の再生の最初の兆候は、瞳がわずかに下がったことに窺われた。特に注目を集めたのは、瞳孔が下がるとともに、瞼の裏から、どくどくと黄色い膿漿が流れ出してきて、強く不快な刺激臭を放ったことだった。

ここで氏の腕に、今まで同様に働きかけてみてはどうかとの提案がなされ、私は試みてみたが、反応はなかった。するとF――医師が、質問をしてみて欲しいとの要望を囁いた。私は次のように言った。

「ヴァルデマーさん、今あなたはどんなご気分で、何をお望みか、私たちに説明してくれませんか？」

するとにわかに両の頬に紅潮がよみがえった。舌が震え、いやむしろ口の中で闇雲にのたうち（ただし顎と口は以前の状態のままだった）、そしてついに、先に説明しておいたのと同じ、あの恐るべき声が吐き出された。

「お願いだ！……早く！……早く！……眠らせてくれ……あるいは、早く！……起こしてくれ！……早く！……わかってくれ、私は死んだんだ！」

私は一気に落ち着きを失い、しばらくのあいだ、どうしたらよいかわからなかった。最初は患者を宥めて落ち着かせようと努力したが、意志が完全に停止しているので、その試みは失敗だった。そこで今度は方針を変えて、氏を目覚めさせようと同様に努力しはじめた。この試みは、ほどなく成功しそうに思え、少なくとも自分ではすっかり成功するだろうと思い込んだ。部屋に居合わせた一同も、間違いなく、もうじき患者が目を覚ますのを待ち望む態勢になった。

だが、実際に起こったことは、どんな人間にも決して待ち望みえない性質のことだった。私が催眠術の所作をつづけていると、「死んだ、死んだ！」という、唇からではなく、舌から爆発のように発せられる叫びを繰り返すうちに、私の手の下で、氏の全身は急激に、一分間かそれよりも短い時間で、縮み、崩れ、すっかり朽ち果ててしまった。全員が見守るベッドの上には、ほとんど液状と化した、不気味な、悪臭と腐敗のどろりとした塊が横たわっていた。

2

バートルビー

Herman Melville
"Bartleby, the Scrivener"

わしもそろそろ年寄りの身の上だ。過去三〇年このかた、仕事がら風変わりで面白い連中と、人並み以上に親しくつきあう機会も多かったが、わしの知る限りその種の人物たちについて、いまだに記録が残されたためしがない。つまり、法律文書筆写人、筆耕と呼ばれる連中のことだ。公的にも私的にも、膨大な数の筆耕たちとわしは関わってきたから、その気になれば、善良な紳士諸君なら微笑を浮かべ、感傷的な手合いなら涙を浮かべる物語を、数々語ることもできるだろう。だが、そうした類はすべて棚上げにして、ここではバートルビーという、見たことも聞いたこともない、もっとも不可思議な筆耕の生涯について、何ページか書き残しておきたいと思う。他の筆耕についてなら、おそらく完全な伝記を書くこともできようが、バートルビーに関しては、到底それは望みえない。この男について、生涯を通して満足のいく伝記をものすだけの、資料がどうやら存在しないのである。これは伝記にとって致命的ではないか。バートルビーは、直接の見聞以外からは何も立証しえない人物なのであり、やつの場合、その見聞もごくわずかしかないときている。わし自身が驚きの目で目撃したバートルビーの姿、それがあの男について、わしが知っているすべてである。ただし、曖昧な噂が一つあるにはある。

それについては最後につけ加えよう。

この筆耕が最初にわしのもとを訪れた様子を紹介する前に、わし自身、および部下、業務や事務所、周囲の環境全般について、述べておくのがいいだろう。これから登場する主人公をきちんと理解するには、そうした説明が不可欠なのである。

とりあえずまずわしだが、もっとも気楽な人生こそ最高の人生である、という深い確信を、若いころから抱いてきた。それゆえわが生業は周知のように、精力と神経を必要とし、時にはてんやわんやの大騒ぎも辞さないのだが、その種の騒動に心の平和を乱されたことは、一度たりともないのである。わしは野心を持たぬタイプの弁護士であって、裁判で熱弁をふるったり、大向こうの喝采を浴びたりすることは狙わない。安全地帯に引っ込んで、余裕と平穏を味わいながら、裕福な顧客たちの証券類や抵当や不動産証書を相手に、安全な商売をしておるわけだ。わしを知る人々は一様に、ともかくも安心できる男だと認めてくれる。あの資産家、故ジョン・ジェイコブ・アスター氏は、昂奮した言葉遣いなどには縁のない人物だったが、その人にしてわしの第一の美点は慎重さにあり、第二は几帳面さにあると、断言するのをためらわなかった。虚栄心から言うのではなく、単に事実を記すだけだが、わしの取り引き先には故ジョン・ジェイコブ・アスター氏も含まれていたのだ。まったく、何度も繰り返したくなる名前ではないか。この名には玉のように丸い響きがあって、それが次第に金塊のように聞こえてくる。故ジョン・ジェイコブ・アスター氏のご贔屓《ひいき》に、わしとしても感じるところは大きかったと、率直につけ加えてもいいだろう。

物語が始まる前しばらくのあいだ、わが事務所は大いに発展しつつあった。ニューヨーク州で現在は廃止された、古きよき衡平法裁判所の業務が、わしの手に委ねられていたのだ。格別やっかいな仕事ではなかったが、報酬はホクホクの極上だった。わしはめったに癇癪を起こすこともなく、ましてや不正や非道を見て怒りに震える、などといった危険な行動はとらない男だが、ここで御免こうむって、あえて性急な断言をさせていただくなら、衡平法裁判所を突然、無理やり廃止した州の新憲法は、何と言っても——時期尚早であった。わしはそこから生涯にわたる収入を期待しておったのに、わずか数年で打ち切られてしまったのだ。だが、これは横道の話である。

わが事務所はウォール街の——番地、ビルの二階を占めていた。片側は建物の中央を下から上まで吹き抜ける広い空間がつらぬき、そちらに開いた窓は、空間をはさんで向かい側の白い壁に面していた。この眺めは、強いて言うとやや無味乾燥で、風景画家が「生命」と呼ぶものを欠いていたかもしれない。だがそうだとしても、もう一方の側の窓からの眺めは、こちらと少なくとも、ほかには何も言えぬとしても、好対照であることは間違いなかった。他方の窓は、遮るものとてない壮大な煉瓦壁が、陽がささないまま古くなったせいで黒ずみ、しかもこの壁は、隠れた美質を見つけ出すのに双眼鏡など必要としないどころか、目が悪い人の便宜のために、窓から三メートルもない近さに押し出されていたのである。周辺のビル群が異様に高く、他方わが事務所が二階にあったせいで、この壁とわが方の壁とのあいだの空間は、まるで巨大な矩形の地下貯水槽のようだった。

バートルビーが登場する直前の期間、わしは筆耕として二人の男、それから将来有望な書生として少年を一人雇っていた。一人目はターキー(七面鳥)、二人目はニパーズ(金ばさみ)、三人目はジンジャー・ナット(生姜菓子)である。どれも電話帳でふつう見つからない、珍しい名前だと思われるかもしれないが、実はこれらは三人が互いに授けあった仇名で、それぞれの特徴や性格を巧みに表している。ターキーは背が低くて太ったイギリス人で、わしと同年配、つまり遠からず六〇の大台を迎える男だった。午前中は、こう言ってよければ、すばらしく血色のいい顔をしているのだが、正午を過ぎて昼食を済ませると、その顔は、クリスマスの暖炉にくべた石炭のように燃えさかり、そこからいわば徐々に下火になりながら、午後六時あたりまで燃えつづける。六時以降はその顔の持ち主に会うこともなかったが、どうやらその顔は、太陽とともに正午に達し、ともに沈み、翌日また昇ってきて頂点に達して沈むという運動を、毎日規則的に、衰えを知らぬ輝きをもって繰り返しておるようだった。これまでわが生涯で、不思議な偶然を目のあたりにする機会は少なくなかったが、その一つに間違いなく数えられることは、ターキーの赤く火照る顔が、最高の輝きを放つちょうどその瞬間、毎日決まってこの男の実務の能力が、以後その日の終わりまで、目に見えて低下する下降線が始まった、という事実である。そんなときやつは、怠惰だとか、仕事嫌いになったというわけではなかった。むしろ逆だった。問題はやつが、度外れて精力過剰になりがちだったことなのだ。奇妙に昂奮した、過激で軽率な行動が目についた。ペンをインク壺に浸すのにも不注意になる。やつが書類に落としたインク染みは、すべて一二時を回ってからのものだった。さらに言うなら、午後には悲しいかな軽率になり、インク染みをこしらえるだけでなく、ときには騒がしくもなった。そんなときはまた、やつの顔は凄みを増して輝き、まるで無煙炭の上に油分を含んだ燭炭《しょくたん》を載せたような具合だ。椅子が気に入らないと騒ぎを起こし、砂箱をひっくり返し、ペン先を修理すればイライラとすべてばらばらにしてしまい、一切を発作的に床に投げつける。立ち上がると、机の上に身を乗り出して、書類の束をむちゃくちゃに殴りつける様子などは、やつのような年配者がすることとして見ていて悲しいばかりだった。それにもかかわらず、多くの点で貴重な人材であり、正午より前には常に、もっとも素早く着実で、簡単に真似のできない完成度をもって大量の仕事をこなしてくれてもいたので、わしはやつの奇癖を大目に見ることにやぶさかではなかったが、それでももちろん折にふれて、小言を言ってやるほかはなかった。それもずいぶん穏やかに言ったのだ、なぜなら午前中はきわめて礼儀正しく、いや柔和で謙虚でさえある男だが、午後には刺激すると言葉遣いもぞんざいに、さらには傲慢になるきらいがあったからだ。やつの午後の昂奮状態には辟易しておったものの、午前中の仕事ぶりは評価していたので、クビにしたくはない事情もあり、そもそもわしは平和を好む男であったから、こちらの警告が予想もしない反撃をもたらしてしまうのも嫌だったので、ある土曜日の昼どき（やつは決まって土曜日が最悪だった）、ごく親しげに、こう匂わせてみることにした――君ももう歳を取ったから、ひょっとして仕事の時間を減らしたらいいのではないだろうか。つまり、一二時を過ぎたら事務所に来るには及ばないので、昼を食べたらそのまま寄宿先に帰って、ゆっくりお茶の時間まで身体を休めてはどうかと。だが、だめだった。やつは午後も貢献したいと言い張るのだ。顔をこれ以上ないほど灼熱させ、部屋の向こうから長い定規を振り回しながら、午前中の仕事が有益と言えるなら、午後はどんなに不可欠であるかと、演説口調でわしに諭すのだった。

「畏れながら、所長」とターキーはこのとき言った。「自分は所長の右腕であると自負しております。午前中はわが部隊を整列させ、行軍させるだけでありますが、午後には部隊の先頭に立ち、勇猛果敢に敵を攻め、こうやって――」と定規をぐいと突き出すものだから、

「だけどターキー、インクの染みがねえ」とやんわり言うと、

「なるほど、しかし畏れながら、所長、この髪をご覧ください！　自分は歳を取っておるので

す。暖かい午後にこぼした染みの一つや二つ、白髪の老人を厳しく責め立てるほどのものではありません。老人とは、たとえページを汚すとも、敬われるべきものですぞ。畏れながら、所長、われらはともに年老いているのです」

こちらの仲間意識に訴えかけるこの主張は反撃しがたいものだった。ともかくやつは帰りそうにない、ということははっきりした。そこでわしは、やつを居残らせる覚悟を決め、ただし、午後のあいだはあまり重要でない書類を扱わせようと決心した。

わが職員の二番目であるニパーズは、頬ヒゲを生やし、黄ばんだ顔色で、全体として海賊じみた顔をした、二五歳ぐらいの若い男だった。わしは常にこの男を、二つの悪の力の犠牲者と見なしてきた。野心と消化不良である。野心のほうは、ただ筆写するだけの仕事に対してやつが示す苛立ちの大きさに窺われた。それがために、法律文書をみずから作成するといった厳密に専門的な業務の機会を不当にも奪われていると思い詰めていたのだ。消化不良が認められるのは、筆写のときに間違えると、癇癪を起こしたり、不愉快そうにあざ笑ったりして、歯をきしらせる音が聞こえるところ、仕事の最中に不必要な罵詈雑言が、言葉というより強い息となって発せられるところ、そしてとりわけ、自分が仕事をする机の高さに常に不満を抱いているところだった。もともとは工作の得意な器用な男だったが、この机だけは気に入るように調節ができなかった。脚の下に木屑を挿んだり、多種多様な木片を置いたり、ボール紙を噛ませたり、しまいには畳んだ吸い取り紙で微妙な調整を試みたりもしたが、どんな工夫でもこれでよし、とはならないのだった。背中を楽にするために机の上板に角度をつけ、顎の下へ鋭く傾けて、オランダ屋敷の三角屋根でも机にするように書き物をしていると、腕の血の巡りが悪くなると訴える。そこで今度は上板を腰の高さまで下げ、その上に屈むようにして書いてみると、背中が激痛に襲われる。要するに、ニパーズは自分が何を望んでいるかわからない、というのが真相なのだ。あるいはもし何かを望んでいたとして、それは筆耕の机を金輪際放り出してしまうことなのだ。やつの歪んだ野心がはけ口を求めた結果、さもしい身なりで怪しげな顔つきをした男たちが訪ねてくるのを、やつが歓迎する場面が時折り見られた。そんな連中を、やつは自分の得意客と呼んでいた。実際わしの知る範囲でも、やつは地区の政治に相当通じていたのみならず、裁判所でもたまに自分だけの仕事にありついていたし、市刑務所界隈でも名の知られた存在だということだった。ただし、わが事務所にやつを訪ねてきた男のうちの一人は、やつは偉そうに顧客だと主張したが、実際には借金取りであり、権利証書だと言い張っておった書類が、借用証だったことはまず間違いない。しかし、こうした問題点に迷惑はしていたが、ニパーズは同僚のターキーと同様有益な存在だった。筆写がきれいで速い。その気になりさえすれば、紳士らしいふるまいにも長けている。加えて、やつは常に紳士の身なりを整えていたから、結果としてわが事務所の品格にも貢献していた。一方ターキーのほうときたら、事務所の恥にならぬように、わしは日ごろから苦労させられていた。やつの服は脂じみて、安食堂の匂いがする。夏になると、ズボンは緩くたるんでおる。上着はお粗末の一言、帽子に至っては手を触れたくもない。ただし帽子のほうは、宮仕えのイギリス人として、やつが本能的な礼節と敬意を発揮し、事務所に入るやいなや脱いでくれる限りでは、目くじらを立てる必要もなかったが、上着のほうはそうはいかない。何度かやつと話をしたが、効き目はなかった。あの程度の収入の男には、色つやのいい顔と同時に、色つやのいい上着まで身につける余裕はなかったというのがおそらく真相なのだろう。ニパーズがいつか言ったように、ターキーの給料はおもに「赤いインク」つまりワインに使われていたのだ。ある冬の日、わしはターキーに、かなり見栄えのいい自分の上着をくれてやった。肩パッドのついたグレーの上着で、非常に暖かく、膝から首までまっすぐボタンのついた逸品だったから、ターキーはさぞ感謝して、午後の軽率や騒々しさを、いくらかでも控えるだろうと期待していた。ところが如何せん、やつのような男をふわふわの毛布のような上着で首元まで締めつけることは、途轍《とてつ》もない害悪をもたらすとわしは教えられた。その理屈は、馬に飼い葉をたくさんやってはいけないのと同じなのだ。実際、軽はずみで落ち着きのない馬は、飼い葉を食っただけ人を食う、と諺にも言う通り、ターキーも上着で人を食うようになった。やつは高慢ちきになった。豊かさが堕落を招くタイプの男だったのだ。

そんなわけで、ターキーの自分勝手な習慣に関しては、密かに考えるところもないではなかったが、ニパーズについては、ほかにどんな欠点があるにせよ、少なくともやつは気性の穏やかな若者だと、わしは常々確信していた。ところが、まさに天の定めがやつに生まれながらの酒をふるまったらしく、やつは癇癪持ちの、完全にブランデー浸りの性格を授かっていたから、その後の飲酒など、むしろ必要としていなかったのだった。事務所の静寂を突き破って、ニパーズが時折りイライラと椅子から立ち上がり、机に覆いかぶさって腕を広げ、両端をがしっと掴まえては、ギギギと音をたてて床に擦りながら押したり引きずったり、まるで机が意志を持ったひねくれ者で、一生懸命やつの邪魔をして困らせているかのような応対ぶりを見ていると、ニパーズにはブランデーなどまったく必要ないのだとはっきり納得がいくのである。

幸運なことに、ニパーズのイライラや癇癪は、消化不良が原因であるためにおもに午前中に観察され、午後になると比較的穏やかだった。一方ターキーの発作は必ず一二時以後にやってきたから、その結果、わしはやつら二人の奇行に同時に対処する必要はなかった。やつらの発作は衛兵のように交代しあった。ニパーズが当番ならターキーは非番、逆もまたしかり、というわけだ。現状ではこれは、巧みな天の配剤だと言えた。

わが配下の三人目ジンジャー・ナットは、一二歳かそこらの小僧だった。父親は馬車の御者だったが、なんとか目の黒いうちに、息子を御者台ではなく法廷に座らせたいと野心を抱き、事務所に息子をよこし、週一ドルで法律勉強生兼使い走り兼掃除係として雇うことになった。自分用の小さな机も持たせたが、使うことはあまりなかった。調べてみると、抽出しの中には様々な種類の木の実の殻がぎっしり詰まっている。じつにこの頭の回転の速い小僧にとって、高貴な法律学の一切は、一粒の木の実の殻に、いわば木の実着のまま収まっておったのだ。ジンジャー・ナットの仕事のうちでも重要なものは、ターキーとニパーズに言われてビスケットとリンゴを買いに行くことで、それはやつが一番熱心にやってのける仕事でもあった。法律文書の筆写はこの上なく無味乾燥な、干からびた業務であるので、わが二人の筆耕は、税関・郵便局の近くの露店で売っている地元産リンゴで、常々口を湿らせることを好んでいた。また小さくて平たく丸くて辛いあの妙なビスケット、小僧の仇名をそこからつけた菓子も、いつも買いにやらされていた。寒い朝、仕事がはかどらないでいると、ターキーはこのビスケットをまるでウェハースのように何十枚も食い散らかし――それというのも、一ペニーあたり六枚か八枚で売っていたのだ――やつのペンがきしる音と、口の中で乾いた砕ける音が混じり合った。ターキーの猛烈な午後の失敗や過激な行動のうちでも傑作だったのは、この生姜菓子を唇で湿らせてペタンと抵当証書にシール紙代わりに貼ったことだった。このときばかりはやつを解雇しそうになったが、やつは東洋式の礼をして、わしをなだめて言うのには、

「畏れながら、所長、自腹で備品をあがなうとは、自分としても寛大なことでした」

さて、不動産取り扱い業にして権利証書の請求人、その他各種の難解な書類の作成者として、わしの本来の業務は衡平法裁判所のおかげでどんどん増え、筆耕の仕事も大量になってきた。配下の連中を叱咤激励するだけでなく、誰か手助けを雇わねばならなくなったのだ。募集を出したところ、ある朝事務所の入り口に、物静かな若い男が立っていた。夏なのでドアが開いていたのだ。その姿は今でもはっきり覚えている。痛ましいほど身ぎれいで、苛立たしいほどかしこまり、癒しがたいほど孤独な男！　それがバートルビーだった。

資格についていくらかやりとりした後、わしはやつを雇い入れた。わが筆耕の隊列に、これほど奇妙に落ち着き払った男を加えたなら、ターキーの軽率体質にも、ニパーズの癇癪体質にも、いい影響があるだろうと期待しておったのだ。

もっと前に述べておくべきだったが、わが事務所は磨りガラスの折り戸で二部屋に分かれており、一方を筆耕たちが、他方をわしが使い、わしの気分次第で、この折り戸を開け放ったり閉めたりしていた。この折り戸のそば、わしの側に、バートルビーの机を置くことに決めたのは、ちょっとした手伝いが必要なときに、この静かな男をすぐ呼べるようにしたかったからである。やつの机は、こちら側の部屋の小さな脇窓にぴったり寄せさせた。その窓からは、くすんだ裏庭や煉瓦壁の横腹を昔はいくらか覗けたものだが、その後増築が行われて、今では眺めはまったくなくなり、明かりだけがかろうじて差している有り様で、窓から一メートルもないところに壁が聳え、二つの高い建物に挟まれて遙か上方から差してくる明かりは、大聖堂の丸屋根の天辺の隙間から入ってくるように厳かだった。配置をさらに完璧にすべく、緑色の布を張った背の高い衝立てを買い入れ、バートルビーの姿はわしから完全に隠れるが、声を出せば間違いなく聞こえるように工夫した。かくしていわば、独立と連携を両立させたのである。

最初バートルビーは、驚くほどの量の筆写をこなした。それまで書き写すものに飢えていたかのように、書類をがつがつとむさぼっていったのである。消化のための休息もなかった。日勤営業をやり夜勤もやり、陽の光でも蝋燭の光でも仕事をした。その熱心さを喜びたいところだったが、やつの勤勉には生気というものがない。ただ黙って、青ざめて、機械のように書きつづけるだけだった。

言うまでもないが、自分の写した書類が正確かどうか一語一語点検する作業は、筆耕の必要業務の一部である。どこの事務所でも、筆耕が二人以上おれば、互いに助け合い、片方が写しを読み上げ、もう片方が原本を目で追う、といったことをする。たいへん単調で、疲れやすく、眠気をもよおす仕事であり、元気溌溂たる気質の者には、まったく耐えがたい面があると、想像することも難しくない。例えばあの烈風の詩人バイロンが、にこやかにバートルビーの隣りに座って、縮こまった字でびっしり書かれた五〇〇ページの法律文書を読み合わせするとは考えられない。

わし自身、たまに急ぎの仕事に追われた折りなど、ターキーかニパーズを呼び寄せて、短い書類を照合する作業を手伝ってやる習慣があった。バートルビーを衝立てのすぐ向こうに置いた理由も、一つにはそうしたちょっとした用向きに際して、この男を使ってやろうとの魂胆からだった。やつが来てから三日目だったと思うが、やつ自身が書き写した書類の読み合わせがまだ始まらないうちに、こちらの手元の小さな仕事を急いで片づける必要が生じて、わしは不意にバートルビーを呼びつけた。急いでいたし、当然すぐ来るだろうと予想していたので、わしは机の上の原本を睨んで頭を垂れたまま、写本を持った右手をやや苛立った調子で脇へ突き出し、やつが隠れ家から現れたらただちに受け取らせて、一刻の猶予もなく仕事に取りかかるつもりでいた。

まさにそんな体勢を取ってバートルビーに声をかけ、用件を、つまり短い書類を一緒に点検して欲しいということを早口でつけ加えた。そのときのわしの驚き、いや、呆然自失の衝撃は想像がつくだろう。バートルビーは、隠れ家から出ることもなく、妙に穏やかできっぱりした声で、「それはしないほうがありがたいのです」と答えたのだ。

しばらくわしは完全な停止状態にあって、悶絶した頭が回復するのを待っていた。すぐに思い浮かんだのは、こちらが聞き間違えたのか、それともバートルビーがこちらの用件をすっかり誤解したということだった。そこで用件を、これ以上ないほど明瞭に発音して繰り返した。

だが同じように明瞭に、前と同じ答えが返ってきただけだった。「それはしないほうがありがたいのです」

「ほうがありがたいだと」昂奮して席を立ちながら、わしは鸚鵡返しに言い、一またぎで衝立ての先へ行った。「どういうことだ。気でも狂ったのかね。この書類を照合するのを、手伝ってもらいたいんだよ。受け取りたまえ」と言って写本をやつの前に突き出す。

「しないほうがありがたいのです」とやつは言う。

わしはやつをじっと見つめた。痩せた顔は落ち着いていて、灰色の目も暗く穏やかだった。昂奮を示す皺一本見当たらない。居ずまいにわずかでも不安や怒り、短気や損気が見られていたなら、つまり何でもいいから普通の人間が示す兆候が見られていたなら、間違いなくやつを即刻クビにして、事務所から追い払っていただろう。ところがそんなものは何もないのだから、わしとしては部屋にあるキケロの白い石膏像に出て行けと命じるほうがマシなくらいだった。そのまましばらくやつを睨みつけていたが、やつは自分の筆写の仕事を続け、わしは何となく机の席に戻った。こいつはどうもおかしい。どうしたらいいのだろう？　だが仕事に急かされていたので、当座のあいだこの件は忘れて、いずれ時間のあるときにゆっくり考えようと決め、隣りの部屋からニパーズを呼んで、急いで書類の照合を済ませた。

それから数日して、やつは四通の長い書類の筆写を終えた。衡平法裁判所で一週間のあいだ行われた証言の記録の写本四通だ。当然それらを点検する必要がある。重要な訴訟だったので、厳密な正確さが要求されていた。準備を整えると、四人の部下に一通ずつ写本を持たせてわしが原本を読み上げる目算で、ターキー、ニパーズ、ジンジャー・ナットを隣りの部屋から呼んだ。三人が写本を手にして一列に並んで着席すると、この多彩な連中に加わるようにとバートルビーにも声をかけた。

「バートルビー！　急いでくれ。待ってるんだぞ」

敷物のない床に椅子がゆっくりこすれる音が聞こえ、やがてやつが隠れ家の入り口に姿を現した。

「何でしょう？」とやつは穏やかに言った。

「写しだよ、写し」とわしは早口で言った。「読み合わせをするんだ。ほら」と四通目の写本をやつに差し出す。

「それはしないほうがありがたいのです」と答えると、やつはうやうやしく衝立ての陰に消えてしまった。

しばらくのあいだわしは、聖書にあるロトの妻のように塩の柱に変身して、着席した部下たちの先頭に一人立ちつくしていた。ようやく我れに返ると、衝立ての向こうへ行き、この途方もない行動の理由を問い質した。

「どうしてできないんだ？」

「しないほうがありがたいのです」

これがほかの男だったら、わしもたちまち度し難い怒りに駆られて、それ以上の問答は無用とばかり、その場から追い払って恥をかかせてやっただろう。だがバートルビーには妙なことに、こちらを脱力させるばかりか、不思議なやり方で胸を衝き、うろたえさせるところがあった。わしは道理を説きはじめた。

「いいかね、これから照合するのは、君自身が書いた写しなんだよ。君の仕事が省けるじゃないか、一度読み合わせれば、四通ともいっぺんに片がつくんだ。当たり前のやり方だろう。筆耕は誰だって、そうやって写しを点検するのを手伝わなくちゃいけない。そうじゃないか？　何とか言ったらどうだ？　返事をしなさい！」

「しないほうがありがたいのです」やつはフルートの音のように柔らかく答えた。こちらが話をするあいだ、一言一言を熟考し、その意味を完全に理解し、不可避の結論に反駁する余地はなかったにもかかわらず、それでいて何か至高の配慮が働いて、このように返答せざるを得ないのだと、わしにはそう思えた。

「では君は、こちらの要求に、慣例に照らしても常識に照らしてもまともな要求に、従わないと決めておるのだな？」

やつは手短に、この点でわしの判断は正しいと示してよこした。はい、でもこちらの決定は覆りません、というわけだ。

人が前例もなく、あまりにも不合理な威嚇を受けたとき、自分の一番基本にある信念までもがついぐらついてしまう、というのは時として起こらないでもないことだ。いわばその人は、どういうわけだかわからないが、一切の正当性と論理性が相手方にあるのではないかと、ぼんやり想像しはじめてしまうのだ。従って、そこに誰か第三者が居合わせたなら、おのれのよろめく心の支えとして、その者たちに助けを求めることになる。

「ターキー、君はこれをどう思う？　わしが正しいのじゃないかね？」とわしは言った。

「畏れながら、所長、おっしゃる通りだと思いますですな」とターキーは最大限にうやうやしい口調で答えた。

「ニパーズ、君はどう思うね？」

「やつを叩き出してやったらいいのさ」

（明敏な読者はすぐにお気づきのように、このときは午前中だったので、ターキーの受け答えは礼儀正しく穏やかだが、ニパーズのほうは苦虫を噛みつぶしたものだった。前に使った用語で言えば、ニパーズの癇癪が当番中で、ターキは非番だったのだ。）

「ジンジャー・ナット、君はどう思う？」わしはどんな小さな支持でもこの際集めようとして言った。

「はい、所長、あいつちょっと、イカレてると思いまさ」とナットはにやりと笑って言った。「みんなの言うことを聞いただろう」とわしは衝立てのほうへ向き直って言った。「こっちへ来て仕事をするんだ」

だがやつは何の返事もよこさない。わしはすっかり困り果ててしばらく思案した。だがこのときも、仕事に急かされていた。この進退窮まる事態について思い巡らすのは、将来の暇なときまで再び延期せざるを得なかった。いくらか余計な手間をかけて、われわれは書類の照合をバートルビーなしで片づけたが、その間一ページか二ページごとに、ターキーはうやうやしく、こうしたやり方はきわめて特異でありますな、と意見を述べ、ニパーズのほうは、消化不良の苛立ちから椅子の中でガクガクと動き、噛みしめた歯のあいだから荒い息を吐くついでに、衝立ての陰の「頑固なでくの坊」の悪口を言いつのった。ニパーズに言わせると、一銭ももらわずに他人の仕事をするのは、これが最初で最後だということだった。

その間バートルビーは隠れ家にひそみ、周囲のすべてを忘れ去って、誰も知らない自分だけの仕事に取りかかっているらしかった。

何日か過ぎ、その間バートルビーはまた別の長い書類にかかり切りだった。近ごろの異常な言動を見て、わしとしてもやつの立ち居振る舞いを細かく観察するようになっていた。まず気がついたのは、やつが決して食事に出ないことだった。それを言うなら、やつは一切どこにも出かけなかった。今までわし自身が見聞きした限りで、やつが事務所から外に出たという証拠は皆無だった。部屋の一角を占める永遠の見張り番だったのだ。ただし午前一一時ごろになると、バートルビーの衝立ての入り口へ、こちらから見えない無言の手招きによって呼びつけられたように、ジンジャー・ナットが歩み寄る。小僧はその後、小銭をジャラジャラいわせながら出て行き、ジンジャー・ナット菓子を買って帰ってくると、それを隠れ家に届け、駄賃に二切れほど菓子を受け取るのである。

それではやつは、ジンジャー・ナットを食べて生きているのだろうか。正式な意味での食事はしていないということか。ということは菜食主義者なのだろうか。いや、野菜さえ食べてはいない。ジンジャー・ナット以外何も食べていないのだ。ジンジャー・ナットだけに依存していると、人体にどんな影響が現れるか、さまざまな想像が、そのときわしの脳裏を駆け巡った。ジンジャー・ナットは、固有の成分として、特に最後の香りづけとして、ジンジャー（生姜）が含まれるからそう呼ばれておる。さて生姜とは何か？　ピリリと辛いものである。バートルビーはピリリと辛いか？　まったく違う。それでは生姜は、やつには何の影響も及ぼしていないのだ。おそらくやつは、生姜なんか入ってないほうがありがたい、と思っておることだろう。

じっと何もしない消極的な抵抗ほど、真面目な人間の意気をくじくものはない。そういう抵抗を受けた人物が、人情味のある気質で、しかも抵抗する側が、消極性を守って完全に無害であれば、される側も機嫌のいいときには、人助けのつもりで、理屈では解決不可能とわかっている事態を、想像力で理解できないものかと努力してみることになる。だいたいのところそんなふうに、わしはバートルビーとやつの暮らしを受け止めるようになっていった。憐れなやつだ！　とわしは考えた。悪気はないのだ。傲慢な態度をとる気がないことははっきりしている。やつの振る舞いは、あの妙な奇癖がどうしても避けられないものであることを物語っているのだ。やつは役に立つし、なんとかやっていくこともできる。追い払ってしまえば、おそらくはわしほど鷹揚でない雇い主に当たって、厳しく処遇され、また追い払われて惨めな飢餓への道を辿るのが関の山だろう。そうだ。わしは今、自己満足といううま酒を、安値で買える機会を前にしているのだ。バートルビーに優しくしてやり、妙な強情に取り憑かれたあいつと折り合いをつけてやっても、こちらにはほとんど負担はかからないのに、それが胸に積み重なるにつれ、良心にとっては実に芳醇な一献となる。だが、そんな気分がいつまでも続くわけでもなかった。バートルビーの消極性には時としてイライラさせられた。改めてやつと諍いをせねばならぬ、こちらの苛立ちに見合うような、何かしら不機嫌の火花を、やつから引き出してやりたいものだと、そんな気持ちに妙にせき立てられる場合さえあった。実際にはそんなことを企てるより、ウィンザーの化粧石鹸でも拳で殴って火花を出そうと試みたほうがマシだっただろう。それでもある日の午後、そんな底意地の悪い衝動に駆られて、次のような場面を引き起こしてしまった。

「バートルビー、そちらの書類の写しが終わったら、わしが一緒に照合してやろう」

「それはしないほうがありがたいのです」

「何だ？　まさか例の非常識な強情に、まだこだわっているんじゃあるまいね？」

返事はない。

わしは手近な折り戸を開け、ターキーとニパーズに向かって声をあげる。

「バートルビーがまた自分の書類を点検しないと言っておるぞ。どう思うかね、ターキー？」

このときは午後だったとつけ加えておこう。ターキーは真鍮のヤカンみたいに照り輝いていた。禿げた頭からは湯気を出し、両手は染みのついた書類のあいだをさまよっている。

「思うですと？」とターキーはがなる。「衝立ての中に押し入って、やつの目にアザでもつけてやりましょうか」

そう言いながらターキーは立ち上がると、両腕をボクサーみたいに身構え、予告を実行に移すべく席を離れようとするものだから、この男の午後の喧嘩っ早さを無闇に刺激した結果に改めて驚きながら、なんとか引き留めるほかはなかった。

「ターキー、座りたまえ、ニパーズの言うことも聞いてみようじゃないか」とわしは言った。

「ニパーズ、君はどう思うかね？　今すぐバートルビーをクビにしても、わしのほうが正しいということにならんだろうか？」

「申し訳ありませんが、それは所長がお決めになることですねえ。かれの行動はまったく常軌を逸しておりますし、ターキーと私に関しては、不当であるとも申せます。ですが、ただ一時の気の迷いかもしれないですし」

「そうか、君は妙に意見を変えたようだね。今はやつのことを、いやに優しく言うじゃないか」

「何もかもビールですよ」とターキーが叫んだ。「優しいのはビールの効用なんです。ニパーズと私は、さっき一緒に食事をしましたからな。私だってどんなに優しいか、おわかりでしょう、所長。やつにアザの一つも作ってやりましょうか？」

「バートルビーのことを言っているんだね。いや、ターキー、今日はやめておこう」とわしは答えた。「お願いだ、その拳をしまってくれないか」

　わしは折り戸を閉め、ふたたびバートルビーの隠れ家に近づいた。行くところまで行ってしまいたい衝動がさらに高まっていた。反抗してもらいたくてたまらなかったのだ。そのときバートルビーが事務所を離れたことがないのを思い出した。

「バートルビー、ジンジャー・ナットが今いないから、郵便局までひとっ走り行って（徒歩三分の道のりに過ぎなかった)、わしに何か来てないか、見てきてくれないか」とわしは言った。

「それはしないほうがありがたいのです」

「やる意志がないのかね?」

「ありがたいのです」

わしはよろよろと机に戻り、ぐったり座ると考え込んだ。見境のない執念がまた頭をもたげてくる。この痩せた無一文の輩《やから》、わし自身が雇った事務員に、間違いなく断られて恥をかかされる、そんな口実が何かほかにないだろうか? 完全に道理にかなっているのに、やつのほうが確実に拒みそうなことは、ほかに何があるだろうか?

「バートルビー!」

返事はない。

「バートルビー!」と声を強める。

返事はない。

「バートルビー!」と怒鳴る。

魔法の召喚の手順に応えるかのように、三度目の呼び出しで、やつはまさに亡霊のごとく、隠れ家の入り口に姿を現した。

「隣りの部屋へ行ってニパーズにここへ来るように言ってくれ」

「それはしないほうがありがたいのです」うやうやしくゆっくり言うと、やつは穏やかに引っ込んでしまった。

「ようし、わかったぞ、バートルビー」厳かな落ち着いた声で、わしはじっくりと言い、恐ろしい審判が間近に迫っているぞ、というこちらの不退転の決意をほのめかした。実際そのときは、そうしてやろうという気持ちになりかけていたのだが、最終的には食事の時間が近づいたので、今日のところは帽子をかぶって、当惑と傷心に悩みながら、家へ帰ったほうがいいだろうと考えた。

これを容認すべきだろうか？　バートルビーという名の青白く若い筆耕が机を持ち、一フォリオ（一〇〇語）につき四セントという通常の値段で筆写の仕事をするが、自分が書いた書類を点検する作業からは永久に免除され、その作業はターキーとニパーズに、もちろん二人のほうが正確だからという言い訳のもとに、常に回されることになる。おまけにこのバートルビーなる者は、どのような理由があろうと、どんなささいな、いかなる用件だろうと、使いのために事務所を出て行くこともない。仮にそうした類の仕事を頼んだとしても、やつとしては「しないほうがありがたい」、つまりあっさり拒絶することが、全員共通の理解になっている。てんやわんやの騒動の末、やがてはこんな異常事態が、わが事務所における既定の事実として決まってしまったようなのだ。

日がたつにつれて、バートルビーに対するわしの気持ちは目に見えて和らいでいった。やつの着実な暮らしぶり、あらゆる浪費をつつしむ真面目さ、たゆみない勤勉ぶり（衝立ての陰でいつもの夢想にふけっている時間は別としてだが）、徹底した静かさ、どのような状況にあっても変わることのない落ち着いた物腰、そうしたもののせいで、やつは貴重な掘り出し物に思えてきた。とりわけ有り難かったのは、やつはいつでもそこにいる、という点だった。朝一番に来ているし、そのまま昼間も出かけることなく、夜は最後まで残っている。やつが正直であることにも不思議と信頼が置けた。事務所のどんな貴重な書類でも、やつに預けておけばすっかり安心だった。もちろん、たまにはこちらも、唐突に突発的な怒りに見舞われるのを、どうしても避けられないこともあった。いくつもの奇妙な特殊事情や優先権や前例のない免除事項を、バートルビーが事務所に留まる上での暗黙の前提条件として常に心得ておくことなど、到底不可能だったからだ。時折り、急ぎの書類を早く発送したい一心から、例えば包んでいる書類を赤ヒモで結ぶために、結び目に指を一本置いてくれないかと、うっかり短い早口でバートルビーを呼びつけてしまうことがある。言うまでもなく、衝立ての陰からはいつもの「それはしないほうがありがたいのです」という答えが返ってくる。そんな天邪鬼、そんな理不尽を、つい烈しく非難してしまうのを、人並みの弱さを持った人間として、どうして抑制することができようか。それでも、同じ抵抗を繰り返し受けるにつれて、こちらが不注意に爆発してしまう頻度は確実に減っていったのだった。

ここで述べておかねばならないが、界隈の法曹関係のビル群をぎっしり埋めている法律事務所の慣例に従って、わが事務所の入り口ドアにも何本かの鍵があった。一本は屋根裏部屋に住んでブラシを週一回、箒を毎日かけてくれる女性が持っていた。もう一本はいろいろな都合からターキーが持っていた。三本目はわし自身がときどき持ち歩いていた。四本目の持ち主は知らなかった。

さてある日曜日、わしは高名な牧師の話を聞きにウォール街にあるトリニティ教会へ行ったが、着いてみたらいくらか早かったので、事務所までぶらぶら歩いてみようと思い立った。運良く鍵は持っていたのだが、鍵穴に入れてみると、部屋の中から別の鍵が挿し込まれていて妨げられる。びっくりして声をあげると、鍵が内側から開いたのにはもっと仰天してしまった。少し開いたドアの隙間から、痩せた顔を突き出したのは、亡霊のようなバートルビーだった。シャツ姿で、その他は異様にみすぼらしい身なりで、穏やかな口調で言うには、申し訳ないが、今はたいへん取り込んでいるので、所長を中へ入れることはしないほうがありがたいのです。この街区を二、三周歩いてから戻ってくれれば、それまでに自分の用事は片づいているでしょう、と手短につけ加えた。

バートルビーのまったく予想もしない出現、しかも事務所を日曜の朝に占有し、ゾッとするほどうやうやしく無遠慮で、それでいて断然落ち着き払った様子に、わしは妙な衝撃を受けてしまい、わしのものである事務所の入り口から、だらしなくもこそこそと逃げ出し、言われた通りにあたりを歩き回った。だがそれでも、この説明のつかない筆耕の穏やかな横暴に対して、反撃したいのにできない無力感の疼きを、絶えず感じないわけにはいかなかった。実際、やつの不思議な穏やかさこそが、わしを無力無能にしただけではなく、いわば不能にもした大きな原因だった。というのも、自分が雇った部下に指図され、自分の地所から出て行けと言われておとなしく従うような輩は、その時点で虚勢されたも同然だとわしは考えるからである。さらに、バートルビーがシャツを着た以外は下着同然の姿で、日曜の朝にいったい何をしていたのか、わしはすっかり途方に暮れていた。何か良くないことが行われているのだろうか？　いや、その点は問題にならない。バートルビーが不道徳な人間であるとは、一瞬たりとも考える余地がない。それにしても、あそこで何をしているのだ？　筆写だろうか？　いや、それも違う。バートルビーはどんなに風変わりだろうと、品の良さだけは折り紙付きだ。少しでも裸に近い恰好で机に向かうなどということはしそうもない。おまけに今日は日曜日だ。この聖なる日の作法を、何であれ世俗の仕事のためにバートルビーが破るとは、どうしても想像しにくいように思われる。

それでも気持ちは休まらなかった。疑問の山にさいなまれながら、わしは事務所に戻った。

今度は支障なくドアに鍵を挿し込み、開いて中に入ったが、バートルビーは見当たらない。心配になってあちこち見回し、衝立ての陰も覗いてみたが、やつがいなくなったことは確かだった。さらに詳しく調べてみると、やつがいつのまにか事務所で寝起きし、食事もし、しかもそれを、食器も鏡もベッドもない中でやっていたらしいことがわかってきた。おんぼろのソファが片隅にあったのだが、そのクッションに痩せた人が横たわった凹みがかすかに残されている。毛布も、やつの机の下に丸め込まれているのが見つかった。使っていない暖炉の火格子の奥には靴ズミとブラシ、椅子の上には洗面器と石鹸と古びたタオル、新聞にくるまれていたのはジンジャー・ナットの食べ残しと一かけらのチーズだった。そうか。バートルビーがここを住まいとし、一人きりで独身生活を守ってきたことはこれで間違いない。何という孤独、友人の影さえない無聊《ぶりょう》が、ここには潜んでいることか！　たちまちわしはその思いに圧倒された。確かにやつはひどく貧しいが、その恐ろしい孤独ときたら！　考えてもみよ、日曜日のウォール街は古代都市ペトラのような廃墟である。平日も夜になれば、決まって人気《ひとけ》がなくなる。この建物だって、日中こそ仕事と人でざわめいているが、夜ともなれば虚ろに響くガラン胴だし、日曜は一日中うらさびれている。それなのにバートルビーは、ここを根城とし、賑わいを目のあたりにした土地が無人になりゆくのを一人で眺めてきたわけだ。これでは古代の将軍マリウスが、無辜《むこ》の民に変身した上で「カルタゴの廃墟に佇む」ようなものではないか。

生まれて初めて、押し潰すような悲哀の疼きにわしは襲われていた。それまでわしが経験したことがあるのは、どこかに快さが漂う悲しみばかりだった。ともに人間であるという絆によって、今やわしは否応なしに憂鬱へと引き込まれた。兄弟愛ゆえの悲哀だった。なぜならわしもバートルビーも、聖書に言うアダムの息子だったからだ。その日の朝、まばゆい衣装や輝く笑顔を見せて、祝日を楽しむ人々がミシシッピ川を下る白鳥のように、ブロードウェイを歩いていくのを見かけた、その人たちとこの青ざめた筆耕とを引き比べて、わしは物思いにふけった。ああ、幸福は人前に出たがり、世間は陽気だと人は言う。悲しみは遠くに隠れ、悲しみなどないと人は思う。そんなわびしい感想など、病んだ愚かなわが心が生み出した幻に違いないのだが、それが次には、バートルビーの異様な運命について、もっと具体的な連想をもたらした。奇妙な発見の予感が押し寄せてくる――知らん顔の他人たちが行き過ぎる中、青ざめた筆耕の遺体が、ひらめく白布に包まれて、わしの目の前に横たえられるのだ。

不意にバートルビーの机の抽出しに目が行った。鍵は挿し込まれたままになっている。こちらには悪気はないし、心ない好奇心を満足させようなどという気もないのだ、とわしは心中呟いた。おまけにこの机はわしの所有物であり、従ってその中身も同様なのだから、ちょっと失敬して中を覗いてみた。すべてがきちんと整頓されている。書類も丁寧にまとめられている。抽出しが深かったので、書類の束を掻き分けて、奥のほうまで探っていった。やがて手に触れたものがあり、引っ張り出してみると、大型のハンカチの包みだった。結んであって中身は重い。開いてみると、貯金箱だった。

この男にこれまで嗅ぎつけてきた、静かな表面の陰に潜む謎が、いっぺんに思い出されてきた。やつは返事をするときにしか口を開かない。ときにはかなりの空き時間があるにもかかわらず、やつが何かを、新聞さえも、読んでいるのを見かけたためしがない。ただ長いあいだ、衝立ての陰の陽当たり乏しい窓から外を、目の前の真っ黒な煉瓦壁を眺めて佇んでいる。食堂や飲食店を訪れたことがないことは間違いない。その青ざめた顔は、ターキーのようにビールを飲まないばかりか、ほかの連中のようにコーヒーや紅茶さえ、飲んでいないことを明らかに示している。こちらが知る限り、特にどこへも出かけたことがない。散歩にも出たことがないのだ、ただし、目下の外出が散歩であれば別だが。身の上を明かし、どこの出身か、世界中のどこかに親類縁者がいるのかどうかも、やつは話すことを拒んできた。あれほど痩せて青白いのに、病気だと訴えてきたこともなかった。そして何より、やつが無意識のうちに発する、生気のない――どう呼んだらいいだろう――生気のない横柄さ、あるいは慎ましいよそよそしさとでもいった雰囲気である。明らかにその雰囲気のせいで、わしはやつの奇行を黙って見逃す羽目になったのだし、そんなときには、長いあいだ物音がしないので、衝立ての陰でやつが黒壁の夢想にふけっているに違いないと、見当がついていてもなお、些細な用事を何気なくやつに言いつけることさえ、わしはためらってしまったのだった。

これらのことすべてを思い出し、やつがこの事務所を常住の住処としているという、たった今発見された事実と組み合わせ、病的に塞ぎ込んだやつの様子も念頭に置いてみると、用心深く警戒したい気持ちが次第に広がってきた。わしの最初の感情は純粋な悲哀であり、心からの憐れみだったが、バートルビーの身寄りのなさが徐々に想像力の中で膨らんでいくにつれ、その悲哀は恐怖へ、憐れみは拒絶反応へと変化していった。人生の悲惨を考えたり見かけたりすると、ある程度までは純粋な同情が掻き立てられるが、場合によっては、程度が過ぎると掻き立てられなくなる。これは残念なことだが真実なのだ。それが常に、人心に特有の利己主義のせいなのだと、断言することもできない。むしろそれは、もはや手遅れの、いわば器官全体の病を治療することなどできない、という諦めからやってくる。感じやすい人にとっては、憐れみが苦痛の種になる場合だって少なくないのだ。そうした憐れみが、隣人を効果的に救済することにどうしても結びつかないとわかったとき、人の良識は魂に、その憐れみの心を捨て去れと命じるのだ。この朝わしが目撃したものは、バートルビーが生来の、治癒しえない精神疾患の持ち主であることを証し出していた。やつの身体になら施しをやれるが、病んでいるのは身体ではない。苦しみ抜いているのはやつの魂であり、それに手を差し伸べることは不可能なのだ。

その朝、トリニティ教会へ行く目的は果たせなかった。どういうわけか、事務所でいろいろ見つけるうちに、教会にふさわしい気分ではなくなってしまったのだ。バートルビーをどうしたらいいだろうと考えながら、わしは歩いて自宅へ戻った。そして最終的に、こう決心した。明日の朝、やつの来歴その他について、穏やかにいくつか質問をしてみよう。もしやつが率直に、包み隠さず答えることを拒んだら(おそらくそれはしないほうがありがたいと、やつは言うだろう)、その場合には明日までの給料に二〇ドル札を一枚加えて、これでもう勤めはけっこうだと、やつに言い渡そう。ただしその他の形で何か助けられることがあれば、喜んでそれをしてやりたい。特にやつが故郷へ帰りたいのであれば、それがどこであれ、旅費を出すのにやぶさかではない。その上、故郷の家に帰り着いてからなお、いかなるときでも援助を必要とするとなったら、手紙を一本くれれば必ず返事をすると、やつにそう言おうと決めたのだった。

翌朝がやってきた。

「バートルビー」とわしは衝立ての陰に優しく声をかけた。

返事がない。

「バートルビー」とさらに優しい声で言う。「来てくれないか。君がしないほうがありがたいと思っていることをさせようというんじゃないんだ。ただ君と話がしたいんだよ」

するとバートルビーが音もなく姿を現した。

「バートルビー、君がどこで生まれたのか、教えてくれないか」

「それはしないほうがありがたいのです」

「何でもいいから君のことを話してもらえないかね？」

「しないほうがありがたいのです」

「だがわしと話をするのが嫌だとは、筋の通った理由でもあるのかね？　わしは君と親しくしたいだけなんだよ」

話すあいだ、やつはこちらを見ないで、キケロの胸像にじっと目を向けていた。胸像は、そのときの席の加減で、たまたまわしの真後ろの頭一つ高いところにあった。

「答えを聞こうじゃないか、バートルビー」わしはかなりの時間やつが口を開くのを待ってから言った。その間やつの顔つきに変化はなく、ただごくかすかに、白く細い唇が震えたように思えただけだった。

「今は答えないほうがありがたいのです」とやつは言い、隠れ家に引っ込んでしまった。

わしの弱点であるとは認めるが、このときのやつの態度にわしは腹が立ってきた。そこには何か、静かな侮蔑が潜んでいるように見えただけでなく、やつの天邪鬼が、どう考えてもさんざん鷹揚に扱って待遇も良くしてやったわしに対して、恩を仇で返す仕打ちに思えたのだ。

どうすべきか、改めてじっくり思案してみた。やつの行動に呆れ果て、事務所に着き次第やつを解雇してやろうと決心してはいたものの、にもかかわらず、何かこの世ならぬ思いがわしの胸に迫り、決意の実行を妨げるのみならず、この人類史上もっとも孤独な男に、一言でも厳しい言葉を浴びせたらおまえは極悪人だと、責められるような案配なのだ。とうとうわしは、衝立ての手前に親しげに椅子を引き、腰をおろすと話しかけた。「バートルビー、それじゃ経歴を話すことは気にしなくていい。だけど、友達として忠告したいんだけどね。事務所の慣習には、なるべく従ってもらいたいんだよ。明日か明後日には、書類を照合するのを手伝うと、ここで約束してもらえまいかな。つまり、一日か二日で、君がもう少し分別を持つようになると、約束して欲しいんだ。いいだろう、バートルビー」

「今は分別を持たないほうがありがたいのです」というのがやつのゾッとするほど穏やかな返答だった。

そのとき折り戸が開いて、ニパーズがやってきた。ひどい消化不良のせいで、普段以上に睡眠不足に悩まされているように見える。やつはバートルビーの最後のセリフを聞きかじったようだった。

「ほうがありがたいだと?」ニパーズは歯をきしらせるように言った。それからわしに向かって、「こっちがやつをありがたがってやるんですよ、おれが所長だったらね。こっちがやつを、ありがたく使ってやるんです。この頑固なうすのろ野郎に、優先権を与えるのはこっちだってことを教えてやるんですよ。で、やつがしないほうがありがたいって騒いでるのは、今度はいったい何なんです?」

バートルビーは指一本動かさなかった。

「ニパーズ君、しばらくのあいだ、席に戻っててくれたほうがありがたいんだがね」とわしは言った。

このごろどういうわけか、「ありがたい」という言葉を、必ずしもぴったりの場合ではないのに思わず使ってしまう癖がついてしまっていた。あの筆耕との掛かり合いが、すでにわしの内面にまで深い影響を及ぼしたのかと思うと震えが来る。しかもこれからもっと広く、もっと深くタガが外れていかないとも限らない。こうした不安も手伝って、わしは手っ取り早く略式の対策をとることにした。

むっつり不機嫌なニパーズが去っていくのと入れ替わりに、ターキーがうやうやしく穏やかにやってきた。

「畏れながら、所長」とやつは言った。「きのうバートルビーのことを考えておったのですが、毎日、いいビールをジョッキ一杯飲むほうがありがたいと思うようになれば、やつを鍛え直すのに大いに効果があるでしょうし、書類の点検も手伝えるようになると思うのです」

「おや、君もその言葉に取り憑かれたようだね」とわしはいささか驚いて言った。

「畏れながら、所長、どの言葉です？」とターキーは言いながら、衝立ての陰の狭い場所に慇懃無礼に入り込み、おかげでわしはバートルビーの身体に当たってしまった。「どの言葉です？」

「一人にしていただいたほうがありがたいのです」とバートルビーは、隠れ家に人が押しかけるのが癇にさわるかのように言った。

「ほら、今の言葉だよ、ターキー！　今のさ」

「あ、『ありがたい』ですか？　そうですな、おかしな言葉です。自分では使ったことがありません。だけど所長、自分が言うのはですな、もしやつがビールを飲むのがありがたいと――」

「ターキー、悪いけど下がってくれないか」とわしは遮って言った。

「ああ、もちろんです、所長、そのほうがありがたいとおっしゃるなら」

ターキーが折り戸を開けて去って行こうとすると、机にいたニパーズがわしの姿を捉えて、手元にある書類を筆写するのに、青と白の用紙のどちらを使ったほうがありがたいかと尋ねた。駄洒落みたいに「ありがたい」という言葉をわざとらしく使っていることに、やつは自分ではまったく気づいていなかった。我れ知らずやつの口から転がり出たことは間違いない。だから精神を病んだ男は辞めさせたほうがいいのだ、とわしは心中呟いた。わしも事務員たちも、頭までとは言わないまでも、舌先はすでにある程度感染してしまったではないか。だが念のために、解雇の件は今すぐ公表しないほうがいいだろうと判断した。

翌日、バートルビーが何もしないで、ただ窓辺に佇んで黒壁の夢想に耽っているのに気づいた。なぜ筆写をしないのかと訊いてみると、もう書きものはやらないことに決めたのだと言う。

「おや、どうしてだ？　何が次に来たっていうんだ？」とわしは声を大きくした。「もう書きものはやらないって？」

「もうしません」

「その理由は何だね？」

「ご自分でその理由がわからないのですか」とやつは冷たく答えた。

やつをじっと見つめると、目が濁って潤んでいるのがわかった。すぐにピンと来たのは、事務所へ来て最初の何週間か、薄暗い窓辺でやつが見たこともないほど仕事に精を出していた様子だった。そのせいで、一時的に目が悪くなったのかもしれない。

気の毒だった。やつには慰めの言葉をかけた。むろん仕事はしばらく休むのがいいだろうと言い、この機会を利用して、戸外で身体にいい運動でもしたらどうかと提案した。だが、やつはそれはしなかった。数日後、ほかの事務員たちがいないとき、手紙を郵送するのにひどく急いでいたので、バートルビーはまったく何もしていないのだから、きっと頑固な態度をいくらか和らげて、郵便局まで手紙を届けてくれるだろうと期待した。だがやつはあっさり断ってきた。仕方なく、迷惑この上なかったが、わしは自分で出かけて行った。

さらに何日かたった。バートルビーの目がよくなったのかどうか、こちらには何とも言えなかった。見た限りでは、もういいように思える。だがどうなのか尋ねてみると、やつは一言も発しなかった。いずれにしても、筆写の仕事はまったくしていない。そのうちとうとう、こちらがやきもき尋ねるのに答えて、永久に筆写はやめてしまった、とやつは言った。

「何だって！」とわしは声をあげる。「君の目が完全によくなって、今まで以上によくなったとして、それでも筆写はしないと言うのか？」

「筆写はやめたのです」とやつは答えて隠れ家に消えた。

やつは出て行こうともせず、わが事務所に備え付けの備品のようになってしまった。いや、もしこう言ってもいいのなら、今まで以上に備品化してしまったのだ。どうしたらいいだろう？　仕事は何もしていない。それならどうしてここに留まる必要があるのだ？　まったくのところ、やつはわしの石臼だった。それも聖書にあるように、首飾りの役に立たないどころか、持ち運ぶのにも容易ではない。それでもわしはやつを気の毒だと思っていた。やつが自分の勝手でわしに迷惑をかけた、とだけ言ったのでは、こちらの気持ちは収まらなかった。誰か一人でも親戚か友人の名前を挙げてくれたら、ただちに手紙を書いてこの憐れな男をどこか安心できる施設に引き取ってくれと頼みたいところだった。だがやつは一人ぼっちで、宇宙の果てまで身寄りのない絶対の孤独らしかった。大西洋の真ん中にただよう難破船の破片のようなものだ。だがやがて、仕事上の必要がすべての考慮を上回った。できる限り誠意を示しながら、わしはやつに、六日たったら無条件に事務所を出て行ってもらいたいと告げた。その期間中に手を尽くして、どこか別の寝場所を確保しなさいと忠告もした。やつが引っ越しをしようという気を起こしさえすれば、住まいを探すのを手伝いもしよう。「それにいざ出て行くときになったら、バートルビー、手元に何もないようにはしないつもりだよ」とわしはつけ加えた。「今から六日間だ、いいね」

この期間が過ぎて、衝立ての陰を覗いてみると――バートルビーはまだそこにいるではないか。

わしは上着のボタンをかけ、落ち着きを取り戻した。それからゆっくりやつのほうへ進み出ると、肩に手をかけてこう言った。「もう時間切れだ。君はここを出なくてはいけない。気の毒に思うよ。これが君の取り分だ。出て行ってくれ」

「それはしないほうがありがたいのです」とやつはこちらに背中を向けたままで答えた。

「しなけりゃならんのだよ」

やつは黙っていた。

ところで、この男が何につけても正直であることに、わしは全幅の信頼を置いていた。床にうっかり落としていた六ペニー硬貨やシリング貨を、何度も拾ってくれたことがあった。というのも、そうしたシャツのボタン並みの小銭に、わしはとかく無頓着になりがちだったからだ。そういうわけで、次のような措置をしたのはさほど異例なことでもなかった。

「バートルビー、精算してみると、君には一二ドルの支払いが残っている。ここに三二ドルある。上乗せした二〇ドルは、君への餞別だ。受け取ってくれるね?」と言って紙幣をやつに差し出した。

だがやつは動こうとしない。

「それじゃここに置いておこう」わしは紙幣を机の文鎮の下に置いた。それから帽子とステッキを取り、ドアのほうへ行きかけてから、静かに振り返ってこうつけ加えた。「バートルビー、所持品を全部持ち出したあと、当然ドアに鍵をかけることになるね。今はもう君しか残っていないからね。そこで頼みたいんだが、鍵はマットの下に入れておいてくれないか。そうすれば明日の朝、受け取ることができるからね。もう君に会うこともないだろう。さようならだ。もし今後、君の新しい住まいで、わしが何か役に立つことがあったら、遠慮しないで手紙で知らせてくれたまえ。じゃ、さようなら、バートルビー、元気でいてくれ」

だがやつは一言も返事をしなかった。どこか寺院の廃墟の最後に残った柱のように、人気《ひとけ》のない部屋の真ん中で、やつは黙って孤独に佇んでいた。

物思いに沈んで家へ歩いていくにつれて、同情よりも虚栄心のほうが強くなってきた。バートルビーを追い払った理想的な手順について、わしは自分を誉めずにはいられなかった。「理想的」と言ったが、公平な立場の者なら誰でもそう評したに違いない。わしのやり方のすばらしいところは、その完全な冷静さにあるように思われた。下卑た罵りや非難もなく、威張ってふんぞり返ることもなく、癇癪を起こして怒鳴ることもなく、部屋を行き来しながら、乞食のような手荷物をまとめてさっさと出て行けと、乱暴な命令を発することもなかったのだ。そういうことは何もしなかった。才能が足りない者ならきっと、声を荒げてバートルビーの退居を求めただろうが、そうではなく、やつが出ていかねばならないという論点をあらかじめ前提にして、その前提の上に立って言うべきことを組み立てたのだ。そのやり方を考えれば考えるほど、我れながら魅了された。にもかかわらず、翌朝目が覚めると疑問が湧いてきた。寝ているあいだに、虚栄心は煙になって消えたらしい。人がもっとも冷静で賢明になる時間帯の一つは、朝目覚めた直後である。わしのやり方は相変わらず聡明無類に見えたが、ただそれは、理論上でのことだった。実践ではどういうことになるのか、そこに問題がある。バートルビーが去ることを前提にするとは、まことに美しい論理ではあるのだが、結局のところその前提はただこちらだけのものであって、バートルビーのものではない。重要な点は、やつが辞めることをこちらが前提にしたかどうかではなく、やつがそうしたほうがありがたいと思うかどうかなのである。やつは理屈より好みを優先する人間なのだ。

朝食が済むと、ウォール街に向かって歩きながら、あれやこれやの可能性を頭の中で戦わせてみた。ある瞬間には、わしのやり方は惨めな失敗に終わるだろう、バートルビーは相変わらず事務所で元気にしているだろうと思ったし、次の瞬間には、やつの席がカラになっていることは間違いないようにも思えた。ぐるぐると風向きが変わった。ブロードウェイとカナル・ストリートの街角で、昂奮した一団の人々が立ち止まって熱い議論を交わしている。

「やつは見込みなしさ、賭けたっていいぜ」と一人が言う声が通りすがりに聞こえた。

「出て行かないって言うんだな？　よし！」とわしは言った。「賭け金を出したまえ」

とっさに財布を取ろうとポケットに手を入れたところで、今日が選挙の日であることを思い出した。わしが耳にしたセリフは、バートルビーには関係がなく、誰かが市長職に就くか就かないかを言っていただけだった。夢中になった頭で、ブロードウェイ全体がわしの昂奮をいわば共有し、同じ問題を議論しているように錯覚していたのだ。街が騒がしいので、上の空だったこちらの間違いが目立たないことに感謝しながら、わしはその場を通り過ぎて行った。

予定通り、いつもより早く事務所のドアの前に立った。しばらく物音に耳を澄ませる。完全に静かだ。行ってしまったに違いない。ノブを握ってみた。鍵がかかっている。どうやらわしが計画は、魔法のように効果的だったようだ。本当にやつは消えてしまったのだ。だがその思いには、一定の悲哀が混じっていた。自分の華々しい成功を、ほとんど後悔しそうになった。ドアのマットの下に手を入れて、バートルビーが置いていったはずの鍵を探しながら、たまたま膝がドア板に当たってノックのような音を立てると、それに応えて中から声が聞こえた。「まだです。今仕事中です」

　バートルビーだった。

　雷に直撃されたようなものだった。一瞬わしはかつてヴァージニアで雲一つない快晴の夏の午後、パイプを口にくわえたまま雷に打たれて死んだ男のように固まっていた。その男は陽差しのある開け放った窓辺で殺され、夢のような午後を眺めて身を乗り出したままだったが、やがて誰かが手を触れると、その場にくずおれたという。

「いたのか！」とわしはやがて呟いた。だが、この理解不能の筆耕がわしとのあいだに設定した不思議な上下関係から、どんなにもがいても免れることができず、わしはそれに従ってとぼとぼと階段を降りて通りに出てしまい、街区を一周しながら、この前代未聞の難局に対して、次に何をなすべきかを思案した。物理的に押し出すことによってやつを出て行かせることはわしには無理だった。罵詈雑言を並べ立てて追い払うこともよろしくない。警察を呼ぶのも不愉快な話だ。だがしかし、やつにゾッとする勝利を許しておくのも、今では考えられなかった。

どうしたらいいだろうか？　あるいはどうしようもないのだとしたら、この件に関して前提にできることが何かないだろうか？　そうだ、以前にはバートルビーがいなくなるだろうと、未来を前提にしていたのだから、同じように今度は、やつはいなくなったのだと、過去を前提にすることができるのではないか。この前提を正しく実行するためには、大急ぎで事務所に帰って、バートルビーなど全然見えないかのように、まるでやつが空気か何かのように、まっすぐ歩いてやつにぶつかるのがいいだろう。そうしたやり方が、意外にとどめの一撃の効果を発揮しそうだ。前提の理論のこうした応用に、バートルビーはとても耐えられないだろう。だが考え直してみると、この計画の成功は覚束なかった。わしはこの件をやつともう一度話し合うことに決めた。

「バートルビー」とわしは事務所に入りしな、穏やかながら深刻な顔つきをして言った。「わしは非常に失望したよ。辛いんだよ、バートルビー。もっと君がまともだと思っていたんだ。君が紳士の気質で、何か微妙な問題が起きたときには、遠回しにちょっと言っただけで、わかってもらえる人間だと想像しておったんだ。つまり、それを前提にしておったんだよ。だがわしは騙されていたようだね。おや」とわしは不意をつかれて驚いてつけ加えた、「君はわしがやった金に手もつけてないんだね」と前の夜から置いたままになっている紙幣を指差した。

返事はなかった。

「出て行くのか行かないのか、どっちなんだ？」突然カッとなって、わしはやつに一歩近づきながら厳しく尋ねた。

「出て行かないほうがありがたいのです」とやつは、「ない」の部分をやんわりと強調して答えた。

「いったいどういう権利があって、君はここに留まるというんだね？　君が家賃を払ってくれるのか？　税金を払ってくれるのか？　この事務所は君の所有なのかね？」

返事はなかった。

「それじゃ筆写の仕事をするつもりはあるのかね？　目はもうよくなったのか？　今朝短い書類でもさっそく写してもらいたいんだ。あるいは十行足らずの文章を、読み合わせするのを手伝ってくれてもいい。それとも郵便局まで使いに行ってくるかね？　要するにだ、ここを出て行くのが嫌だと言うのなら、それに体裁をつけるようなことを、何かちょっとでもしてくれるつもりはあるのかね？」

やつは黙って隠れ家に引っ込んだ。

わしは憤懣のあまり神経が高ぶっていたので、今は自分を抑えて、これ以上の立ち回りは避けたほうが無難だと考えた。バートルビーとわしは事務所で二人きりだった。最近ニューヨークで起きた、不運なアダムズとさらに不運なコルトの殺人事件を思い出した。あの悲劇も、誰もいないコルトの事務所が舞台で、コルトはアダムズに対して激昂し、しかも軽率にも、野放図に昂奮するみずからを戒めなかったために、我れ知らず致命的な行動に、誰よりも本人が後悔することになる行動に、駆り立てられていったのだ。この事件について思い巡らしていると、もし二人の論争が、人出のある街頭で、あるいは個人の住宅で起きていたら、あんな終わり方にはならなかっただろう、とわしはしばしば考える。人間的、家庭的な雰囲気によってまったく和らいでいない、オフィス街のビルの上の階、人気《ひとけ》のない事務所で二人だけで会っていたという環境、もちろん絨毯など敷いていない、埃っぽく刺々《とげとげ》しい外観の事務所という環境が、不運なコルトの怒りを自暴自棄へと高めるのに、大きな役割を果たしたに違いないのだ。

だが、バートルビーに対して憤懣という名の人間的弱さが湧き起こって疼いたとき、わしはそいつを組みしだいて投げ飛ばしてやったのだった。どうやってか？　むろん、ただひたすら神の教えを思い出したのだ。ヨハネ伝の「あなたがたに新しい掟を与える。互いに愛し合いなさい」という一節である。この一節がわしを救ってくれたのだ。難しい議論は別として、慈悲の心というのはきわめて賢く分別のある行動原理たりうる。身につけていればしっかりした安全装置になるのだ。人間は嫉妬のゆえに、怒りのゆえに、憎しみのゆえに、利己主義のゆえに、自尊心のゆえに殺人を犯してきたが、優しい慈悲心のゆえに恐ろしい大罪を犯したなどという話は聞いたことがない。だからただの自己利益から考えても、ほかにもっとマシな動機がなかったとしても、すべての人は、とりわけ癇癪持ちは、慈悲と慈善に向かうべきなのである。ともかく目下の局面において、わしはバートルビーのふるまいを善意に解釈することによって、やつに対する苛立ちを一生懸命に静めた。憐れなやつだ！　憐れなやつなんだ！　とわしは考えた。悪気があるわけじゃない。辛い昔があったんだろうから、少しは甘やかしてやらなくちゃいけない。

すぐにわしは仕事に熱中し、また同時に胸のうちの失望を癒やそうと努めた。想像しようとしたのは、朝のうち、バートルビーが好都合な時間を選んで、みずからの意志で隠れ家から現れ、ドアの方向へ決然と歩み出していく光景だった。だがそんなことは起こらない。一二時半になった。ターキーの顔は輝きはじめ、インク壺をひっくり返し、何かと騒々しくなる。ニパーズは落ち着きと礼儀を取り戻す。ジンジャー・ナットは昼食のリンゴを囓っている。バートルビーはじっと窓辺に佇んで、黒壁の瞑想にいつもより深く沈んでいる。これを誉めていいのだろうか？　これを容認すべきだろうか？　その日の夕刻、わしは一言もやつには話しかけないまま事務所を後にした。

さらに何日かたち、その間わしは暇を見つけては、人間の運命を論じた古典である『エドワーズの意志論』や『プリーストリーの必然論』を少しずつ覗いていた。状況が状況だったので、これらの書物は、我が身を振り返って発想の転換をするのに役立った。あの筆耕に関するわしの悩みが、永劫の昔からあらかじめ予定され、やつはすべてを見そなわす神の神秘の目的のためにわしに遣わされた者であり、その目的の何たるかは、一介の人間に過ぎないわしなどに推し量れるものではないのだと、そんな確信に導かれていったのだ。そうだ、バートルビー、衝立ての陰に留まるがよい。わしはそう考えた。君を責め立てることは二度とするまい。君は事務所の古い椅子のように、無害であり無音だ。要するに、君がそこにいると考えるとき、わしはいつになく密かな自分自身を感じるのだ。とうとうわしにもそれがわかった。実感もある。わしはわが人生のあらかじめ予定された目的に到達したのだ。それで満足だった。ほかの人たちには、もっと崇高な役割が与えられているかもしれない。だがわしのこの世での使命は、バートルビー、君に好きなだけ長く、事務所に居場所を提供することだったのだ。

この賢くまた徳の大きい考え方は、そのまま長続きするところだったのだが、事務所を訪れる同業の友人たちがだんだん、好き放題に無慈悲な発言をしてよこすようになってきた。いつもそうやって、どんなに寛容で高尚な決意も、頑迷な連中との絶えざる摩擦によって、ついにはくたびれ果ててしまうものなのだ。ただし言うまでもないが、わが事務所にやってきた人々が、バートルビーという、なぜそこにいるのかわからない男の奇妙な様子を見て衝撃を受け、意地の悪い感想の一つもこぼしたくなるのは、考えてみれば無理もない話だった。ときにはわしに用がある検事が訪ねてきて、バートルビー以外に誰もいないので、やつからわしの所在を少しでも聞き出そうとするが、バートルビーのほうはそんなムダ話につきあう気はなく、部屋の真ん中にじっと不動に佇んでいる。しばらくその姿をしげしげ観察してから、相手は何の情報も得られずに帰っていくことになる、というわけだ。

また、法律問題の付託が行われ、事務所に大勢の弁護士や証人が詰めかけて仕事を急いでいるとき、同席したどこかの弁護士が、目の前の業務で手一杯で、なおかつバートルビーが何もしていないのを見て、やつに自分の（その弁護士の）事務所までひとっ走り行って、書類を取ってきてくれと頼むことがある。それをバートルビーは穏やかに断るが、相変わらず何もしない。するとその弁護士は目をむいてやつを睨みつけ、それからわしのほうを見やる。わしに何が言えるだろう？　ついには業界の知人のあいだで、わしが事務所に置いている奇妙な存在について、首をかしげながらのヒソヒソ話が行き渡っているのを知らされる。これにはたいへん困った。このままやつは長生きするかもしれず、ずっとウチに住みつづけ、こちらの権威を否定し、お客たちを戸惑わせ、わが仕事上の名誉を傷つけ、事務所内に陰鬱な空気を醸し出し、貯金を少しずつ使って最後まで何とか持ちこたえ（というのもやつは明らかに一日五セントしか使っていなかったから）、結局はたぶんわしより長生きして、長期にわたる居住を盾に取ってこの事務所の所有権を主張する、そんな暗い予測が次第に押し寄せるようになり、わが友人たちも、遠慮なくウチの亡霊について辛辣な言葉を浴びせてくるようになると、わしも大いに考えを改めるようになった。全力を振り絞ってこの耐えがたい悪夢を金輪際追い払おうと決心したのだ。

だが、この目的に沿った複雑な作戦を思い巡らす前に、わしは率直にバートルビーに、永久に出て行ってもらうことの正当性を訴えた。穏やかながら真剣な姿勢で、その件をじっくり冷静に考慮して欲しいと伝えた。だが、考えるのに三日かかった後、やつは最初の決定には変更がないと返答した。つまり、それでもわしのところに住んだほうがありがたいということだった。

どうしたらいいのだ？　わしは上着のボタンを最後までしっかりかけながら心中呟いていた。どうしたらいい？　どうすべきなのか？　この男、あるいはこの亡霊を、どう扱えとわしの良心は言うのか？　追い払わねばならないことは明白だ。やつは出て行くしかない。だが、どうやって？　まさかこの憐れな、青ざめた、安全な人間を、これほどまで寄る辺ない男を、ドアから突き出すというのではあるまいな？　そんな残酷な仕打ちをしてみずからの名誉を汚すのではあるまいな？　その通り、そんなことはしない。とてもそんなことはできない。いっそやつをこのままここに住まわせて死なせ、遺体を壁に塗り込めてやったほうがマシなくらいだ。それではどうするのだ？　どんなに下手に出ても、やつはビクともしない。賄賂をやっても、そのままテーブルの文鎮の下に残しておくやつなのだ。要するに、やつにとって動かないほうがありがたいことは明白だった。

それなら何か深刻な行動、非常時の行動をとる必要がある。何だって！　まさか警官に逮捕させて、あの無垢な青白い男を、「墓場」と仇名される市の監獄にぶち込もうというのではあるまいな？　しかもどういう理由でそんな措置を取ってもらえるのだ？　やつは浮浪者か？何だって！　身動きもしないあいつが浮浪者、放浪者だと！　だとすると、やつが浮浪しないのが、浮浪者として逮捕させる理由なのか？　あまりにも馬鹿げている。見たところ収入がない。これならどうだ。いや、またダメだ。疑いなくやつは自活しておるのだし、それこそは誰だろうと収入があることを証明する最良の証拠ではないか。それなら、もういい。やつが出て行かないのなら、こちらが出て行こう。事務所を変えるのだ。どこかへ引っ越しをして、やつには十分な猶予期間を与え、新しい事務所でやつを見つけたら、今度こそは不法侵入者として訴えると言ってやろう。

この方針に従って、わしは翌日やつにこう話した。「この事務所は市庁舎から遠すぎるんでね。空気も汚れている。要するに、来週引っ越しをしようと思うんだ。そこではもう君の仕事は何もない。これを今のうちに言うのは、君に別の住み処を見つけて欲しいからなんだ」

やつは返事をしなかったので、それ以上は何も言わないでおいた。

引っ越しの当日、わしは人や荷馬車を雇って作業にかかり、家具といってもごくわずかだったので、一切合財を運び出すのに何時間もかからなかった。その間ずっと、バートルビーは衝立ての陰に佇んでいたが、その衝立ても最後には取り払うようにわしは命じた。巨大な書類入れのように二つ折りに畳んでそれを片づけると、後にはやつだけが、空っぽの部屋の不動の住人としてそこに残った。わしはドア口からやつを眺めてしばらく立っていた。すると心のどこかから、自分を非難する声が湧いてきた。

手をポケットに収め、心臓を口の中になんとか収めて、わしは再び部屋に入った。

「さようなら、バートルビー。もう行くよ。何とかがんばってな。これは少しだが」と言って、わしはやつの手にいくらか握らせたが、それはそのまま床に落ちた。それから、こう言うのもおかしいが、わしはあれほど追っ払いたがっていた男から、身を引きはがすような思いで立ち去ったのだった。

新しい住所に落ち着くと、一日か二日、わしはドアに鍵をかけ、廊下に足音が聞こえるたびにビクビクしていた。しばらく外出して帰ってきたときには、鍵を開ける前に、ドアの前でしばし立ち止まって中の様子に耳を澄ませた。だがこうした警戒は必要がなかった。バートルビーはもう近づいてこなかった。

すべてがうまく行っていると思っていると、ある日困り切った顔の男がやってきて、最近までウォール街——番地の事務所を使っていたのはあなたですか、と尋ねる。

嫌な予感に見舞われながら、そうだと答える。

「それでは申し上げますが」と言ったその男は弁護士だと名乗り、「あなたがあそこに残した人について、責任を取っていただきたいのです。あの人は筆写はしてくれませんし、何もしてくれません。しないほうがありがたいと言うのです。それでいて、あそこを出て行くことは承知しないのです」

「それはたいへんお気の毒ですな」とわしは表面平静を装いながら、内心では震えながら言った。「しかし、本当のところ、あなたがおっしゃる男はこちらには何の関係もないんですよ。責任を指摘されるような、親戚でも弟子筋でもないんです」

「いったい全体、あの人は誰なんです?」

「まったく何もお教えできないんですよ。こっちも何も知らんのです。前には筆耕として雇っていたこともありました。でももう長いあいだ、何も仕事をしてもらってないのです」

「それではこちらで対処しましょう。失礼しました」

それから数日がたち、音沙汰は何もなかった。ときには元の事務所を訪れて憐れなバートルビーに会ってやろうかと、慈悲の衝動も起こったが、何かよくわからない恐怖心に捉えられて出かけることはしなかった。

さらに一週間がたって、何の情報ももたらされなかったとき、もうやつとはすべてが終わったのだ、とわしはとうとう結論を出した。だが翌日事務所に来てみると、何人かの男たちがひどく気色ばんだ様子でわしを待っている。

「あの人ですよ、今やってきた」と先頭の男が声をあげた。前に一人で訪ねてきていた弁護士だった。

「やつを連れてってもらいたいんですよ、今すぐに」とでっぷりした男がわしのほうへ歩み寄りながら言った。見るとウォール街——番地のビルの大家だった。「この人たちは私のところを使っている契約者さんたちなんですがね。もう我慢できないって言うんですよ」それから弁護士を指差して、「B——さんは、あの男を部屋から外へ出したんですが、そしたらあいつは、建物全部をうろうろするようになって、昼間は階段の手すりに腰掛けて、夜はロビーで寝ているんですよ。皆さん迷惑してるんです。お客だって減ってきてるんですよ。野次馬が集まってくる心配もあります。今すぐに何とかしていただかないと困るんです」

この長広舌に度肝を抜かれて、わしは縮みあがってしまい、できれば新しい事務所に鍵をかけて閉じこもってしまいたかった。バートルビーはほかの誰にも負けず、わしとだって無関係なのだと、言い張ってみてもムダだった。やつと関わりを持った最後の人間はわしなのであり、連中はそのせいでわしにひどい責任を押しつけるのだ。そこで新聞に書かれることを怖れる気持ちから（居合わせた一人はそんなことも匂わせた）、わしは考えに考え、結論として、バートルビーとの内密の話し合いを、B――弁護士の事務所で持てるように取りはからってくれるなら、その日の午後のうちにも、皆さんの不満の種を追い払うようにできるだけ努力してみましょう、と答えた。

昔の居場所だった事務所への階段を昇っていくと、バートルビーが踊り場の階段の手すりにじっと座っているではないか。

「バートルビー、ここで何をしてるんだい?」とわしは言った。

「手すりに座っているんです」とやつは穏やかに答えた。

弁護士の事務所に手招きで来させると、弁護士はわしらを二人きりにしてくれた。

「バートルビー、君がわしにとって、たいへんな苦しみの元になっていることに、気がついているかね?」とわしは言った。「事務所を解雇されたあとも、ずっと入り口を塞いでいるんだからね」

返事はなかった。

「だから、二つの手段のうちどちらかを選ばなくちゃならんのだよ。君が何か動きをするか、何か動きが君に仕向けられるか、そのどちらかだ。どういう仕事なら、してみたいと思うのかね? 誰かに雇ってもらって、また筆写の仕事をしたいかね?」

「いいえ。このまま何もしないほうがありがたいのです」

「服飾品の店で店員でもやらせてもらいたいかな？」

「それはちょっと窮屈すぎますね。店員はしたくありません。えり好みするつもりはないんですが」

「窮屈すぎるって！」とわしは声をあげた。「君はいつだって窮屈に閉じこもってるじゃないか！」

「店員の仕事は、しないほうがありがたいのです」この件はこれで終わり、と言わんばかりにやつは答えた。

「バーテンダーなら、君に向いてるんじゃないかね？　あれなら、目を痛めることもないし」

「全然その気になれません。ただ今も言いましたように、えり好みをするつもりはないんですが」

いつになくやつの口数が多いので、わしは元気を出した。攻撃を再開する。

「そうか、それじゃ、商人に雇われて、国中飛び歩いて集金をして回る、っていうのはどうだい？　それなら健康にもいいだろう」

「いいえ、何か別のもののほうがありがたいです」

「それじゃ、ヨーロッパ旅行のお伴ってのはどうだい？　どこかの若い紳士の話し相手になってあげるのさ。それなら向いてるんじゃないか？」

「いいえ、全然。それはどうも漠然として、はっきりしたところがないように思えます。ぼくは動かないでいたほうがいいんです。えり好みはしませんが」

「それじゃ動かないでいるがいい！」と堪忍袋の緒が切れてわしは叫び、やつとの腹立たしいつきあいの中でも初めて我れを忘れて昂奮した。「今日中にこの地所から出て行かなければ、わしの義務感としては、いや、義務としてだ、その――その――わしが出て行くぞ！」とやや馬鹿げた結論を出してしまった。いったいどういう脅しをかければ、動かぬやつを怯えさせ、従わせることができるのか、見当もつかなかったからだ。それ以上の努力はすべて諦めて、一目散にやつの元を去ろうとしたが、そのとき最後のアイデアが頭に浮かんだ。前にもちょっと浮かんだことがないわけではないアイデアだった。

「バートルビー」昂奮状態にありながらできる限り親切な口調でわしは言った。「わしと一緒に家へ行こう。事務所じゃない。わしの住まいだ。時間をかけて、何か君に都合のいい段取りを相談しようじゃないか。それが決まるまで、わが家にいればいいんだ。さあ、行こうじゃないか、今すぐに！」

「いいえ。このまま何もしないほうがありがたいのです」

わしはもう何も言わず、突然しかも大急ぎでその場から立ち去って、何とか他の人たちの目を逃れ、そのままウォール街をブロードウェイの方向へ走り、最初の乗合い馬車に駆け込んでどうにか追跡を逃れた。落ち着きを取り戻すと、これで自分は大家や間借り人たちの要求に照らしても、わし自身の希望や義務感に照らしても、バートルビーを助け、乱暴な警察沙汰から守ってやるために、できることをすべてやった、という確信をはっきりと抱いた。今や完全に苦労を忘れ、安らかに過ごすことだけがわしの願いだったし、わが良心も、その願いは無理もないと言ってくれた。ただし、それとても簡単に実現するものではなかった。激怒した大家と苛立った間借り人たちにまた捕まることを何よりも怖れて、わしはニパーズにしばらく仕事を委ね、馬車でマンハッタンの北側や郊外地域を走り回った。ハドソン川を渡ってジャージー・シティやホーボーケンにも行ったし、マンハッタンヴィルやロング・アイランドのアストリアへも隠密旅行を企てた。じつのところ、そのころわしは馬車の中で暮らしていたようなものだった。

再び事務所に戻ってみると、何と、元の大家から手紙が届いて机の上に置いてある。震える手で中を開けてみると、大家は警察に助けを求め、バートルビーを浮浪者として市刑務所に送り込んだと書いてあった。その上、やつのことを他の誰よりも知っているのは貴殿なのだから、是非とも刑務所へ出向いて、適宜事実関係を証言して欲しい、とも書いてある。この知らせにわしは矛盾した感想を抱いた。最初は義憤に駆られたが、最後には賛成していた。精力的でせっかちな大家の性格からして、わし自身であれば決断がつかなかった策を選んだのだ。だがそれでいて、最後の手段として、あの奇妙な状況下でそれは唯一の方法であるとも思えた。

後で聞いたところによると、あの憐れな筆耕は、市刑務所に連行すると言われると、まったく何の抗弁もせず、いつもの青ざめた不動の面持ちで黙って従ったのだという。

傍観者の中にはやつに同情する者もただの野次馬もいたが、そのうちの何人かが一行につき従い、バートルビーと腕を組んで放さない警官の一人が先頭に立って、賑わう真昼の大通りの騒音と熱気と昂奮の中を、沈黙の行進が進んで行ったのだった。

手紙を読んだその日のうちに市刑務所、通称は「墓場」だが正式には「司法庁舎」と呼ばれる場所へ出かけて行った。担当の役人を見つけて来訪の目的を述べると、こちらが探している人物は確かに収容されていると教えられる。それから係員に、バートルビーはきわめて正直な男で、説明しがたい奇行はあるものの、大いに同情に値するのだと強調した。知っていることはすべて話し、もう少し寛大な措置が下されるかもしれないので、それまでなるべく緩やかな留置に留めておいて欲しいと最後につけ加えたが、寛大な措置とは何なのか、実際には自分でもよくわからなかった。ともかく何も決定がなされなければ、救貧院で受け付けてもらえるだろう。それからやつに面会を求めた。

破廉恥罪に問われたわけでもなく、あらゆる点できわめておとなしく無抵抗だったので、やつは刑務所内を自由に歩き回り、塀で囲まれた芝生に出ることも特に許されていた。やつを見つけたのもその庭で、一人ぼっちで一番静かなあたりに佇み、高い塀の壁に顔を向けていた。気づいてみると、周囲の監房の小さな窓から、人殺しや強盗をやった連中の目がやつに注がれている。

「バートルビー！」

「あなたのことは知っています」と振り返りもしないでやつは言った。「お話することは何もありません」

「バートルビー、君をここへ連れてきたのはわしじゃないんだ」やつがそれを疑っているのかとギュッと締め付けられる思いで言った。「それに君には、ここはそれほどひどい場所でもないじゃないか。ここにいれば君は、何の非難も受けずに済むんだからね。ほら、人が思うほどここは悲しい場所じゃないよ。見上げれば空もあるし、足下には草もある」

「自分がどこにいるかは知っています」とやつは答え、それ以上何も言おうとしないので、わしは帰ってくるほかなかった。

建物の廊下に戻ると、丸々とした肉のようなエプロン姿の男がわしを呼び止め、肩越しに親指を突き出して、「あいつはあんたの友達かい？」

「そうだが」

「やつは飢え死にしたいのかい？　そんなら刑務所の食事だけでいいんだけどさ」

「君は誰なんだ？」こんな場所でこんな非公式の発言をする人間に、どう相手をしていいのかわからないのでわしは尋ねた。

「メシ屋でさ。ここに友達を持ってる皆さんに雇ってもらって、おれは友達にいい食べ物を届けてやるんでさ」

「これは本当の話かい？」とわしは看守に尋ねた。

看守は本当だと言う。

「そうか、それなら」とわしは銀貨を何枚かメシ屋（と誰もが呼ぶ男）の手に握らせた。「あそこにいるわしの友達に、特別目をかけてやって欲しいんだ。手に入る限り最高の食事をふるまってやってくれ。それにやつにはできるだけ礼儀正しく接しなければいかんぞ」

「おれを紹介しといてくれないかね」とメシ屋は言って、自分の育ちの良さを見せたくてうずうずしているような顔つきでこちらを見やった。

バートルビーにも益するところがあるだろうと思って、わしは承知した。メシ屋の名前を訊くと、二人でバートルビーのところへ戻って行った。

「バートルビー、こちらはトンカツ君だ。大いに君の役に立ってくれるだろう」

「小間使いでございますよ、ダンナ、小間使いで」とメシ屋は言い、エプロンの陰に隠れるように姿勢を低くして挨拶した。「気持ちよくお過ごしになられるように願っております。庭はすばらしいし、部屋は涼しい。しばらくここでお過ごしいただきたいものでして、できるだけ快適になさって下さい。トンカツ夫人ともども、夕食をご一緒してもよろしいですかな。夫人の個室へ来ていただいて」

「今日は食事をしないほうがありがたいです」とバートルビーは言って背中を向けた。「ぼくには合わないのです。ちゃんとした食事には慣れてないのです」そう言いながら、やつは庭の反対側へゆっくり歩いていって、また高い壁に直面した姿勢を取った。

「どういうこってす?」とメシ屋がびっくり仰天した目でこちらを睨みつけながら言った。

「あの人、おかしいんですかね?」

「少し錯乱しておるようなんだ」とわしはがっかりしながら言った。

「錯乱? 錯乱だってのかい? いやあ、あの人、おれはてっきり高級詐欺師だと思ってたよ。ああいう連中は、いつだって青白くて、上品にしてるからさ。連中には同情しちまうんだなあ。どうしたってさ。モンロー・エドワーズってペテン師、ダンナ知ってるかい? ずいぶん騒がれたよねえ」とメシ屋はいかにも思い入れを込めて言い、黙った。それからこちらを憐れむように肩に手をかけて、ため息をついた。「あいつはシンシンの刑務所で、結核にかかって死んだんだ。じゃあダンナは知り合いじゃねえんだね?」

「いや、わしはどんな詐欺師とも知り合いだったことはないよ。だがもう帰らなくちゃならん。

あそこのわしの友達の面倒を見てやってくれ。損はさせないよ。また会おう」

その後何日かたってから、また「墓場」への入館許可証を得た。バートルビーを探して長い廊下を歩き回ったが、見つからなかった。

「だいぶ前に、部屋から出てくるのを見ましたよ」と看守が言った。「庭をぶらつきに出て行ったんじゃないですかね」

そこでそっちへ歩いて行った。

「あのだんまり男を探してるんですか?」と別の看守が通りすがりに言った。「あっちで横になってますよ。庭で寝てるんです。横になるのを見かけてから、まだ二〇分にもなりません」

庭は隅々まで静かだった。一般の囚人は庭まで入れない。周囲の壁も、驚くべき厚さで、外界の物音を遮断している。石積みの仕上げもエジプト調で、陰鬱な感じに圧迫される。柔らかい芝が塀に閉じ込められて足下に育っている。永遠のピラミッドの中心に、何か奇妙な魔法の力で、鳥が落とした草の種がどこかの割れ目から入り込んで、芽を吹いたかのように思える。

塀の根元に妙な姿勢で丸くなった、疲れ果てたバートルビーの姿を見つけた。膝を身体に引き寄せて横向きになり、頭は冷たい石に触れたままだ。だが動かない。わしは待った。それから近づいて、屈み込むと、やつの暗い瞳が開いているのが見えた。それ以外は深く眠っているようにしか見えなかった。何かに突き動かされて、やつに触れてみようと思い、そっと手を握ると、ゾクッとする戦慄が、わしの腕から背骨、さらにつま先へと走っていった。

メシ屋の丸い顔がこちらをじっと見ていた。「その人の食事はできてますよ。きょうも食べないのかな？　それともその人、何も食わないで生きているのかい？」

「食わないで生きているのさ」とわしは言って、目を閉じてやった。

「ああ、眠ってるんだね？」

「そう、聖書にある『地の王や参議らとともに』ってやつだ」とわしは呟いた。

＊

この伝記物語をこれ以上続ける必要はないだろう。憐れなバートルビーの埋葬について細々と語るぐらいのことは、読者の想像にお任せしてかまわないだろう。だが読者諸兄姉とお別れする前に一言述べておくなら、もしこのささやかな物語が皆さんの興味を惹き、バートルビーとは誰だったのか、語り手であるわしが知り合う以前にやつはどんな生活をしていたのか、好奇心が目覚めてそんな疑問が湧いてきたとするなら、わしに答えられることはただ一つ、その好奇心はこちらも同様だが、それを満たす術がまったくない、ということだ。ただここに、やつの死後数ヶ月たってから耳に入ったささいな噂話が一つあって、それを公表すべきなのかどうか、わしには何とも見当がつかない。それがどういう根拠に基づくものか、確かめる手段もない。従ってどの程度真実なのかも言うことができない。だがこの曖昧な情報は、どう言ったらいいのか、悲しいなりにある種奇妙な含蓄に富んだ感慨を、わしに与えないでもなかったので、読者によっては同じように感じてくれるかもしれないと思い、簡単に紹介しておくことにしたい。噂というのはこうだ――バートルビーは首都ワシントンの配達不能郵便事務局で下っ端の係員として勤めていたが、政府の交替にともなって不意にクビになったのだという。この噂について考えると、わしは何とも言いようのない思いに捉えられる。配達不能郵便！　それは死んだ人間のように響くではないか？　生来の気性と環境の不幸によって、青ざめた絶望に陥りがちな青年がいたとして、その青年の絶望を深める上で、配達不能郵便をより分けて火にくべる仕事ほどふさわしいものがあるだろうか？　馬車に積むほどの量が毎年燃やされていくのだ。時には畳まれた手紙のあいだから、この青白い事務員が、指輪を取り出すこともあっただろう。おそらくその指輪が嵌められるはずだった指は、すでに墓の下で腐りかけている。人助けのために至急便で送られた紙幣は、届かなかったがために、助けるはずだった人はもう食べても飢えてさえもいない。絶望のうちに死んだ人々に救済が、希望を捨てて死んだ人々に希望が、災難を撥ね除けられずに押し潰されて死んだ人々に起死回生のニュースが、届けられなかったのだ。生を求めながら、これらの手紙は死へと急ぐ。

ああ、バートルビー！　ああ、人間というものは！

3

ウィリアムの結婚式

Sarah Orne Jewett
“William’s Wedding”

一

都会のあわただしい生活は、したいことをいつも後回しにして大嫌いな仕事を優先させるから、いらいらした私はある日汽車に乗って、降りたらすぐまた東へ向かう船に乗っていた。文豪カーライルがどこかで言ったとおり、人が求めるべき幸福は、仕事がちゃんとできるくらいの幸福でいいので、それに比べたら、複雑な社会機構やつまらない新生活など、まるで陰謀だと思えるほどだ。でも、東の海から潮風が香り、突き出た岩場にがんばって建っている灯台が見え、カモメがかすめて飛び、離れ小島でモミの木が海に向かう行列になって私を待っていることを思うと、自分がしっかり自分に戻れた気がして、もうみじめでちぐはぐな存在ではないと感じる。いのちが取り戻され、不安だらけの生活は、まるでそんなものはなかったかのように吹き飛んでしまう。どんなに長く、深く息を吸ってもまだ足りないくらいだ。幸福への帰還なのである。

海岸はまだ冬の装いだった。もう五月の半ばなのに、岸辺はどこまでも冷たく死んでいる。東だけど同時に北に向かっているんだと思い知らされ、午後が深まるにつれて海は冷えて、あの秋のように暖かみのある風や、すがすがしくピリッとした空気、夏のあいだに熱をたくわえた様子などはまったく見当たらない。夕方、南の入り江に船が近づいて、ダネット波止場の村の白い家並みが丘の斜面に並んでいるのを見るころには、私はとても寒く、とても疲れている。小さな家々は親しげな表情で、岸辺から丘を昇っていくのではなく、仲好しの旅人がくたびれてやってきたのを出迎えるために駆け下りてくるようで、私は船を降りるのを待ちきれない気持ちだ。でも会いたかったのは、いつものように港に駆けつけた一団ではない――郵便船の入港は、夏の日の村の一大行事なのだけれど。親しい友人がジョニー・ボーデンだけしか来てないとわかると、私はがっかりしてしまった。ジョニーは冬のあいだ中、ほかに何もしないでただひたすら背を伸ばしてきたらしく、海に傷んだかれの服はもう小さくて、ちょっとみすぼらしく見えた。

あいさつをしてみると、ジョニーの表情は前と変わらなかったけれど、再会のときがこんなに遅くなって、私が村のことを忘れてたとか、心配をかけたと思われてるんじゃないかとふと気になった。お詫びを言おうとしたけど、その前にかれは私の小さな旅行カバンを受け取ると、すたすた先に立って、前と同じ歩調で上り坂の道をトッド夫人の家に向かった。そう、ジョニーはずいぶん大きくなった。時間がたったとかそのほか理由があったにしても、この子がこんな若者に成長するなんて、去年の夏には思いも寄らなかった。当時からがっしり、どっしりした体格の子で、神様がもうこれで終わり、すっかり満足のできあがりと認めて取りのけた感じだったのだ。

すばらしいグリーンの小さな庭は、冬のせいでどこかへ行ってしまっていた。フェンス沿いに霜にやられた細枝とまばらな植え込みが見えるばかりで、地面はまったく何も生えそうにない。そこを通り過ぎて、トッド夫人宅のドアに向かっていくあいだ、私の胸はまるで恋人のように高鳴った。家も冬の猛威を受けて、ずいぶん小さくなったように思われた。

「奥様はお出かけじゃないの？」ドアの手前の上がり段まで来ると、私は急に不安になってジョニー・ボーデンにたずねた。

「お出かけなんて！」かれは驚いて、ぽかんとした顔でこちらを向いた。「四時ごろミス・カプランの——あの、道ぞいに一番近いお宅です、あっこの窓辺にいるのを、見かけましたから！」私の到着のニュースをぎりぎりまで秘密にしておこうと、かれはまるでウサギの穴に入るみたいにそうっとドアを開けた。

それからホームシックを抱えてきた私の心に、トッド夫人の声が降りそそぐ。彼女は立ち止まって、ジョニーが靴にたくさん土をくっつけてきたのを叱ったけれど、それは喜びがあふれすぎないように抑えるためだということがわかったので、そのやりとりがひとしきり済むまで、私は外でぐずぐずしていた。それから私たちはあらためて顔を合わせた。

「きっとあなたなら教えてくださるんでない、これから皆さん、どんな帽子をお召しなんだか。だって教会用のボンネット、もう今年は合わないと思うの。あれはだめ！　もう永久にかぶれないんでないかしら」ようやく息をつくと、トッド夫人はすぐに言った。「ほらほら！　すわってくださいな、あれからどうなさったか、お話してくれないと。うちではね、結婚式があるのよ、たぶんご存じでないかと思うけど」

「結婚式！」私はちっとも昂奮が冷めていなかった。

「はい。波が出なくて、季節の嵐も待っててくれたら、日曜日に島に来て、お披露目をすることになってるの。ボンネットのことなんか、心配するのは一と月も先でいいんだし、誰も気がつきやしないと思うんだけど、こういう機会だもの、ちゃんとした恰好をしたいのよ。ウィリアムにしたらたいへんな苦労だもの」

「弟さんに！」と私は叫んだ。「トッドさん、それはどういうこと？」

彼女は楽しそうにすこし笑った。「そう、神様の思し召しね。エスターのやかましいお母さん、ハイト船長の奥さんね、あの人、そろそろお引っ越しをさせてもいいって、神様がお考えになったんでない？　丘の上の家から、天国に。だからたぶん、結婚式を今週することになったの。エスターは、羊を手放すのにものすごくがんばって、でもすごくうまくいってね。牧場の向こうに土地を持っている家がお金持ちで。あそこの吹きさらしの尾根ね、あの北側は、すごくちゃんとした土地でね。そこの息子が一人、このごろエスターの手伝いをしてて、エスターが羊の飼い方から何から、全部教えてあげてたの。早出しの子羊の積み込みが終わったら、その子が牧場を半分ずつ買い取ることになって、二年以内に全部買い取るって権利も、その子に持たしてあげたんですって。エスターが残しておいたのは、お母さんのお墓の周りと、それから通行権と――」

私は細かい話を最後まで聞いていられなかった。重要な事実を再確認したかった。

「弟さんのウィリアムが、結婚するのね？」と私が同じ質問を繰り返すと、夫人はちょっとあきれたような顔で私をまじまじと見た。

「船長の奥さんのお葬式が、先週の水曜日だったの。たくさん人が来てた」と彼女は間をおいてから説明してくれた。

「おかわいそうに！」と私は言った。見込みもないのに病気の運命と一人で闘っていたおばあさんの姿を思い出して、急に胸が苦しくなった。「辛かったでしょうね」

「辛かったのはエスターのほうだと思うけど」とトッド夫人は事もなげに言った。

三

私は知らないところへ来たような、妙な感じがしていた。庭の眺めにはがっかりしていたし、小さな部屋たちも、去年の夏来たときいくつか小物を寄贈しておいたのに、妙によそよそしく思えた。まるでヤドカリが新しく冷たい貝殻に入り込んだようだった。五月の寒風に窓という窓を閉ざし、私が着いた最初の日、海も不思議に灰色をして黙り込んでいたので、私はあのなつかしい静かな暮らしの手がかりを見失ってしまったかのように感じていた。

都会の人は、忙しすぎて死んでしまうことがよくあるからと、トッド夫人は正しい意見を言って、わざわざ来たからにはゆっくりして、しっかり休んでいきなさいと忠告をしてくれた。でも去年の秋、ここダネット村の何もない生活へのホームシックの思いに、私がどんなに長いあいだ苦しんでいたか、夫人にはもちろんわからない。私にしてみれば、帰ってくるなり大きな出来事に見舞われるのは、ちょっと置いてけぼりにされた気持ちがしたのも無理はなかった。

人がどこかを旅立ったとか、新しいどこかに着いたとかは、次の日になって初めて実感するものだと誰かが言っていた。でも私の場合は逆で、二日めの朝目覚めてみると、くつろいで楽しげな、私にはおなじみの予感がはたらいたし、明るい五月の陽が差し込み、家の反対側からはトッド夫人の重い足音が、まるで何か起ころうとしているみたいにドタドタと響いてくる。

今年最初のオリオールが、家の近くでさえずっているし、春のすばらしさが感じられて庭を見やると、暖かい夜のあいだにあの宝石のような花たちが、手のひらの幅ぐらい芽を出している。黄色スイセンのきっぱりした釘のような茎も、玄関の上り段の際《きわ》に高く立っているし、アカネグサも葉や花を開こうとしている。私がはるか南で後にしてきた足取りの遅い春が、この北の海辺で私に追いついたのだ。庭の端では気の早いタンポポも一つ見つかった。

ニュー・イングランドでは、人びとの大切な出来事をうまく伝えるのは難しい。言葉がとても少なくて、感きわまって漏らされた数少ない言葉も、活字にしてみるとちっとも引き立たない。読みながら、きっとドラマチックなのだろうと感情の高まりを想像しなければならない場合が多すぎるのだ。でも、朝食の時間に部屋を出て行くと、やってきたトッド夫人と顔を合わせて、夫人が「この天気ならウィリアムもあの子のところへ来るわ。二人の幸せの日になるわ！」と言ったとき、私は何かぐっとくるものを感じて、この地味な活字のどんなに冷たい読者にも、この思いはわかってもらえるのではないかと思った。これは自分なりのダネット村を持っている読者のために書いているのだ。つまり、このダネット村を私と一緒に共有してくれる親切な人か、それとも別の小さな村を自分用に持っている人だ。

「まだウィリアムの帆が見えないの。島のあいだをくねくね回って来るだろうから、見えなくても不思議はないんだけど」とトッド夫人はつづけた。「舳先《へさき》を丘のほうに向けたまま、タラ舟で入り江を上がってくることもできるのね。ペンキを塗り立ての新品の舟でも、腕さえあればね」言いながら彼女は玄関へ行って、はるかな海を見やった。彼女の視線が灰色の海辺を行ったり来たりするのが見えたと思ったら、穏やかな顔に明るい光が広がった。「いたわ、あの子、一人前に入り江の真ん中から入ってくるわ！」よくやった、と言わんばかりのうれしそうな口ぶりだった。「ほら、あそこにいるでしょ！　あれ、ウィリアムよ！　あの子、新しい帆を結んだんだわ」

私もそちらを見た。まだカモメの翼ぐらいの白い点だけだったけれど、待ち焦がれた彼女の目にはそれで十分だったようだ。

その年は夏のあいだ、フランスに行ってずっと過ごすつもりだったのだけれど、行けばこうしたシンプルですてきな場面に居合わせることができなくなる。それを考えれば考えるほど、ここでの生活が余計にすばらしく愛おしいように思えてきた。聖女テレーサは、魂の進歩のために必要なのはたくさん考えることではなく、たくさん愛することだと言っている。私もときどき、ダネット村のトッド夫人やウィリアムや、その二人の母であるブラケット夫人といった人々の心に宿るシンプルな愛にまさるものを、ほかで見たことなんか一度もなかったと考える。その理由はただ一つ、これらの情も深くて賢くて誠実な人たちに、その人たち自身の生活の場の中で会うことができたからだ。ありがたいことに、世界中のどの村にも、この人たちと同じ人たちがいる。人生の贈り物とは、その人たちを見つけ出すことだけなのだ。私はただダネットの村人たちが、お客に対して普通に世間的な気を遣ったり上辺をつくろったりする、そんな遠慮がもうなくなるまで、村に長く滞在していただけだった。そしたらこの人たちのシンプルな心根が、くっきり見えてきた。「人生の幸福は、発見の能力にかかっている。発見した真実を、私たちは知らないわけではないし、信じているようにさえ思える。でもそれについて考えることに、私たちは慣れていない。それは私たちにとってあまりにもなじみがないから……」

「おいやまあ！」とトッド夫人は急に声を張り上げた。「こっちもてきぱきしなきゃね。あの子があんなにスイスイ来られるなんて、思ってなかったもの。でもこれからすこしはジグザグになるだろうから、着くまであと一時間はたっぷりかかるね。もう打ち合わせは全部したと思うけど、でも天気がよくなければ、朝のうちにエスターのところへ来るのは無理だって言ってたし、今朝の天気は、そりゃあ怪しかったのよ」

羊飼いの仕事で鍛えられたエスターの顔を私は思い出した。幼いころから長年野良仕事をつづけてきたフランス人のような顔だった。陽気な表情、子供のように輝く目を私は思い浮かべ、この年齢で今ごろになって、人の世話を受け、雨や風からやさしく守ってもらうことを、彼女がどんなに驚きながら喜んでいるか想像した。彼女もウィリアムも、春の華やぎの中で仕事も心配も忘れて、これからふたたび若者に戻るのだ。舟が波止場に着くのが待ちきれなかった。ウィリアムの幸せそうな顔を一刻も早く見たかった。

「ケーキとワインを用意するわ！」とトッド夫人が言った。「あの子たち、そこまでゆっくりできないだろうから、落ち着いて食事なんかしてられないものね。なるべく早く家に帰りたがるでしょう。やっぱりケーキとワインだわ。とっておきのレシピでプラム・ケーキを作ったし、ワインはなんたって、デントン船長からいただいたものなのよ。私の結婚式の日に二本いただいて、一本は私たちで飲んで、一本は取っといて、あれから手をつけてないの。メイン州で最高のワインなんだって船長は言ってたわ」

その日は待つ一日だった。その春の一日、五月の陽気は結婚式を待つ私たちのように浮き浮きとして、草の緑も一時間ごとに濃くなっていくと思えた。暖かな風は鳥の声に満ちて、海も、長かった冬の冷たそうな輝きではなく、明るい光を放っていた。トッド夫人の顔には、一度見た覚えがあるけれどその後長いこと見かけなかった表情が浮かんでいた。とびきりの上機嫌だったのだ。私は早めに散歩に出かけて、帰ってからは夫人とたいてい別々の部屋で過ごしていた。家の空気はスリルで一杯で、私たちが交わした会話も、夫人がすごくだしぬけに、ぶっきらぼうに話しかけてきただけだった。そのほかはたぶん編み物をしていたと思う。私はのろのろと本を読んでいた。夫人が歩きまわる足音がしょっちゅう聞こえた。玄関のドアはもうすっかり開けてあって、ときどき夫人は出て行って、門までの歩き道を、後甲板を歩く船長みたいに往復した。

人生の重要な出来事をすわって待つというのは厳粛なものだ。誰もが一度や二度は経験するけれど、生命の誕生を待つとか死を待つとかいうときと、同じ気持ちになるものだ。

でも、とうとうトッド夫人は門から急ぎ足で戻ってきて、ドア口の陽差しの中に立ち止まると、まるで魔法使いのおばさんのように私を手招きで呼び寄せた。

「あの子がこないだ、あの丘の上のエスターの牧場へ行った日に、あなたは何もかも見て取ったんだと思ってたのよ」と言った夫人の口調は、ちょっとがまんしている感じだったので、私たちが去年の秋から会わないでいたあいだに、私が情報を増やしたどころか失ったと彼女が考えているのではないかと思えてしまった。

「ウィリアムが釣りに行くって口実を作ったのは、あのときが最後だったの。こっちが気がついちゃったらだめなのよ。ウィリアムは死ぬほど恥ずかしがったでしょうから。でも四〇年も親しくしてきたのに、まだあんなに緊張してた相手って、やっぱりほかに誰もないものね。そう、もうこれからは、口実なんかなくてもよくなったの」とトッド夫人は勝ち誇ったように言った。

「あの日、あなたはウィリアムがどこへ行くのか、知ってらしたの？」と、彼女の洞察力を賛嘆する気持ちから私はたずねた。

「知ってたわさ！」と彼女は自慢げに言った。

「あら、でもあのハッカのローションは？」と私は口をとがらせて抗議した。なぜなら思い出してみると、あのとき蚊が出るという理由で、顔にベタベタとローションを塗って、かわいそうに、恋する弟を彼女はひどく苦しめたからだ。まったく、とんでもないことだ！　奸計で知られるギリシャ神話のメディアでさえ、隠された究極の目的をこれほど察知していなかったに違いない。

「あなたね」とトッド夫人は、私が来たのと結婚式の楽しみが重なって昂奮した様子で言った。「あの子はとてもきれいな顔をしてるのよ、でも蚊に食われると、変に腫れちゃうの。蚊にやられたおかしな顔で、恋人の前に出て行かせるなんて、誰だって嫌でない？　昔若かったころ、あの子と一緒に馬で出かけたことがあったんだけど、森に入ったとたん、さあ、あの子だけ、いっせいに蚊に食われ出したのさ」夫人は私をたしなめるように腰に手をあてて立ち、私は叱られても仕方がないと思っていた。「そう、あなた、ボンネットのことを教えてくれるのに、ちょうどいいときに来てくれたんだわ。てっぺんに大きな蝶リボンがついたのが、これから流行だって、みんなは言ってるんだけど」

四

待っている時間というのは、出会いの夢のような時間とはまったく対照的だ。朝のあいだ時計が進むのがあまりにも遅いので、目が覚めたときの昂奮もいつのまにか擦り切れてしまった。トッド夫人も最初は顔があんなに輝いていたのに、ふだんの暮らしの心配ごとにだんだん気が散るようになった。しかもブラック島から、あまり仲良しでもない知り合いが病気の女の子を連れて、治療のアドバイスを聞きにやってきたりした。二人ともがんがん響く声でよくしゃべり、なかなか帰ろうとしない。それでもトッド夫人は紅茶を出し、カップの静かな音が聞こえたし、夫人の声の調子にもいらいらした感じはまったくなかった。でもとうとう二人が帰っていくと、別れの挨拶を必要最小限にすませて、夫人は私のところへ戻ってきて、あの二人、好きじゃないし、おまけに友達ぶってはいたけど、お医者にかかる費用を節約するためにこっちに来ただけなのよ、と説明した。それでも女の子がかわいそうだったし、お医者は今島を出ているのだという。

「だからすぐにお薬をあげないわけにいかなかったの」と彼女は言った。「あのやせた子に、一セントの薬だって、買ってあげたりはしないいんだから、あの人たち。あの子はもっと栄養をつけなきゃだめなのよ。ミルクが足りないのね。ブラック島じゃ、有名なバター作りの家なのよ。すばらしい牧場を持っているの。でも、自分たちじゃミルクを飲まないのね。あそこのバターは、重くするために塩をたくさん入れてるの。そういう悪い考え方は全部、穢《けが》れの町のソドムからつづいているのね」

夫人はとても怒っていたし、病気の女の子のことをとても気にかけていた。「あの子をうちに置かせてもらえたらいいんだけど」と彼女は言った。「そう勧めてみたんだけど、そしたら女の子のほうは、私の言うことが聞こえたら、今まで辛そうな顔をしてたのに、ありがたそうな目でこっちを見るものだから、私にも何が悪いのか、ピンときたのよ。でも母親のほうが、この子はまだそんな用意ができないからって。用意なんてねえ！」と言うと、夫人はまるで老将軍のように鼻を鳴らして行ってしまったが、まだむかむかするらしく、それから一時間ぐらいも何かぶつぶつ独り言を言っていた。

それがようやく収まりかけたころ、彼女の仇敵であるマリア・ハリスが、頭をギンガムのスカーフでくるんで裏口に現れた。彼女はいつでもニュースに飢えていて、やってくるのに何か形ばかりの言い訳をこしらえるのだった。きょうは今週の新聞を借りたいと言った。彼女が家政婦をしているリトルペイジ船長が、朝のうちに郵便局で新聞を受け取ったのに、どこに置いてきたのか、物忘れがひどくてもう覚えていないのだという。

「かわいそうな船長さん、お元気ですの？」とトッド夫人は心配して、マリアが言った用件も本当の狙いも、全部お預けにしてたずねた。

私が前の晩に、リトルペイジ船長とイライジャ・ティリーを訪ねてみたいと言っていたので、トッド夫人はその件をそのまま持ち出して私の代わりにあれこれと質問し、あとは持ち前のおしゃべり力をいつも以上に駆使して、物見高いマリアの質問をなるべく抑えつけておこうとがんばっていた。それでもとうとうマリアは機会を見つけて、今朝早くウィリアムの舟が入って来るのを見かけたように思うんだけど、と思いきってたずねた。

「それはありうることだわね」とトッド夫人は答えた。「あの子が木曜日にこっちへ来るのは、しょっちゅうあることだもの」

「だけど、すっかり着飾ってたのよ」とマリアは言い張った。本当に礼儀を知らない人だ。

「もしかしてあの人たち、結婚するの？」

トッド夫人は返事をしなかった。私に聞こえてくる音から判断すると、夫人は台所の小部屋を要塞にして引っ込んで、お鍋や釜をカチャカチャ言わせはじめた。

「どのみち、もうすぐするんでしょうけど」とマリアはつづけた。

「したければ、するでしょうねえ」と夫人は言った。「私は何も知らないの。ただみんなが噂しているだけでね」するとやがてギンガムのスカーフは私の部屋の窓を通り過ぎて帰っていった。

「撃退したわ。全軍撤退よ」と夫人はすぐに私の部屋の戸口に来て、誇らしげに宣言した。

「今度は誰？」と言ったのは、二人の人影が裏口のほうへやってきたからだ。

その二人はベッグ夫人とジョニー・ボーデンのお母さんで、この人たちは仲良しだったので、夫人もいつもの親切で歓迎してあげた。それからカプラン夫人の家の誰かがカップを持ってイースト菌を借りにきた。あれやこれやの口実をこしらえて、近所中の人たちのほとんど全部が、事実を知りたがり、トッド夫人から結婚式のことを教えてもらいたがってやってきたのだ。それでも次から次にいろんな用件でやってくる人々に対して、夫人は頑固に肝心の話題をはぐらかしつづけ、最後に極めつけの質問をされても、「私は何も知らないの。ただみんなが噂しているだけで」と無関心そうに答えるばかりだった。

このせりふを四回か五回繰り返し、最後のお客を帰してドアを閉めたあと、玄関の小部屋で私たちは顔を合わせた。トッド夫人は怒っているどころか、とても愉快そうだった。「今までありとあらゆるおつきあいの光栄に浴していたところ。あなたも見てたと思うけどね。あの人たちだってお昼過ぎまで待っていれば、私と同じだけ目にも耳にも入るんだってこと、誰も考えようとしないんだもの。あの一六人のうちで、本当に興味があるんだな、ってわかったのは一人だけよ。あとの人たちはご自分の品を落として、安っぽい覗き趣味の質問をしただけね。

本当に気持ちがこもってたのは、一人だけだったわ」
「マリア・ハリスさんのこと？」と言うとトッド夫人は笑った。
「もちろんよ！　なんてまあ、あなたは人の本心が見抜けるんでしょうね！」

下り坂になった道をすこし行くと、新しく白ペンキを塗った小さな家がある。陽差しを撥ね返すと目が痛いほどだ。そこが牧師さんの家で、今ちょうど馬車がその前に止まったところだ。男が降り、女が降りるのを助け、二人は並んでしばらく立っている。すると魔法のように、そこにジョニー・ボーデンが登場して馬車に乗った。それから二人は家の中に入ってドアを閉めた。トッド夫人と私は寄り添いあって見守っている。夫人の目からは涙があふれている。私はジョニー・ボーデンに注意していた。というのはかれはこの貴重な瞬間に敬意を払わないで、鞭を使ってカプラン家の年とった白馬をからかい、馬はまるで逃げ出そうと考えたみたいに、ときどきビクッと立ち上がっては、無理やり引き止められていたからだ。馬車の荷台には何か積んであるらしく、ジョニーはときどき後ろを振り返っていた。何か大切なものが自分の手にゆだねられているみたいに、かれは後ろへからだを伸ばしたりもする。きっとエスターの旅行鞄が、新しい家へ運ばれていく途中なのだろうと私は思った。

ようやく牧師館のドアが開いて、二人が出てきた。牧師さんも一緒に来てドア口に立ち、別れの挨拶を交わした。さすがに今は説教をするときではないとわきまえている様子だ。

「牧師さん、一人きりね。奥さんは妹さんに会いに、はるばるポートランドに行ってるの」とトッド夫人がさっぱりした口調で言った。「すてきな人だけど、もしここにいたら、おしゃべりしすぎたかもね。あら！　いよいよこっちへ来るわ。どうするのか知らなかったのよ。そうね、帰る前にこっちへ来るんだわ。ほんとに、ウィリアムったら王様みたいに見えるわね！」

トッド夫人は一歩前に出て、それから私たちは立って待っていた。ジョニー・ボーデンの馬車が先導して、幸福な二人は通りを歩いてくる。ときどきか弱い泣き声が聞こえたけど、その場の昂奮に包まれて、私はそれが誰の声か、注意して聞くことはしなかった。でもウィリアムとエスターがやってきて、みんな黙ったまま、トッド夫人と握手して、それから私と握手すると、エスターは急に馬車の荷台の後ろへ行って、何かヒモのようなものを外して、白い羊の赤ちゃんを連れて戻ってきた。その子を撫でて胸に抱きながら、エスターはウィリアムのほうを恥ずかしそうに見て、それからまだ全員黙ったまま、みんなで家の中に入った。羊の赤ちゃんも、もうメエメエ言わなかった。エスターが両手でその子を抱きしめているのはとてもかわいかった。

家の中に入ると、トッド夫人のそれまで抑えつけていたものが解き放たれて、感激のうねりが押し寄せ、彼女はエスターのやせたからだを子羊ごと抱きしめて見つめ、まるで子供にするようにキスをし、それからウィリアムに手を差し伸べて、二人は心からのねぎらいのキスをした。それは心をゆさぶった。とてもやさしくて、彼らの日ごろの恥ずかしがりから解放されていた。エスターと私は思わず目を見交わして、わかるね、と微笑しあった。この日のエスターほど、幸福そうで感動的な花嫁は見たことがない。お祝いの宴として、ケーキとワインをみんなでごちそうになり、ずっと黙ったままだったから本物の聖餐みたいで、それから驚いたことに、こんなにすばらしい出来事の折りには人々の共感や好奇心がどうしても割り込んでくるのを私は目のあたりにさせられた。ウィリアムがどんなに恥ずかしがるだろうか、想像するのもたまらなかったけど、かれは最初から最後まで隣人たちをこころよく迎えた。ダネット村には、他人の迷惑も考えずぶらぶらする人たちまでいるので、みんながいなくなるまで時間がかかったが、とうとうみんな帰ってしまうと、ウィリアムとエスターが帰るのを、私も行かせてくれとせがんで支度をして、岸まで一緒に歩いていった。短い距離だったけど、親切な顔が窓からおめでとうとうなずいたり、親切な声が戸口から呼びかけてくれたりした。エスターは子羊を片方の腕で抱いていた。一息ついたところで、その子の母羊が今朝死んだので、置いてくることがどうしてもできなかったのだと私に説明してくれた。彼女のもう一方の手はウィリアムの腕にかかっていて、そうやって波止場に着いた。するとかれは私の両手をとり、まじまじと私の顔を見つめて、自分がどんなに幸福か、私がわかっているかどうか確かめようとした。それから舟に乗り込むと、両手をエスターに向かって差し出した。ようやく彼女はかれだけのものになるのだ。

かれがエスターの足下に、古い雨がっぱを敷いて子羊の寝床を作ってやるのが見えた。それからショールをエスターの肩に回して、自分の晴れ着の折り返しについていたピンで留めてあげた。そのあいだエスターはかれの顔をやさしく見やっていたが、それから私たちのほうを見上げると、頬にかわいい、少女のような紅がさしていた。

トッド夫人と私はそこに立って、二人の舟がはるか入り江の沖へ遠ざかっていくのを見つめていた。五月の陽差しはもう弱まっていたが、落ち着いたそよ風が吹いて、舟は順調に進んでいった。

「うちのお母さんが、あの子たちを今か今かと見張ってるでしょう」と夫人は言った。「一日中見張って、待ってるはずだわ。エスターが来てくれて、すごく喜ぶと思うわ」

私たちは坂を登って家に帰った。トッド夫人はもう何も言わなかったけれど、私たちはずっと手を繋いで歩いていった。

4

ローマ熱

Edith Wharton
"Roman Fever"

訳者注――ローマ熱とはマラリアのことで、歴史上何度もローマ地域を襲ったため、この別名がある。

一

中年も終わりにさしかかった身なりの上品なアメリカ婦人が二人、ランチを終えたテーブルを離れ、このローマの城壁の上にしつらえたレストランのテラスを横切って、手すり壁に身をもたせかけると、まず最初にお互いを見やり、それから眼下に広がる古代の都、パラティノの丘とロマーノ広場の一帯を眺め、ぼんやりとだが愛想のいい賞賛の笑顔を浮かべた。

そこにたたずんでいると、下の中庭におりる石の階段から明るい少女らしい声が響いてきた。「そう、それならいらっしゃいな」とその声は二人にではなく、見えない連れに向かって張り上げられている。「あのお若い二人には、編み物でもさせておきましょう」すると同じように若い声が、笑いながら言い返す。「だめよ、バーバラ、本当は編み物なんかじゃなくて――」「比喩的に言ったの」と最初の声が答える。「考えてみるとあたしたち、両親に面倒をかけっぱなしで、ほかに何かする時間なんか残してあげなかったから……」その先の話は階段の遠い折り返しに呑み込まれてしまった。

二人の婦人はふたたびお互いを見やり、今度は微笑ましいきまりの悪さになごみあった。小さくて色白のほうの婦人は頬をやや赤らめて首を振り、「バーバラったら！」と、自分たちをからかった階段の娘たちまでは聞こえない、小さな叱り声をあげた。

豊満で血色の良いほうの婦人は、小ぶりで強情そうな鼻を勇ましい黒い眉で守っている。鷹揚に笑い声をあげると、「娘たちが親をどう思っているか、よくわかるわね」と言った。

色白の婦人は異をとなえる身振りをした。「私たちだけのことじゃありませんのよ。それは認めてあげなくちゃ。あれは、最近の母親の全体的なイメージなんですわ。それに、ほら」といくぶん後ろめたそうに、彼女は美しい飾りのついた黒のハンドバッグから、二本の細い編針を挿し込んだ深紅の絹の撚《よ》り糸を取りだした。「いつ要り用になるか、わかりませんもの」と彼女は小声で言った。「電化が進んだおかげで、私たちは本当にたくさん、時間をつぶさなくちゃいけなくなりましたでしょう？　私はただ見物するだけじゃ、飽きてしまうことがありますの。たとえこんな風景でも」彼女の手ぶりは足下に広がる見事な景観を指していた。

黒髪の婦人はまた笑った。それから二人とも風景の観賞に戻って、黙ったまま眺め、その様子は春のローマの輝く夕空から借りたかのような、一種染みわたる穏やかさに満ちていた。ランチの時間はだいぶ前に終わって、広いテラスのこちらの一角には彼女たちだけしかいない。ずっと向こうの反対側で、古代都市に見とれるうちに遅くなったいくつかのグループが、ガイドブックを仕舞ったりチップを取り出したりしている。最後のグループが行ってしまうと、風の渡る高いテラスには二人の婦人だけしかいなくなった。

「どう、ここにずっと居すわってても悪いことはないでしょう?」とスレイド夫人――黒髪の強そうな眉をした女性は言った。柳枝の編み椅子が二つ、近くに置き去りになっていたので、スレイド夫人はそれを押してきて手すり壁に向けて設置すると、その一つに腰をおろしながら、パラティノの丘をじっと見つめた。「結局、今でもここは世界で一番美しい場所なんですもの」

「永久にそうですわ、私には」と友人であるアンズリー夫人は同意したが、「私には」という部分がほんのすこし強調されたように聞こえたのにスレイド夫人は気づいて、今の強調はただの偶然だろうか、昔ふうの手紙を書く人がときどき勝手に下線を引くようなものだろうか、と考えた。

「グレイス・アンズリーは、いつだって昔ふうだったものね」とスレイド夫人は心でつぶやき、それから思い出をなつかしむ微笑を浮かべ、声に出してつけ加えた。「私たち二人とも、もう何十年も馴染んできたところですものね。私たちがここで最初に知り合ったころは、今の娘たちよりもまだ若かったんだわ。覚えてらっしゃる?」

「もちろん、覚えていますわ」とアンズリー夫人は小声で、相変わらず正体不明の強調をつけて答えた。「あそこでウェイター長が、うろうろしてますわね」と観察を挿しはさむ。彼女はスレイド夫人と比べて、明らかに自分にも、世の中における自分の権利にも、自信が持てない人だった。

「うろうろするのをやめさせるわ」とスレイド夫人は言って、アンズリー夫人のと同じようにさりげなく高級なハンドバッグに手を伸ばした。ウェイター長に手を振って呼ぶと、自分たちは古くからのローマびいきで、日が暮れるまでこの景色を眺めて過ごしたいと思っているんだけど、それはお店のご迷惑になるかしら？　と言った。ウェイター長は、彼女がくれたチップにお辞儀をして、このままいらしてもけっこうですし、さらに夕食までいらしていただければこれ以上ない幸せです、と述べた。ご存じでしょうが、今夜は満月ですし……。

まるで月のことを口にするのは場違いか、さらには御法度であるかのように、スレイド夫人は黒い眉をしかめた。それでもウェイター長の後ろ姿を見やりながら、彼女はしかめっ面を微笑みに変えた。「そうね。いい考えじゃありません？　娘たちがいつ帰ってくるのか、さっぱりわかりませんしね。そもそもどこへ行ったのかご存じ？　私は聞いておりませんわ！」

アンズリー夫人はまたすこし赤らんだ。「大使館でお会いした、イタリア人の飛行機乗りの方たちが、タルクイニアの街まで飛んでお茶をしようって、あの子たちを招待したのじゃなかったかしら。しばらくゆっくりして、月明かりの中を飛んで帰ってこようとしているんだと思いますわ」

「月明かりですって？　まあまあ、今でも月明かりがまだ役目を果たしているのかしら。あの子たちも、私たちの若いころと同じようにセンチメンタルだっておっしゃるの？」

「あの子たちのことはさっぱりわからないって、私はもう結論を出したところなんです」とアンズリー夫人は言った。「それにたぶん、私たちだって、お互いにあまりわかりあっていなかったんじゃありません？」

「そうね。たぶんわかってなかったでしょうね」

するとアンズリー夫人は友人に恥ずかしそうな一瞥を向けた。「あなたがセンチメンタルだったなんて、想像もしませんでしたわ、アライダ」

「そうね。たぶん違ってたわ」スレイド夫人は追憶のために両まぶたを閉じた。しばらくのあいだ二人の夫人は、子供のころから親しかったにもかかわらず、どんなにお互いを知らないままでいたかを考えていた。もちろんどちらも、相手の名前にすぐに貼り付けられるレッテルの一つや二つは持ち合わせていた。たとえばデルフィン・スレイドの夫人アライダだったら、自分でも、あるいは誰かに訊かれたときにでも、ホレス・アンズリー夫人のグレイスについて、こんなふうに言うことができた。あの人は二五年前には、もう最高に愛らしかったんです、とても信じてもらえないくらい。……もちろん今だって愛らしいし、目立ってますけど……でも娘時代には、あの人はもう最高でしたの。お嬢さんのバーバラよりも、はるかにおきれいでしたわ。もちろんバーバラは、すくなくとも今の基準から見れば、よほど魅力的ですわ。いわゆる「ピリッとして」ますものね。どこであんな性質を手に入れたのか、ちょっと不思議。だって両親が揃いも揃って、退屈屋さんなんですもの。ご主人のホレス・アンズリーさんは——そう、奥さまにそっくりですの。昔のニューヨーク上流階級の見本として、博物館に入ってもいい方。ハンサムで、隙がなくて、模範的……。スレイド夫人は長いあいだ、アンズリー夫人と通りを挟んで向かい合いに暮らしていた。文字通りの意味でも、心理的な意味でもそうだった。東七三番通り二〇番地で居間のカーテンを新調すると、通りを隔てた二三番地でもかならず気がついた。家具の模様がえ、買い物、旅行、記念日や病気についても同様だった。お手本のようなアンズリー夫妻の単調な生活記録は、スレイド夫人の目を逃れることがほとんどなかった。だが、夫がウォール街で一山当てたころには、彼女もそんな観察に飽きがきていて、北パーク・アベニューに家を買うときにはもう別のことを考えていた——「たまには気晴らしに、もぐり酒場の向かいにでも住んでみたいものだわ。少なくとも警察の手入れが見られるでしょうから」と。グレイスが警察の手入れを受けたら面白いのに、という思いつき（引っ越しをする前のことだった）がとても気に入ったので、ある夫人のランチの席で口にしてみたことがある。それは大ヒットになって、次々に口伝てにされたので、もう通りを渡ってアンズリー夫人自身の耳にも入ったかしら、とときどき彼女は考えていた。入らないことを望んではいたが、あまり気に留めなかった。その当時は社交上の品位というものの値段が下がって、模範的な人たちをすこしぐらい笑っても傷つける心配はなかったのだ。

数年後、何ヶ月も違わない時期に、二人の夫人はそれぞれ夫を亡くした。しかるべき花輪や弔問のやりとりがあって、喪中のため遠慮がちになりながら、往年の親近感がよみがえる期間がしばらくつづいた。それからまた中断を挟んで、彼女たちはローマでばったり再会した。しかも同じホテルで、活発な娘におとなしく随行する役目まで共通している。境遇がどんなに似ていることか、それを軽い冗談の種にしながら、二人はまた仲良くなって、昔は娘と一緒に出歩くのは、さぞ大仕事だっただろうけれど、今ではそれをしないと、ときには退屈だものね、などとお互いに打ち明けあった。

スレイド夫人は考えていた――私が失ったもののほうが、グレイスよりずっと大きいことは間違いないわ。デルフィン・スレイドの妻から彼の未亡人への変化は、大きな地位の格下げだった。社交の才能にかけては、夫人はいつも自分が夫と同列だと（夫婦としての誇りも手伝って）考えていた。私たちのような類いまれな夫婦を作り出すために、私だって精一杯の貢献をしてきたんだわ、と。だが、夫の死後の変化は取り繕いようがなかった。つねに国際的な案件を一つや二つ抱えた、高名な企業弁護士の妻には、毎日思いがけない、わくわくするような務めが待っていた。外国から来た同業の有名人を突然接待することになったり、急ぎの仕事でロンドンや、パリや、ローマに駆けつけたり、そういった土地では接待を受けると、倍にして返すことになっていたりした。自分の後ろからささやきが聞こえるのは、どんなに楽しかったろう――何だって？　あの服もバッチリで目のきれいな美女は、スレイド夫人なのかい？あのスレイド氏の奥さん？　本当かい？　有名人の奥さんってのは、たいていパッとしないオバサンなんだがな。

まったく、あれだけの経験のあとでは、スレイド氏の未亡人でいることなんて退屈なだけだった。ああいう夫に合わせていくためには、自分の能力を総動員しなければならなかった。ところが今はただ娘に合わせるだけのことだ。夫の才能を受け継ぐように思えた息子は、子供のころ急死してしまった。その悲しみも、夫がそばにいて助け合わなきゃいけなかったからこそ、がんばって乗り越えることができた。夫の死後、息子のことを思うと耐えられない気がする。もう娘の世話をするしかない。でもジェニーは申し分のない娘だから、やきもき世話をしてあげる必要もない。「あの子がバーバラ・アンズリーのような子だったら、こんなに静かにしていられたかどうか」とスレイド夫人はときどき、なかばうらやむように思いやる。ジェニーのほうは、才気煥発なバーバラより若く、ものすごく可愛らしい子なのに、若さと可愛らしさを、どういうわけか危険でないものに変えて、まるでそれらが備わってないのと同じみたいに見せてしまう、世にも珍しい女の子だ。そんな娘がいると、何もかも戸惑うばかりで、スレイド夫人から見ればすこし退屈だった。ジェニーが恋に落ちればいいのにと、夫人は思っていた。たとえ相手がふさわしい男でなくてもかまわない。そうなればジェニーをきちんと監督して、作戦を立てて先手を打って、救ってあげる仕事がたくさんできるというものだ。ところが実際には、ジェニーのほうが母親を監督し、夜風に当たらないように、気つけ薬を忘れずに飲むように指図しているのだから……。

アンズリー夫人のほうは、スレイド夫人ほどはきはき言葉にする人ではなかったから、彼女が心の中に抱くスレイド夫人のポートレイトは、もっとあっさりして、軽いタッチで描かれていた。要約すれば、「アライダ・スレイドはとてもお利口。でも、自分で思っているほどじゃないけれど」といったところだろうが、ただしおそらく、知らない人に尋ねられたら、こうつけ加えただろう――スレイド夫人はお若いころ、ものすごく行動的な方でしたわ。ジェニーお嬢さんよりずっと。ジェニーさんのほうは、もちろん可愛いし、それなりに賢くもあるんですけど、お母さまが持っている、何と言ったらいいのか――そう、誰かが言ってた「はしこい」ところが、まるきり欠けておりますのでね。アンズリー夫人は、よくこんなふうに流行語を借りてくるのだが、それがまるで前代未聞の大胆発言であるかのように、カギカッコを付けて引用するのだった。そうなの、ジェニーさんはお母さまみたいにはいかないわ。アンズリー夫人はときどき、アライダ・スレイドが落胆しているのではないかと思った。全体として、アライダは悲しい人生を送ってきた。失敗や間違いの連続だったのだ。アンズリー夫人はアライダをいつも気の毒だと思ってきた……。

そんなふうに、二人の夫人はお互いのことを思い描きあっていた。両方とも、自分の小さな望遠鏡を逆さまに覗いているようなものだった。

二

長いあいだ、二人は言葉も交わさず隣り合わせにすわっていた。巨大な「死の記念碑《メメント・モリ》」である遺跡を目の前にして、自分たちのあまり意味のない行動をしばらく放り出しておくことに、二人とも救いを感じているかのようだった。スレイド夫人はじっと動かないまま、パラティノの丘の夕焼けが金色に染める皇帝たちの宮殿跡を見すえており、しばらくするとアンズリー夫人も、ハンドバッグをもてあそぶのをやめてもの思いにふけった。親しい友人同士なら珍しくないことだが、彼女たちは一緒にいて黙っているということがこれまでなかった。だから何十年もたった今ごろになって、自分たちの関係が友人として新しい段階に入ったのかとアンズリー夫人には思えたし、それをどう扱っていいのやらよくわからなかったので、いくらかうろたえてもいた。

突然あたりに鐘の音が響く。時間ごとにローマの街を銀の屋根で覆う、あの深々とした鐘の合奏だった。スレイド夫人は腕時計を見た。「もう五時だわ」と、まるで驚いたかのように言った。

アンズリー夫人は、打診するような口調で言ってみた。「大使館で、五時からブリッジの会がありますけど」長いあいだスレイド夫人は返事をしなかった。我れを忘れて考え込んでいるように見えたので、アンズリー夫人は自分の言ったことが聞こえなかったのだと思った。だが、しばらくするとスレイド夫人は夢の中から話すような声で言った。「ブリッジっておっしゃったの？　あなたがなさりたいのなら、おつきあいしても……でも、私はしたくありませんわ」

「あら、いいんですよ」とアンズリー夫人は急いで相手を立てた。「私だって、全然したくないんです。ここがあんまり素敵なんですもの。あなたのおっしゃる通り、思い出がたくさんあるし」と言って、椅子の中ですわり直すと、気兼ねしながら編み物の道具をバッグから引っ張り出した。スレイド夫人は横目で見てその動作に気がついたが、彼女の美しく手入れされた指々は、置かれた膝の上から動かなかった。

「ちょっと考えてたんですけど」とスレイド夫人はゆっくり話しだした。「ローマというのは、旅行でやってくる人の世代によって、きっとずいぶん違う顔を見せるんでしょうね。私たちのお祖母さまの世代だったら、何と言っても、ローマ熱の恐ろしさ。お母さまの世代だったら、誘惑の危険かしら。私たちが昔、どんなに監視されたか、覚えてらっしゃるでしょう？　それが娘たちになると、危険なんか何も感じないのよね。まるで大通りの真ん中にいるみたい。あの子たちは知らないんですもの。でもそのことで、どんなにスリルがなくなったことか！」

長引いた金色の夕焼けもすこしずつ弱まって、アンズリー夫人は編み物を持ち上げてすこし目に近づけた。「ほんとに私たち、監視されてましたものねえ！」

「昔からよく考えるんですけど」とスレイド夫人はつづけた。「お母さまの世代って、お祖母さまの世代より、ずっとたいへんな仕事を負わされていましたのよね、娘の監督に関して。だってローマ熱が街ではやったときは、あぶない時間帯に娘たちを家の中に入れておくことは、それほどむずかしくなかったはずですもの。ところが、あなたや私の娘時代には、街はあんなにきれいになって誘惑するし、親に反抗する風潮もちょっと混じってましたしね。それに、日が暮れて寒くなってからも、せいぜい風邪を引くぐらいが関の山でしたでしょう。お母さまたち、私たちを閉じ込めておくのに、それはそれは苦労したんじゃないかしら？」

夫人はまたアンズリー夫人を見やったが、アンズリー夫人のほうは今、手元の編み物が難所にさしかかっていた。「一、二、三で、二つとばして……そう、そうだったですねえ」と彼女は顔も上げずに相づちを打った。

スレイド夫人は彼女をいくらか気をつけて見つめた。こんなすばらしい風景を前にして、それでも編み物をするなんて！　……いかにもこの人らしいけれど。

　スレイド夫人は椅子にもたれて思いにふけりながら、目を眼下の遺跡から、ロマーノ広場あたりの長い緑の窪地へと走らせ、さらにその先、立ち並ぶ教会の正面の次第に薄れていく輝きや、巨大なコロセウムの広がりを見やった。突然彼女は思い立った。「娘たちがセンチメンタルじゃなくなって、ローマの月明かりにも何も感じなくなったというのは、それはそれでけっこうだわ。でもバーバラ・アンズリーが出かけて行ったのは、侯爵だっていうあの若い飛行機乗りをつかまえるため。そうでなかったら私の目は節穴だわ。しかもバーバラのそばにいたら、ジェニーにはまるきりチャンスがないわ。それもわかりきったことね。ひょっとして、だからこそグレイス・アンズリーは、娘たちがどこへでも一緒に出かけることを望んでいるんじゃないかしら？　うちのジェニーが引き立て役だなんて！」スレイド夫人は、かろうじて聞こえるぐらいの笑い声をもらした。それを聞いて、アンズリー夫人が編み物をおろした。

「なあに？」

「私――あ、何でもないわ。ただちょっと、お宅のバーバラは、いかにも破竹の勢いだなあって思ってましたの。あのカンポリエリ家の息子さんなら、ローマで最高級のお相手でしょう？まあそんな、何も知らない顔をなさらないでちょうだい。あなただって、そのくらいはご存じなんでしょう？　だから私、考えてましたのよ。もちろん、感心してるってことは、わかっていただけると思うけど……どうしてあなたとホレスのような、模範的なご夫婦から、バーバラみたいな、型破りのすごい子が生まれてきたのかしらって」スレイド夫人はもう一度、今度はややとげとげしさを込めて笑った。

アンズリー夫人の両手は編み針を押さえたまま動かない。眼下に積み重なる情熱と栄光の廃墟を、ただまっすぐに見つめている。小さな横顔にはほとんど表情がない。やがて彼女は言う

――「まあ、あなた、バーバラを過大評価してらっしゃるわ」

スレイド夫人の口調はいくらかくつろいだ。「いいえ、そんなことはありませんよ。あの子は本物ですわ。たぶん私、やきもちを焼いてますのね。そりゃあ、うちの娘も文句のつけようはありませんわ。もし私が不治の病だったら、うちのジェニーに世話をしてもらいたいと、きっと思うでしょうね。そういうときには……でも、ほら！　私はいつも、才気煥発な娘が欲しいと思ってましたの。それなのにどうして、天使のタイプを授かったのか、そこがよくわからないんですの」

アンズリー夫人はつぶやくような小声で笑った。「バーバラだって天使のタイプですわ」

「もちろんです、もちろん。でもあの子には、虹色の翼がありますもの。とにかく、今ごろあの子たちは、男の方たちと海辺を歩いていることでしょうね。私たちはここに取り残されて……なんだか昔のことが、これでもか、これでもかと思い出されてきますわ」

アンズリー夫人は編み物に戻っていた。スレイド夫人は考えた――この厳粛な廃墟の長く伸びた影のあいだから、この人にとってもまた、あまりにもたくさんの思い出が、立ちのぼっているところなのだと、傍目からは、特にこの人をよく知らない人なら、想像したくなる。でも、そうじゃないのだ。この人はただ、編み物に夢中なだけ。だってこの人に、何の心配ごとがあるというの？　バーバラが、最高の相手であるカンポリエリの息子と婚約して帰ってくることはまず間違いないということを、この人は知っているのだ。そうしたらこの人はニューヨークの家を売って、ローマで、若い二人のそばで暮らす。でも決して二人の邪魔はしない。そんなふうになっていくんだわ。この人は作戦上手だから、邪魔なんかするはずはないわ。その代わり腕のいいコックを雇って、ふさわしい人たちだけを招いて、ブリッジとカクテルを楽しむんだわ。そのうち孫たちに囲まれて、誰よりも穏やかな老後を過ごすんだわ。

スレイド夫人は、自己嫌悪のようなためらいを感じて、この予言めいた空想をあえて遮断した。よりによって、グレイス・アンズリーのことを悪く思うなんて。そんな権利は自分にはないのだ。この人をうらやましく思うのを、やめる方法は何かないのだろうか？　きっとあまりにも長いあいだ、こんな気持ちでいたからだろう。

夫人は立ち上がると手すり壁にもたれ、暮れかけた魔法のような時間にいらだった心をなごませようと目をゆだねた。だがなごませるどころか、目の前の風景はいらだちを募らせるばかりだった。彼女はコロセウムに目をむけた。その横壁はすでに金色の輝きを失って紫の影に沈み、その向こうには完全に透明な空が、光も色もなく地平線を丸くたどっている。午後の光と夜の闇が中空でバランスを取っている時間帯だった。

スレイド夫人は振り返ると、友人の腕に手をふれた。急にそんなことをしたものだから、アンズリー夫人は驚いて顔を上げた。

「日が沈みましたわ。あなた、怖くはありませんこと?」

「怖いって……」

「ローマ熱とか、肺炎とか。あの年の冬、あなたがどんなにひどい病気だったか、よく覚えているんですもの。娘時代は、喉がすごく弱かったでしょう?」

「でも、こっちの高いほうにいれば、だいじょうぶですわ。下のロマーノ広場のほうは、ほんとに、急に死ぬほど寒くなりますけど。……でも、ここならだいじょうぶ」

「そう、あなたなら詳しいはずですものね。昔から、気をつけていなくちゃいけなかったから」スレイド夫人は、また手すり壁のほうへ向き直った。「この人を憎まないために、もう一押ししなくちゃいけないわ」と考えた。そこで口に出して言った。「こちらから広場を見下ろすと、あなたの例の大叔母さまの話を思い出しますわ。大叔母さまでしたわよね。あの恐ろしく意地悪な方」

「そう。ハリエット大叔母さまね。陽が暮れてから、妹さんをロマーノ広場に行かせて、ご自分の標本集のために、夜咲きの花を摘んでこさせた方。うちの大叔母さまやお祖母さまたちは、そのころみんな、ドライフラワーの標本集をこしらえていらしたから」

スレイド夫人はうなずいて、「でも実際には、大叔母さまが妹さんを行かせたのは、二人で同じ殿方に恋をしていたからで――」

「それがうちの言い伝えですの。ハリエット叔母さまが、何年もたってから、そう告白なさったんですって。とにかく、そのかわいそうな妹さんは、ローマ熱にかかって亡くなりましたのよ。子供のころ、お母さまは何度もその話をして、私たちを怖がらせてましたの」

「私だってあなたから聞いて、怖かったですわ。娘時代にここでご一緒だったとき。ちょうど私がデルフィンと婚約した、冬のころでしたわね」

アンズリー夫人はかすかに笑った。「そうでした？　本当に怖いとお思い？　そんなに簡単に怖がる方には見えませんけど」

「そんなにじゃないわね。でも、あのときは別。あんまりしあわせだったから、何にでも怖がりやすかったんでしょうね。これ、どういう意味か、おわかりかしら？」

「え……ええ」アンズリー夫人は口ごもった。

「あなたの意地悪な大叔母さまの話に、あれほど影響されたのには、理由があったんですわ。

私はこう考えましたの。『ローマ熱はもうないけど、ロマーノ広場は、日が暮れるとものすごく寒いわ。特に、昼間暖かかった後はね。コロセウムは、それ以上に寒くて湿気も多いでしょう』って」

「コロセウム？」

「そう。夜のあいだ、門が閉められていますから、中へ入るのは容易じゃないですわね。容易どころじゃありませんけど、でもあのころは何とかできたんですよね。実際に、みんなしてましたわ。ほかのところでは会えない恋人たちが、そこで密会をしてましたの。ご存じだったでしょう？」

「そうねえ。……覚えていませんけど」

「覚えてらっしゃらない？　いつかの夜、暗くなってから、どこかの廃墟を訪ねて行って、それでひどい風邪を引かれたでしょう？　覚えてらっしゃらないの？　月が昇るのを見に出かけた、っていうお話でしたけど。みなさん、あんな冒険をするから、あなたは病気になられたんだって、いつもそう言ってましたわよ」

　一瞬の沈黙があった。それからアンズリー夫人は答えた。「そうでした？　もうずいぶん前のことですから」

「ええ。それにあなたは元気になられたし、だからどうということはありませんでした。でも、周りのお友だちはみんなショックを受けてましたわ。あなたの病気の原因を聞いて。だってあなた、喉がお弱いから、ものすごく用心なさっていたし、お母さまも、すごく心配なさってお られたから。みんなそれを知ってたんですもの。本当にただの見物のために、あの日遅くまで出かけていらしたの?」

「そうだったと思いますわ。どんなに用心深い娘だって、いつも用心するわけじゃありませんもの。どうして今ごろ、そんなことをお考えになったの?」

スレイド夫人は、即答できる答えが浮かばない様子だった。だがしばらくすると、彼女は堰を切ったように言った――「もう、がまんできないからよ!」

アンズリー夫人はすぐに頭を上げた。目は見開かれ、色が薄かった。「何が、がまんできないんですの?」

「……あなたがなぜ外出なさったか、私が最初から知っているということを、ご存じないからよ」

「私がなぜ外出……」

「そう。はったりを言っていると思ってらっしゃるのね? いい、あなたは、私が婚約した相手と、こっそりお会いになるために、外出なさったのよ。あなたをあそこへ誘い出した手紙の、一字一句を、私は今でも、空で言うことができますわ」

スレイド夫人がそう言うあいだに、アンズリー夫人はおろおろと立ち上がった。ハンドバッグも、編み物も、手袋も、うろたえた膝の上から下へ落ちた。夫人は幽霊でも見るようにスレイド夫人を見た。

「いや……やめて」と言って、それ以上は言えなかった。

「どうして？　もし嘘だとお思いになるなら、お聞きなさいな。『ぼくのたった一人のいとしい人、このままではがまんできません。どうしても、二人きりでお会いしたいのです。あした、日が暮れたらすぐに、コロセウムに来てください。人がいて、中へ入れてくれるはずです。あなたが警戒しなくてはならない人は、この件はまったく知りません。……』でも、どうやらあなた、手紙の中身をもうお忘れのようね？」

アンズリー夫人はこの窮地に、意外なほどの落ち着きをもって対処した。椅子に手をついて身を落ち着けると、友人を見やり、こう答えた。「まさか。私だってすっかり暗記してますわ」

「それじゃ、署名は？　あなたのデルフィン。それだけだったわね？　私の覚えているとおりでしょう？　それがあなたを夜暗くなってから、外へ誘い出した手紙でしたのよね？」

アンズリー夫人はまだ相手を見つめていた。スレイド夫人から見ると、懸命に平静を装ったアンズリー夫人の小さな穏やかな顔の陰で、ゆっくりと葛藤が起こりつつある様子だった。この人がこんなに落ち着いていられるなんて、とても予想できなかったわ、とスレイド夫人は考えて、ほとんど悔しいような気持ちだった。だが、そのときアンズリー夫人は口を開いた。

「あなたが、どうしてご存じなのかしら。私、あの手紙はすぐに燃やしましたのよ」

「ええ、当然そうなさったでしょうね。用心深い方ですもの！」あざけりが、もう隠し切れていなかった。「そして手紙を燃やしたのであれば、いったいどうして、私がその中身を知っているのだろう。そこを不思議がってらっしゃるのね？　そういうことね？」

スレイド夫人は待ってみたが、アンズリー夫人は何も言わなかった。

「あのねえ、私が手紙の中身を知っている理由は、私がそれを書いたからなのよ！」

「あなたが書いた？」

「そうですわ」

最後の夕陽を浴びながら、二人の女性はお互いを見つめあって立っていた。それからアンズリー夫人が、どしんと椅子にすわり込んだ。「ああ」と夫人はうめいて、両手で顔を覆った。

スレイド夫人は、つづきの言葉、あるいはしぐさを、じりじりして待ったが、何も起こらなかった。そこで「私って、恐ろしいでしょ」と彼女は言った。

アンズリー夫人の両手が膝の上に落ちた。手をのけてみると、顔は涙に濡れていた。「あなたのことを考えていたのじゃありませんの。――あれは、あの方から私がいただいた、唯一の手紙でしたの！」

「そしてそれを書いたのは、私でしたのよ。そう、私が書きましたの！　だって、あの人が婚約してたのは、私なんですもの。あなた、それを知らなかったはずはないでしょう？」

アンズリー夫人はふたたびうなだれた。「言い訳しようなんて、思っていません。……知ってましたわ」

「それでも、出かけて行ったのね？」

「それでも行きましたわ」

スレイド夫人は立ったまま、かたわらで身を低くした人影を見おろしていた。激昂の炎はすでに静まって、こんな意味のない傷を友人に与えたところで、どうしてそれが楽しいと考えてしまったのだろう、と後悔しはじめていた。それでも、自分の立場を正当化しないわけにはいかなかった。

「おわかりになった？　私、ピンときましたのよ。だからあなたを憎みました。本気で憎みました。あなたがデルフィンのことを、思ってらっしゃると気がついて……怖かったですわ。あなたのことが。あなたの穏やかな物腰や可愛らしさ……あなたの……だから、あなたが邪魔になったんです。それだけですわ。何週間かのあいだだけ。私があの人を、しっかり自分のものにするまでのあいだだけ。だから、めちゃくちゃな衝動に駆り立てられて、つい、あの手紙を書きましたの。……どうしてそれを、今になってお話ししたのか、自分でもよくわからないんですけど」

「たぶん私を、そのままずっと、憎んでいらしたからだと思うわ」とアンズリー夫人はゆっくりと言った。

「もしかするとね。それとも、もう何もかもさらけ出して、重荷を降ろしたかったのかもしれない」夫人は言葉を休めた。「あの手紙、燃やしてくれてありがたいですわ。もちろん、あなたが死んでしまうかもしれないとまでは、私も思いませんでしたし」

アンズリー夫人は黙り込んだ。スレイド夫人は、手すり壁に沿って立ったまま、奇妙な孤立感を味わっていた。人類の共同体の暖かな流れから、弾き出されたような感じだった。「私のこと、怪物だと思ってらっしゃるのね！」

「わかりません。……あれは、私がもらった唯一の手紙でしたのに、あれを書いたのは、あの方じゃないっておっしゃるの？」

「まあ、今でもあの人をそんなに愛してらっしゃるの！」

「あの思い出を愛していましたの」とアンズリー夫人は言った。

スレイド夫人は友人を見おろしつづけていた。アンズリー夫人は、ショックを受けてからだが小さくなったように見えた。立ち上がったとき、まるでホコリの塊りのように、風に吹き散らされてしまいそうだった。その姿を見て、スレイド夫人の嫉妬心が、ふたたび燃え上がった。

これまでの年月、この人はあの手紙を生きる支えにしてきたのだ。燃やした灰の思い出を宝物にするなんて、どれほどこの人は、うちの人を愛していたことか！　しかも、友人が婚約した相手の男からの手紙なのだ。怪物だったのは、この人のほうじゃないかしら？

「あなたはあの人を、私から奪い取ろうとして、がんばったわけでしょう？　でもそれは、かなわなかった。私はあの人を離さなかった。それだけのことね」

「そう。それだけ」

「お話ししなければよかったわね。そんなふうにお感じになるなんて、思いもかけなかったんですもの。私、あなたが面白がると思ってましたの。だって、おっしゃるとおり、ずいぶん昔のことなんですもの。それに、そもそもあの手紙を、そんなふうに真剣にお受け取りになったなんて、私としては、考えつくはずがないじゃありませんか。それはお認めいただかなくちゃ、不公平というものでしょう？　だってあなたは、ほんの二ヶ月後には、ホレス・アンズリーとご結婚なさったんですもの。あなたが起きられるようになると、すぐにお母さまが、あなたをフィレンツェに行かせて、嫁がせておしまいになった。みなさん驚いてましたわ。どうしてそんなに急がれたのか、不思議がってもいました。でも、私にはわかる気がしましたわ。あなたは、腹立ちまぎれに、急いでらしたんでしょう。私とデルフィンの先を越したと、言うことができるように。女の子って、そういうふうに、とても軽率な理由から、重大なことをしでかすものですものね。でも、あなたがあんなに急いで結婚した以上は、デルフィンのことで、本気だったはずはないと、私は考えましたのよ」

「それは、そうお考えになったでしょうね」とアンズリー夫人は同意した。

頭の上の澄み切った空は、金色の名残りをもうすべて失った。夕闇が広がり、七つの丘の眺めは急に暗くなってきた。眼下のあちらこちらで灯りがともされ、木の葉のあいだからちらちらと見えていた。人のいないテラスに、足音が響きはじめた。石の階段を上がったレストランの入り口から、ウェイターたちが顔を覗かせ、トレイにナプキンやワインのフラスクを載せてまた出てきた。テーブルを動かし、椅子を配置している。弱い光の電球が、一列にならんで点滅する。花のしおれた花瓶をいくつか持ち去り、新しい花にとりかえて持ってくる。ダスターコートを着た頑丈そうな婦人が一人やってきて、自分のボロボロの旅行案内書を留めておいたゴムバンドを、誰か見かけなかったかと、片言のイタリア語で尋ねる。自分がランチのときすわっていたあたりを杖で突きまわし、ウェイターたちも手伝いをする。

スレイド夫人とアンズリー夫人がすわっている一角は、まだ暗いままに捨ておかれていた。長いあいだ、どちらも口を開かない。やがてまた、スレイド夫人が先に言いはじめた。「私があんなことをしたのは、ちょっとした冗談でしたから……」

「冗談?」

「だって、女の子って、ときには残酷になるものじゃありません？　恋をしてたのなら、なおさらですわ。あの夜はずっと、あなたのことを想像して、一人でくすくす笑ってましたのよ。あの暗い中で、人目を避けながらお待ちになって、あらゆる物音に耳を澄ましては、中に入れてもらおうとなさってた、あなたのことを……。もちろん、あとであなたが病気になったとうかがったときには、ほんとに悪かったと思いましたわ」

アンズリー夫人は、長いあいだ動かなかった。それからゆっくりと、相手のほうを向いた。「でも私、待ちませんでしたの。あの方がすべて、手配をしてくれましたのよ。あの方、来られたんです。私たちは、すぐに中に入れてもらいましたの」と彼女は言った。

手すり壁にもたれていたスレイド夫人は、弾けるように向き直った。「デルフィンが？　入れてくれたですって？　ああ、嘘をついてらっしゃるのね！」彼女はあたりかまわずゲラゲラと笑った。

アンズリー夫人の声は明晰になって、驚きに満ちていた。「もちろんいらしたわ。いらして当然ですもの」

「来たですって？　あなたがあそこにいるのが、どうしてわかったというのかしら。うわごとをおっしゃってるんだわ！」

アンズリー夫人は、考え込むようにしばらくためらっていた。「あの手紙に、私がお返事を書いたからですわ。私、行きます、って書きましたの。だからあの方は、いらしたんです」

スレイド夫人は両手で顔を覆った。「まあ、何てこと……返事を書いたなんて！　そんなこと、考えてもみなかった……」

「考えなかったのは、おかしいですわ。もし、あなたがあれを、お書きになったのなら」

「そうね。昂奮して、何もかもわからなくなってたんですわ」

アンズリー夫人は立ちあがって、毛皮の襟巻きを巻いた。「寒くなりましたわね。帰ったほうが、よろしいのじゃないかしら。……ごめんなさいね」と毛皮を首にぴったり締めながら言った。

予期しない言葉を聞いて、スレイド夫人のからだを悪寒が駆け抜けた。「どうして私に、ごめんなさいなんて」

「そうね。帰りましょう」彼女はハンドバッグとマントを掻き集めた。「どうして私に、ごめんなさいなんておっしゃるのか、わからないわ」とつぶやくように言った。

アンズリー夫人はスレイド夫人に横顔を向けて、コロセウムの秘められた暗がりのほうへ目をやっていた。「そうね。……私が待ちぼうけを喰わなかったから」

スレイド夫人は落ち着かない声で笑った。「そう。そこは私の負けですわ。その点はいさぎよく認めるべきね。これだけの年月がたったんですもの。結局、すべてを手に入れたのは私。二五年間も、あの人と暮らしたんですもの。あなたには、あの人が書いたのではないあの手紙の思い出だけしか、残ってないんですものね」

アンズリー夫人はまた黙った。やがて彼女はレストランの入り口のほうを向いた。一歩踏み出してから、ふりかえって友人のほうへ向き直った。

「バーバラが残ってますわ」と彼女は言って、スレイド夫人を置いたまま、先に階段のほうへ歩きはじめた。

5

火をおこす

Jack London
"To Build a Fire"

夜は寒々と灰色に明けた。何もかも寒々と灰色をした中、男はユーコン川の通り道をはずれて高い土手の坂を登った。そこには消えかけた、行き来の少ない細道があって、トウヒの巨木の森を東へ抜けていく。土手の坂がきつかったので、登り切ると彼は立ち止まって一息つき、その申し訳のように時計を見やった。九時だ。空には雲一つないが、太陽も、その気配さえもない。晴れた日なのに、すべての表面が目に見えない死装束で覆われたようで、妙な陰りが視界を暗くしているのも、太陽がないせいだ。そのことで頭を悩ませたわけではなかった。男は太陽がないことには慣れていた。見なくなってから何日もたっているし、なつかしい球形の光が、しかるべく南の地平線上にちょっと顔を出してすぐまた隠れてしまうまで、まだ何日かあることも知っていた。

男は自分が来た道をちらりと振り返った。ユーコンの川床は幅一マイル、三フィートの厚さの氷に覆われている。しかもその氷は何フィートかの雪に埋まっている。一面が純白で、氷結時の氷の押し合いが作り出したゆるやかな凹凸をなしている。目が届く限り、北も南も果てしなく真っ白だ。その中を、黒ずんだ毛一本ほどの細い線が、トウヒの繁る小島のあたりから曲がり捩《よじ》れながら南へ向かい、また北へも曲がり捩れて、やはりトウヒの繁る別の島の陰に消えている。この黒ずんだ線が通り道、本道であり、そのまま南へ五〇〇マイル行けばチルクート山道、それからダイイーの町があって海に出る。北へ行けば七〇マイルでドーソン、そこから北へ一〇〇〇マイルでヌーラトウ、そして終点はさらに一五〇〇マイル先、ベーリング海にのぞむセント・マイケルである。

　だが、これらのすべて――不思議なほど遠くまで伸びた毛一本の通り道も、空に太陽がないことも、ものすごい寒さも、すべてが奇妙でこの世離れしていることも、この男には何の感慨もなかった。長年それらに慣れているからではない。彼はここでは新参者、こちらの言葉でいうチチャーコウであり、今回が最初の冬である。問題は彼に想像力が欠けていることだった。彼は生活上の物事に対してはすばやく、抜け目がなかったが、物事に対してだけであり、意味を探ることがなかった。華氏マイナス五〇度は、近ごろの「氷結気温」では八十何度になる、そんな事実は、それだけ寒く不都合なものとして感慨をもたらしたが、それで終わりだった。温度変化に弱い生き物としての自分について、また寒暖の一定の狭い幅の中でしか生きられない人間全体の弱さについて、考えが導かれることはなかったし、そこからさらに、霊魂不滅や、宇宙における人間の位置といった想像の世界へ導かれることもなかった。華氏マイナス五〇度は凍傷の痛みを表し、それは手袋や耳あてや暖かいモカシン靴や厚手の靴下で防がねばならない。マイナス五〇度は彼にとって、まさにマイナス五〇度そのものだった。それ以上のことがあろうという考えは頭に浮かばなかった。

先へ進もうと振り返り、決意を示すように彼はツバを吐いた。するとバチッと鋭い、弾けるような音がして驚かされた。もう一度吐いてみる。するとまた、ツバがまだ雪上に落ちず空中にあるうちにバチッと音をたてた。マイナス五〇度になると、ツバが雪に接して音をたてることは知っていたが、このツバは空中で音をたてた。マイナス五〇度より下であることは間違いない。どれぐらい下なのかはわからない。だが、温度のことはどうでもいいのだ。これからヘンダーソン川の左の支流にある払い下げ地まで行かねばならない。そこに仲間の男たちがいる。連中はインディアン川地域から尾根を横断してあちらへ渡ったが、彼のほうは遠回りをして、春になったらユーコン川の島々から丸太を積み出せないものか、その見通しを調べて歩いていたのだ。午後六時には野営地に着く。すこし前に暗くなるだろうが、仲間が先に着いて火を焚《た》いているだろうし、温かい食事も用意しているだろう。昼の弁当は――ジャケットの下でふくらんでいる包みに彼は手を触れた。シャツの下に、ハンカチで包んで地肌につけて持っている。パンが凍らないようにする、これが唯一の方法なのだ。開いてベーコン脂にひたし、たっぷり厚切りのベーコンを炒めて挟んだパンのことを思って、彼は満足げに一人で微笑んだ。

彼はトウヒの巨木の森へ入っていった。細道の踏み跡はかすかだった。最後にソリが通り過ぎてから、一フィートの雪が積もっている。彼はソリなしで身軽な旅ができてよかったと思った。実際、ハンカチに包んだ弁当以外、持ち物は何もなかった。それにしてもこの寒さには驚く。本当に寒いぞ、と彼はうなずいて、感覚のなくなった鼻や頬骨あたりを手袋の手でこすった。豊かに頬ヒゲを生やしているが、突き出した頬骨までは守ってくれないし、凍えた大気へ威勢よく突き出した貪欲な鼻も同様だった。

男のすぐ後ろを、犬がとぼとぼ歩いている。この地方の大型のハスキー種で、間違いなくオオカミの血が混じり、毛は灰色で、兄弟種である野生オオカミと比べても、見かけや気質に違いはない。犬はこのものすごい寒さにまいっている。旅をする時節でないことを知っているのだ。犬の本能が伝える情報は、男の判断力が男に教えるよりも正確だ。実際には今、華氏マイナス五〇度より寒いどころではない。六〇度より、七〇度よりも下なのだ。マイナス七五度。氷結点は華氏でプラス三二度だから、氷結気温で言えば一〇七度に達している。犬は温度計のことなど何も知らない。人間の脳とは違って、たぶん犬の脳の中には、極寒の状況に対する明瞭な意識がないのだ。だが獣には本能がある。そいつがぼんやりと、危険が近づきつつあると察知したために、犬はおとなしく男の後ろについているのだし、一刻も早く野営地に到着するか、どこか落ち着き先を見つけて火をおこしてくれるのを待ち望み、男がすこしでも変わった仕種をすると熱心に見守っているのだ。この犬は火について学習していたし、火を欲しがっていた。そうでなければ雪に穴を掘ってうずくまり、体温を外気から守っただろう。

犬が吐く息の湿気が凍って、細かい霜の粒になって毛皮につき、特に顎まわりから鼻、そして睫毛が結晶で白くなっている。男の赤い頬ヒゲや口ヒゲにも霜がついているが、こちらはもっとこわばり、彼が吐き出す温かい一息ごとに氷の形をとって、粒も大きくなっていく。しかも男は噛みタバコを噛んでいるが、氷が口のまわりを固めてしまうので、ツバを吐き出すときに顎に垂れないように勢いをつけることができない。その結果、琥珀の色と固さをした結晶のヒゲが、顎に垂れ下がって徐々に伸びていく。一度転びでもすれば、それはガラスのようにもろい破片になって砕け散るだろう。だが男はぶら下がりものなど気にかけない。それはこの地方で、噛みタバコをやる男たち全員が支払う罰なのだし、前に二度、寒波の中を歩き回った経験もあるからだ。もちろん、あのときはここまで寒くはなかったが、シクスティ・マイルのアルコール寒暖計は、たしかマイナス五〇度と五五度を指していた。

広く平坦な森の中を何マイルか進み、沼地の枯れ株の原を横切ると、土手を降りて小さな川の凍った川床へ出た。これがヘンダーソン川で、支流の分岐点まであと一〇マイルだということがわかる。時計を見ると一〇時だ。一時間で四マイル歩いたことになる。計算してみると、分岐点には一二時半に着きそうだ。そこまで行ったら、お祝いに昼飯を食おうと決めた。

男が川床をずんずん歩きだすと、犬はがっかりして尻尾をだらんと垂れ、ふたたび男の後ろについてきた。過去にソリが通った筋跡はちゃんと見えていたが、最後のソリの轍にも一〇インチ以上の雪がかぶさっている。一と月のあいだ、この死んだ川を誰も上り下りしなかったのだ。男は着実に歩きつづける。物事をあまり考える性質ではなかったし、特に今は、分岐点で弁当を食おう、六時には野営地に着いて仲間と一緒になろう、ということ以外、考えることは何もない。話しかける相手もいない。もしいたとしても、こう口元を氷に固められては、話などできやしない。そこで彼はひたすらタバコを噛み、琥珀のヒゲを伸ばしつづけていった。

ひどく寒い、こんな寒さは初めてだ、という思いが定期的によみがえってくる。歩きながら、手袋の甲で頬骨と鼻をこする。ときどき手を替えながら、なかば無意識にこれをやっている。だがいくらこすっても、こするのをやめた瞬間に頬は無感覚になり、次の瞬間には鼻の先っぽが無感覚になる。頬が凍傷になるのは間違いない、と思うと、前の寒波のとき仲間のバッドがしていたような鼻帯をこしらえておけばよかったと、彼は後悔のため息を漏らした。その鼻帯は両方の頬へも回るから、一緒に守ってくれる。だがそれにしても、大した問題じゃない。頬の凍傷がなんだ？　ちょっと痛いだけだ。深刻なものじゃない。

思考に関して男の頭は空っぽだったが、その代わり観察力は鋭く、川の折れ目曲がり目や木材のたまり場などの変化に注意し、足を降ろす場所にもつねに敏感だった。一度曲がり目に沿って歩いているとき、馬が驚くように彼は突然飛び退き、回り道のために道を何歩か後ろへ戻った。川が底まで完全に凍っていることはわかっていた。北極の冬には、水をそのまま湛えている川などありえない。だが同時に、丘陵の脇から湧き水が出て、川に張った氷と積もった雪のあいだを流れていくことがある。こうした湧き水はどんなにひどい寒波でも凍らない、ということもわかっている。そしてその危険についても、彼はよくわかっていた。そこは罠なのだ。三インチか、あるいは三フィートの場合もあるが、積もった雪の下に水たまりが隠れている。また半インチ程度の薄い氷が水たまりを覆って、それをさらに雪が覆っている場合もある。また水たまりと薄い氷が交互に層をなして、ここを踏み破るとバリバリと踏み破りつづけ、腰まで水びたしになる場合さえある。

だから彼は、あれほど慌てて飛び退いたのだった。足の下がへこむのを感じ、雪に隠れた薄い氷がバリッと割れる音を聞いたのだ。こんな気温の中で足を濡らすことは、面倒な上に危険でもある。最低でも予定が遅れる。立ち止まって火をおこし、その火にあたりながら裸足になって、靴下とモカシン靴を乾かさねばならないからだ。彼は立ったまま川床と土手を点検し、水の流れが右手から来ていることを突き止めた。鼻と頬をこすりながらしばらく考えていたが、やがて左手へ回り込み、慎重に一歩一歩を確かめながら歩いていく。ようやく危険地帯を逃れると、新しい噛みタバコを口に入れて、また時速四マイルの歩調でずんずん歩いていった。

それから二時間歩くあいだに、似たような罠に何度か出くわした。氷を下に隠した雪は、普通はくぼんで、氷砂糖のような外見をしているので危険だとわかる。それでももう一度、危機一髪の場面があった。そのほか一度などは、危ないと思って犬を無理に先に行かせた。犬は行きたがらず、後ずさりするので、ぐいと押してやると、急ぎ足で白くなめらかな表面を駆けていったが、突然足下が割れ、犬は横倒しにもがいて固い足場へ逃げ延びた。それでも前後の足が濡れ、ほとんど間髪を入れず、その水が氷に変わっていった。犬は足の氷を舐めて取る動作をすばやく繰り返し、次には雪の上にすわり込んで、指のあいだの氷を噛んで外した。それは本能の技だった。氷を残しておくと足が痛みだす。犬はそのことを知っていたわけではない。ただ自身の奥深くから発せられる不思議な命令に従っただけなのだ。だが男は知っていて、この件で正しい判断をした今、右の手袋を取り、犬が氷の粒を外すのを手伝ってやった。指を外気にさらしていたのは一分以内だったが、早くも感覚麻痺に襲われたのには驚いた。本当に寒いぞ。急いで手袋をはめ直し、その手をバン、バンと胸に打ちつけた。

正午には明るさが最高度に達していた。それでも冬の軌道にある太陽は南に片寄りすぎて、地平線から昇ってこられない。太陽とヘンダーソン川のあいだに、地球の丸い膨らみが介在している。だから正午に晴れた空の下を歩いていても、影ができないのだ。正確に一二時半に、彼は川の分岐点に到着した。順調な歩きぶりがうれしかった。この調子でいけば、六時には仲間たちに合流できるだろう。彼はジャケットとシャツのボタンを外して弁当を取り出した。その動作に使った時間はせいぜい一五秒だったが、それでもそのあいだに、手袋を外した指に感覚の麻痺は襲ってきた。手袋をはめ直す代わりに、何度も指を脚に叩きつけ、それから雪をかぶった丸太に腰かけて弁当を食べはじめた。脚に打ちつけた指の痛みが、あっという間に消えてしまうのに驚かされる。これじゃ一口もパンに囓りつけやしない。指をまた繰り返し打ちつけてから手袋の中に戻し、もう一方の手袋を取って食べることにする。ガブリと頬ばりたかったが、口が氷に固められていてそれができない。火をおこして氷を溶かすのを忘れていたのだ。この愚かさに思わず笑ったが、笑っているあいだにも、むき出しの指が無感覚になっていくことに気づく。また、腰をおろしたときからつま先に来ていた疼きが、なくなっていることにも気づいた。つま先が暖まったのか、それとも麻痺してしまったのか。モカシン靴の中で足指を動かしてみて、麻痺しているのだとわかった。

急いで手袋をはめて立ち上がった。いくらか恐怖があった。足に痛みが戻るまで、そこいらを乱暴に歩き回る。本当に寒いぞ、と彼は考えていた。サルファ・クリーク出身の爺さんが、このあたりはときどきものすごく寒くなると、言ってたのは本当だったんだ。なのにあのとき、おれは笑っちまった！　何事も決めてかかっちゃいけない、といういい見本だ。間違いなんかじゃなかったんだ、本当に寒いんだ。彼は両足を踏みつけ、両腕をバンバン叩きながら、あたりを歩き回って、ようやく暖かみが戻ってきたのを確かめた。それからマッチを取りだして、火をおこす作業に取りかかる。下生えのもつれた中に、春の洪水が乾燥した小枝を積み上げてくれている、そこから焚き木を集めた。初め小さな火を注意ぶかく育てて、やがて燃えさかる炎をこしらえる。その上に顔をかざして氷を溶かし、それに護られながらパンも食べた。しばらくのあいだ、寒さを出し抜くことができた。犬も喜んで、身体を焦がさない程度に火に近寄り、長々と寝そべって暖を取った。

食事を終えると、彼はパイプを詰めてくゆらせ、しばらくのんびりした。それから手袋をはめ、帽子の耳あてで耳をしっかりふさいで、川の左側の支流をさかのぼる通り道を進んでいった。犬はがっかりして、火のほうへ戻りたがった。この男は寒さというものを知らないのだ。おそらくこの男の祖先のどの段階でも、この寒さ、本物の寒さ、氷結温度一〇七度の寒さを知らないのだ。だが犬は知っている。すべての祖先も知っていたし、その知識は遺伝されている。こんな恐ろしい寒さの中を歩き回るのは、よくないことなのだ。今は雪に穴を掘ってぬくぬくうずくまり、寒気がやってくる遠い方角を、雲のカーテンが覆ってくれるまで待っていればいいのだ。だが、犬とこの男のあいだには格別な信頼感など存在しなかった。犬は男の苦役奴隷にすぎず、これまで男から受けた唯一の愛撫は、鞭紐による愛撫であり、鞭紐をくれてやるぞと脅す乱暴なうなり声だった。だから犬は、自分が感じた危険を男に知らせようとは思わなかった。男の安全などどうでもよかった。火のほうへ戻りたがったのは、自分の安全のためだ。だが男が口笛を吹き、鞭紐を思わせる声で話しかけてくると、犬は男の後ろについて従っていった。

男は噛みタバコを口に入れ、新しい琥珀のヒゲを作りはじめた。また彼が吐く息の湿気はたちまち顎ヒゲや眉毛や睫毛を霜状に白く染めていった。ヘンダーソン川の左の支流には湧き水は多くないらしく、三〇分のあいだなんの兆候も見当たらなかった。それからそれが起こった。兆候もなく、柔らかい降ったままの雪がただ固い凍結面にかぶさっているだけのように見えた場所で、彼は氷を踏み抜いてしまった。深くはなかった。ふくらはぎまで水に浸かって、ほうの体《てい》で固い雪面に逃げた。

腹が立ち、自分の不運を声に出してののしった。六時に野営地で仲間と合流する予定だったのに、これで一時間は遅れるだろう。火をおこして靴や靴下を乾かさねばならないからだ。これだけ気温が低いと、それは省略するわけにいかない。そのぐらいは彼も心得ている。彼は川床から脇へそれて土手を登った。土手の上には、低いトウヒの木々の幹の高さに下生えの藪が繁って、そこに洪水のときの流れ木が、乾燥した焚き木になって集まっている。たいていは小枝だが、太い大きな枝も、また細く乾燥した去年の草なども混じっている。彼は大きめの枝を何本か雪の上に投げた。それが土台になる。それがないと、できたての炎が下の雪を溶かして、雪の中へ沈んでしまうのだ。ポケットから出したカバの木の皮のかけらにマッチで点火して種火を作る。こいつは紙よりよく燃える。それを土台の上に置いてから、乾いた草の束や一番小さな枝をくべてやった。

　身の危険を強く意識しながら、彼はゆっくり慎重に作業を進めた。炎の勢いが増すにつれて、くべる枝をすこしずつ大きいものに変えていく。雪の上にかがみ込み、藪にからんだ枝を抜き取ると、そのまま炎にくべていった。失敗が許されないことはわかっている。マイナス七五度になると、火をおこすのに一度たりとも失敗してはならない――つまり、足を濡らしたときはだ。足さえ乾いていれば、失敗しても、半マイルも走り回れば、血行は元に戻る。だが、濡れて凍りつつある足の血行は、マイナス七五度の中を走っても回復できない。速く走れば走るほど、足はどんどん強く凍ってしまう。

　そこまでは男も心得ていた。サルファ・クリークの爺さんが、秋口にその話をしてくれたからだ。今になるとその忠告はありがたい。もう足には何の感覚もない。火をおこすために手袋も取らねばならなかったが、指もたちまち無感覚になった。時速四マイルで歩いていたあいだは、身体の表面にも手足の隅々にも、心臓のポンプが血を送り込んでいたが、立ち止まったとたん、ポンプの活動はぐっと遅くなった。宇宙の冷気がこの惑星の無防備な一角に襲いかかり、その無防備な一角に居合わせた彼は、まともに攻撃を喰らっているのだ。身体中の血が縮み上がってしまった。血も犬のように生きていて、ちょうど犬のように、恐ろしい寒さから逃げ出して隠れてしまおうとする。時速四マイルで歩いている限りは、否が応でも血を身体の表面までポンプで送ることができたが、今では血は引き潮になって、身体の奥に逃げ込んでしまった。手足の先は血の退散を真っ先に感じ取る。濡れた足もそれだけ早く凍り、剥き出しの指も、まだ凍るところまではいかないが、それだけ早く麻痺してくる。鼻と頬はすでに凍りかけ、血が巡らないせいで身体中の皮膚が冷たくなっている。

だが、彼は助かった。つま先と鼻と頬にはわずかな凍傷が残るだろうが、火が力強く燃えだした。今は指の太さの小枝をくべているが、一分もすれば、手首の太さの枝を足せるだろうし、そうなれば濡れた靴と靴下を脱いで、それらが乾くまで、はだしの足を火のそばで暖めてやれる。もちろん、まず雪で足をこすってからだ。火は成功だった。助かった。サルファ・クリークの爺さんの忠告を思い出して、彼はにやりと笑った。あの爺さんは、このクロンダイク地域がマイナス五〇度以下の場合には、一人で歩き回ることを禁止する法律を作るべきだと言っていた。ところがどうだ。面倒を起こしかけたのに、おれは自力で助かった。ああいう爺さん連中には、女みたいなのも混じってらあ、と彼は思った。男がやるべきことは、頭をちゃんと働かすことだ。おれはだいじょうぶだった。男と呼べるような男なら、一人で歩き回れるんだ。それにしても、鼻と頬が凍りつく速さには驚かされた。それに指があんなに死ぬなんて、思ってもみなかった。あれはまさに死ぬところだった、なにしろ動かして小枝を掴むことさえ難しくて、指が身体から、自分から離れちまったみたいだった。枝を掴むときには、ちゃんと握っているかどうか、目で見て確かめなくちゃならなかった。自分と指先を繋ぐ線が、ほとんど千切れちまってたんだ。

こうしたことはもう気にかからなかった。ここには火があり、音をたててはじけ、炎が躍るごとに生命を保証してくれている。彼はモカシン靴を脱ぎはじめた。靴は氷に薄く覆われている。厚いドイツ製の靴下も、ふくらはぎまでは鉄の脚絆《きゃはん》のようだし、靴の紐は、鉄の細棒が火の中で捩れもつれたようだ。麻痺した指でしばらく引っ張ってみたが、やがてその愚かさに気づき、鞘入りナイフを取りだした。

だが靴紐を切りおわらないうちに、事件は起きた。それは自分の失敗、というよりヘマだった。トウヒの木の下で火をおこしてはいけなかったのだ。開《ひら》けた場所を選ぶべきだった。ただ藪から小枝を引き抜いてそのまま火にくべるには、そこが便利だったのだ。ところが、彼が火をおこした上に伸びている巨木は、枝ごとにかなりの雪を積んでいた。何週間も風がなかったから、枝の雪は満杯だった。小枝を引き抜くたびに、彼はこのトウヒにかすかな震動を与えていた。彼のほうでは気づかないほどだったが、それが惨事を引き起こすに足る震動だったのだ。木のはるか高いところで、ある枝が雪の荷物をぶちまける。それが下の枝に落ちて、そいつの分もぶちまけさせる。これが繰り返され、広がって、木全体を巻き込むことになる。落ちる雪は雪崩のように成長して、突然男と焚き火の上に落ちかかり、火は消えてしまった！　燃えていたあたりは新しいデコボコの雪に覆われてしまった。

男は衝撃を受けた。まるで今まさに死刑宣告を聞いたようなものだった。しばらくのあいだそこにすわったまま、火があった場所をじっと見つめていた。それから冷静さを取り戻した。たぶんサルファ・クリークの爺さんの言う通りだったんだ。誰か仲間の旅人がいれば、危険なことなんか何もなかった。その仲間が火をおこしてくれるからだ。今となっては、もう一度火をおこせるかどうかは自分次第だ。今度こそは失敗があってはならない。たとえうまくいったとしても、足の指の何本かは犠牲になるだろう。足は今ではひどく凍りついているし、二回目の火の準備にもしばらくかかるからだ。

そんなことを彼は考えたが、その間ただすわり込んでいたわけではなかった。そんな考えが胸をよぎるあいだも忙しく働いていた。焚き火のための新しい土台を、今度は意地の悪いトウヒに消されないように、開けた場所に作った。次に、乾いた草と小枝を洪水の残留物から集めてきた。それらを引き抜くために指を揃えることはできなかったが、手のひらの力で何とか集めた。腐った小枝や苔のかたまりなど、邪魔なものも多く含まれていたが、それが今彼にできる最大限だった。入念に作業をつづけ、後で火が強くなってから使う大きな枝も腕に抱えて集めてきた。そのあいだ中、犬はすわって男を見ていたが、目には一種の思い詰めた希望が浮かんでいた。というのも、犬は男を「火をもたらす者」として見ていて、その火がなかなかもたらされなかったからである。

準備が整うと、男はポケットに手を入れてまたカバの木の皮を取り出そうとした。皮があることはわかっていたし、指先の感覚でそれを感じ取ることはできなかったが、触ったときにカサカサと乾いた音をたてるので、それを聞いて判断した。ところが何度やってみても、手を閉じてそれを掴むことができない。しかもそのあいだ中頭の中では、刻一刻と足が凍りつつあるという意識が働いている。その思いから恐慌をきたしそうだったが、なんとか押しとどめて冷静を保った。歯を使って手袋をはめ直し、交互に腕のあちこちを叩き、渾身の力で手を両脇にぶつけた。初めはすわってこれをやっていたが、立ち上がって続けた。雪にすわった犬はそれをじっと見ていた。オオカミに似た尻尾は暖かそうに前足を包み、尖ったオオカミの耳は男を見つめながらピンと張り詰めていた。男は腕や手を叩いたりぶつけたりしながら、生まれつきの装備によって暖かく安全に護られた犬を見て、羨ましくてならない思いがこみあげた。

しばらくやっていると、叩かれる指の先に感覚の最初の灯がともったのがわかった。かすかな疼きがだんだん強まって、耐えがたい、刺すような痛みになったが、男はそれを喜んで受け止めた。右手だけ手袋を外すと、カバの皮を取り出す。むき出しの指はすぐまた麻痺していく。次に硫黄マッチの束を取り出すが、ものすごい寒さはすでに指から生命を奪ってしまっている。

束から一本だけもぎ取ろうともたついているうちに、束を全部雪に落としてしまう。すぐに拾おうとするが、拾えない。死んだ指先は感覚もなく、掴むこともできない。注意を最大限に集中する。足や鼻や頬が凍っていくことを頭から追い払って、全神経をマッチに集める。触覚の代わりに視覚に頼って、彼はマッチを見つめ、指が束の両側に来たときに、その指を閉じるが、結果は閉じるように意志しただけだ。指先までの線は千切れていて、指は言うことを聞かない。そこで右手に手袋をはめ、膝に何度も打ちつける。それから手袋のままの両手で、マッチの束をたくさんの雪と一緒に膝の上に掬い上げた。だがそれで一息つけたわけではない。

しばらく工夫をつづけて、手袋をした両手のたなごころのあいだにマッチの束を挟むことができた。そのままのかたちで、それを口へ持っていく。口を無理に開こうとすると、氷が音をたててはじけた。彼は下顎を引き、上唇を持ち上げ、前歯で束をなぞって一本だけをもぎ離そうとした。ようやく一本取るのに成功し、それを膝の上に落とした。まだ一息つけなかった。それを拾い上げられないのだ。そこでやり方を思いついた。歯のあいだにマッチをくわえ、靴で擦るのだ。二〇回やっているうちに、マッチは点火した。燃えるマッチを歯で支えたまま、それをカバの皮に近づけていく。だが硫黄の煙が鼻孔から肺に入って、彼は突発的にくしゃみをしてしまった。マッチは雪に落ちて消えた。

サルファ・クリークの爺さんの言う通りだったと、彼はその後の静かな絶望の中で考えた。

マイナス五〇度以下なら、仲間と一緒に旅をするべきなんだ。手を打ちつけてみるが、どんな感覚も戻ってこない。突然彼は歯で手袋を脱ぎ、両方の手をむき出しにした。その両手のたなごころで、マッチの束全体を掴まえる。腕の筋肉はまだ凍っていないから、たなごころを強くマッチに押しつけることができた。それから束ごとマッチを靴で擦った。どっと炎が上がる。七〇本のマッチがいっぺんに燃えたのだ。それを消すような風も吹いていなかった。彼は首を一方に傾けて、息が詰まる煙を吸い込まないように避け、燃えさかるマッチ束をカバの皮に近づけていった。そうやって束を持っているうちに、手に感覚が起こるのに気づいた。肉が燃えているのだ。匂いもしている。遙か奥の深いところでは感じることもできる。その感覚が痛みに変わり、どんどん強くなっていく。それでも彼はそれに耐え、マッチの炎をそのまま持ってカバの皮にもたもたと近づけていった。焼けつつある手があいだに入って炎の熱をほとんど吸収してしまうので、皮はなかなか着火しなかった。

とうとうそれ以上耐えられなくなると、両手をグイッと引き離した。燃えさかるマッチはジュッと音をたてて雪に落ちて消えたが、カバの皮には火がついていた。その炎の上に、乾いた草やごく細い小枝を置いていった。ところが、それらの燃料をたなごころで挟んで持ち上げねばならないので、より分けたり摘んだりができない。腐り木の枝や青ゴケが小枝にくっついているので、できるだけ丁寧に歯で取り分けた。せっかくの炎を、不器用ながら大切に護る。

それは生命に直結しているのだから、消してはならないのだ。体表から血が引いてしまったことで、身体が震えるようになり、いっそう不器用になっていく。小さな炎の上に、大きな青ゴケの塊がかぶさるように落ちてしまった。指でそれを突つき出そうとしたが、身体が震えているために深く突つき過ぎて、小さな焚き火の中心である草や小枝がばらばらに散ってしまった。今度はそれらを突ついて集めようとしたが、一生懸命集中したにもかかわらず、震えを止めることができず、小枝はばらばらのままどうしようもなかった。どの小枝もポッと煙を出して消えていった。「火をもたらす者」は失敗した。無気力に見やると、消えた焚き火を挟んで向こう側に犬が見えた。雪の中にすわり込み、丸めた背中を小刻みに動かし、前足を片方ずつ交互に持ち上げて、今か今かと体重を右左に移動させている。

犬を見ていると、野蛮な考えが浮かんだ。猛吹雪に襲われた男が、若牛を殺して、その死体の中にもぐりこんで助かったという話を思い出したのだ。犬を殺して暖かい腹の中に、麻痺が消えるまで両手を突っ込んでおいたらどうだろう。そうすればもう一度火をおこせるのではないか。彼は犬に声をかけ、こっちへ来いと呼びよせる。だが声の中に妙な怯えがふくまれていて、犬を怖がらせてしまう。男がそんな調子で話すのを聞いたことがないのだ。何かおかしい。疑いぶかい犬の本性が危険を感じる。どんな危険かはわからないが、犬の脳のどこかに、何となく、男に対する警戒心が湧き上がっている。男の声に耳を寝かせ、小刻みに丸まろうとする身体の動きも、前足を交互に持ち上げて体重を左右へ移す仕種も目立つようになるが、やってこようとはしない。彼は四つ這いになって犬のほうへ這いずっていく。普段と違うこの姿勢が、犬の猜疑心をさらに強め、犬はちょっとずつ横へ逃げていく。

男は雪の上にしばらくすわって、必死に自分を落ち着かせた。それから歯を使って手袋をはめ直し、立ち上がった。まず、本当に立ち上がったかどうか確かめるために身体を見下ろした。足が無感覚なので大地を踏みしめた感じがしないからだ。彼の直立した姿そのものが、犬の心から猜疑心の色眼鏡を取り除いていく。彼が鞭紐を連想させる声で命令を下すと、犬はいつもの従順さを思い出してそばにやってくる。手が届くところまで来ると、男は自制を失う。さっと腕を伸ばすが、思いもかけない驚きに見舞われる。手はまったく掴むことができず、曲がりもしなければ感覚もないのだ。指が凍っていること、今も刻々と凍りついていることを度忘れしていたのだ。これらのことは一瞬のうちに起こったので、犬がまだ逃げ出さないうちに、彼は犬の身体を腕で囲んだ。そうやって犬を抱いたまま、雪の上にすわり込むと、犬はもがきながらうなったり吠えたりした。

だが、彼にできるのはそこまでだった。犬の身体を両腕に抱えてすわり込むところまでだ。自分には犬を殺すことなどできないと彼は思い知った。やりようがないのだ。このどうしようもない手では、鞘入りナイフを抜くことも持つこともできないし、かといって絞め殺すこともできない。彼は犬を放し、犬は尻尾を足に挟んで一目散に跳び出していき、まだうなっていた。四〇ヤードも離れて振り向くと、耳を前へ向けて立てながら、どうしたのかと男を観察している。男は自分の手がどこにあるのか確かめるために身体を見下ろし、腕の下にだらりと垂れているのを見る。自分の手の位置を知るために目で見なければならないなんて、おかしなことだ、と思う。それから腕をあちこち叩き、手袋の手を身体の脇に何度も打ちつけはじめる。五分ほどこれを続け、心臓が十分な血を体表に送って震えは止まる。だが、手には感覚が戻らない。腕の端に錘《おもり》のようにぶさらがっている感じがするが、その感じを確かめようとすると、もうなくなっている。

重苦しい、ぼんやりした死の恐怖がやってくる。もはや問題は指やつま先が凍るとか、手や足を失うことではなく、自分の生命そのものが懸かっていて、彼の勝ち目は薄い、ということがわかってくるにつれて、恐怖はたちまち刺すような痛みに変わる。彼は恐慌をきたし、向きを変えて、川床の古く薄れた通り道の跡を走りはじめる。犬も追いかけてきて追いつく。生まれてこのかた味わったことのない恐怖に駆られて、目的もないままやみくもに走る。雪を掻き分けてもがきながら走っていくと、徐々に、周りのものがよく見えるようになる。支流の土手があり、古い木材のたまり場があり、葉を落としたポプラが生え、空がある。走っているうちに気分がよくなってきた。震えも来ない。ひょっとすると、こうやって走りつづければ、足の氷も溶けるかもしれない。そうでないにしても、十分なだけ走れば、野営地に着いて仲間に会えるはずだ。間違いなく、指を何本かとつま先と頬の一部を失うだろうが、着きさえすれば、仲間が面倒を見てくれて、失わないですんだ残りの部分を救ってくれるだろう。ただ同時に、別の思いも彼の胸にはあって、野営地に着いて仲間に会うことはついにないだろう、距離が離れすぎている、あまりにも凍傷に先を越されてしまったのだ、もうすぐ自分はガチガチに凍って死ぬのだ、とその思いは告げている。その思いを彼は胸の裏側に押し込み、考慮することをこばむ。ときどきそれはしゃしゃり出てきて声を聞かせようとするが、彼は押し戻して何とかほかのことを考えようとする。

地面に着いて体重を受け止めたとき、それが感じられもしないほど足が凍りついているのに、どうしてそもそも走れるのだろう、と彼は思う。自分の感覚では、地表には接触のないまま、ふわりと浮いて滑っていくようだ。神話のメルクリウスの足に翼がはえた像をどこかで見たことがある。あいつが滑っていくときもこんな感じだったのだろうか。

野営地の仲間のところまで走っていくという彼の作戦には、欠点が一つあった。彼にそれだけの持久力がなかったのだ。何度もつまずき、最後にはよろめいて、崩れるように彼は倒れた。起き上がろうとして失敗した。しばらくすわって休もう、これからはただ歩くだけにして、ともかく進みつづけようと思う。すわって息を整えていると、自分がすっかり暖かく、快適に感じていることに気づいた。震えはなかったし、胸や胴体が暖かく火照っているようにさえ思える。それでも、鼻や頬に触ってみると、そこには感覚がなかった。走ってみても凍結は溶けないのだ。手も足も溶けてはいなかった。それから身体の凍結部分が広がっているに違いないという思いがやってくる。彼はその思いも押さえつけ、忘れてほかのことを考えようとする。それが引き起こす恐慌状態に気づいて、その恐慌が恐ろしかったからだ。だが思いは突き上げてきて居すわり、自分の身体が完全に凍結した幻を彼に見せた。耐えられなかった。彼はふたたび通り道をめちゃくちゃに走った。一度速度を落として歩きだしたが、凍結が広がるという思いがまた彼を走らせた。

　犬はつねに彼の後ろについて駆けてきた。彼がまた倒れたとき、犬は尻尾で前足を巻いて彼の前にすわり、向かい合うと、どうしたのかと真剣に彼を見つめた。犬の温もりと落ち着きが彼をいらだたせ、彼はののしって、しまいに犬は彼をなだめるように耳を寝かせた。今回は震えが早く襲ってきた。凍結との闘いに彼は敗れつつあった。それはあらゆる方向から彼の身体に忍び寄ってきていた。その思いが彼を駆り立てたが、今度は一〇〇フィートも走れず、よろめいて頭から倒れ込んだ。それが最後の恐慌だった。息をついて落ち着きを取り戻したとき、彼は上体を起こし、尊厳をもって死を迎えるという考えが頭をよぎっていた。ただ、そういう言葉でそんな考えを抱いたのではない。彼の場合には、まるで首を刎《は》ねられたニワトリみたいに走り回って、なんてバカなことをしたんだ、という思いであり、それがそのときに浮かんだ比喩だった。よし、どうせ凍死しなきゃならないなら、いさぎよく受け入れようじゃないか。こうして心の安らぎに辿り着くと、睡魔の最初のきざしがやってきた。いいじゃないか、眠り込んでそのまま死ぬなんて、と彼は思った。まるで麻酔のようなものだ。凍死というのも、人が言うほど悪いものじゃない。もっとずっとひどい死に方だってあるんだからな。

彼は翌日仲間たちが彼の死体を発見するところを想像した。突然、自分もその中にいて、仲間と一緒に自分の死体を探して通り道をやってくる。そのまま仲間と一緒に道の折れ目を曲がり、自分が雪の中に横たわっているのを発見する。彼はもはや自分の身体に組み込まれていない。そのときでさえ彼は自分の外側にいて、仲間と一緒に自分自身を眺めている。本当に寒いぞ、と彼は考えている。アメリカに帰ったら、本物の寒さがどういうものか、みんなに話してやることができる。そこから彼の思い浮かべる幻はサルファ・クリークの爺さんに移った。爺さんの姿がはっきり見える。ぬくぬくと心地よさそうな姿で、パイプをふかしている。

「あんたの言う通りだよ。爺さん、あんたの言う通りだ」と男はサルファ・クリークの爺さんにつぶやき声で話しかける。

それから彼は眠りに落ちたが、今まで味わったことのないほど心地よく満ち足りた眠りだった。犬は彼のほうを向いたままじっと待っていた。短かった昼間は、ゆっくり時間をかけて暮れていくたそがれに変わった。火がおこされる様子はなく、おまけに、人がこんなに長く雪の中にすわり込んで火もおこさないなんて、犬の経験では初めてのことだった。たそがれが進むにつれて、火が欲しいという思い詰めた気持ちが先に立って、前足を大きく持ち上げたり体重を移動させたりしながら、おとなしく鳴き、それから男に叱られるのを待ち受けて耳を寝かせた。だが男は動かなかった。すこしして、さっきより大きな声で鳴いた。またすこしして、犬は男に近づいて死の匂いを嗅いだ。犬は毛を逆立てて後ずさりした。もうしばらくそこに留まって、冷たい夜空の下で吠えていた。空では星々が飛び跳ね、躍り、明るく輝いた。それから犬は早足になって、餌をくれる別の者、火をおこす別の者を求めて、かねて知っている野営地の方向へ通り道を駆けていった。

訳者注――本作品に限り、本文中には華氏温度のほか「氷結温度」という(一般的でない)温度表記も出てくるので、日本式摂氏に換算しないで表記し、それに倣って長さなどの単位も換算しなかった。摂氏〇度は華氏三二度、華氏氷点下五〇度はおよそ摂氏零下四五度である。

6

あの夕陽

William Faulkner
"That Evening Sun"

一

今のジェファソンでは、月曜日もほかの曜日となにも変わりがない。通りは今では舗装され、カシワやカエデ、ニセアカシアやニレといった街路樹を、電話や電気の会社がすこしずつ切り倒し、気味悪くふくらんで色もないブドウの房をつけた高い鉄柱を植えているし、市の洗濯局が月曜の朝には巡回して、洗濯物を集めては、派手な色の専用自動車に積み込んでいく。一週間分の汚れた衣類が、今や亡霊のように、いらいらと急ぐ電動の警笛につづいてあっという間に去っていき、タイヤがアスファルトにこすれる絹を裂くような音が、そのあとしばらく聞こえている。古い習慣にしたがって白人の家の洗濯をまだ引き受けている黒人女たちも、集配は自動車でやるようになった。

でも一五年前には、月曜の朝になると、静かで埃りっぽい木陰の通りには黒人女たちがいっぱいで、ターバンを巻いた頭をしっかり支え、その上に綿の積み荷ほども大きな、シーツでくくった洗濯物の包みを載せ、平衡を取りながら、白人の家の台所から黒人地域の窪地にある小屋の脇の黒ずんだ洗い釜まで、そのまま手を触れることもなく運んでいったものだった。

ナンシーはいつも頭に包みを載せると、その上に一年中かぶっている黒い麦藁帽子を載せた。

背が高く、歯の欠けたあたりがすこしくぼんだ、誇り高く悲しげな顔をした人だった。ときどきぼくたちはナンシーの帰り道、裏道を抜けて草地を渡るまでついていって、包みと帽子が平衡を保ったまま、跳ねたり揺れたりすることもなく上手に運ばれていくのを見送った。ナンシーが川床へ降りて反対側へのぼり、かがんで柵をくぐり抜けるとき、四つ這いになって柵の隙間をくぐって、頭はしっかりと真上を向き、包みは岩かそれとも風船のように安定し、それからまた立ち上がってあの人は歩いていった。

ときどきは洗濯女の夫連中が洗濯物の集配を手伝ったものだが、ジーザスがナンシーを手伝うことはついぞなかった。それはお父さんが家に近づいてはならぬと、ジーザスに言い渡す前からのことで、ディルシーが病気になってナンシーが家の食事を作りにくるようになっても変わらなかった。

おまけに二回のうち一回は、ぼくたちは裏道をたどってナンシーの小屋へ行き、早く来て朝ごはんを作っておくれ、と言ってやらなければならなかった。ジーザスに関わりを持ってはいけないと、お父さんに言われていたので――ジーザスは小柄な黒人で、顔に剃刀の傷があった――ぼくたちは川床の手前で立ち止まり、ナンシーの家に向かって石を投げ、するとやがてナンシーが出てきて、戸の陰から顔だけ覗かせたが、服はなにも着ていなかった。

「どういうことかね、うちに石なんか投げて」とナンシーは言った。「このいたずらっ子たちめ、どういうことかね」

「お父さんが早く来て朝ごはんを作れって言ってるわ」とキャディが言った。「もう三〇分も過ぎてるんだから、今すぐ来なくちゃいけないって」

「朝ごはんなんて、知らないでよ」とナンシーは言った。「これからもう一眠りするんだで」

「おまえ、酔っ払いだろう」とジェイソンが言った。「お父さんはおまえが酔っ払いだって言ってるもん。おまえは酔っ払いかい、ナンシー？」

「だれがそんなこと言っとるね？」とナンシーは言った。「わたしゃこれからもう一眠りするんだで。朝ごはんなんて、知らないでよ」

そこでしばらくすると、ぼくたちは小屋に石を投げるのをやめて家へ帰った。ナンシーがようやくやってきたときには、遅すぎてもうぼくは学校に行かれなかった。そこでぼくたちは、やはりウィスキーのせいだと考えていたが、そのうちある日、ナンシーはまた逮捕され、保安官が本人を監獄へ連れて行く途中で、ストーヴァルさんとすれ違った。ストーヴァルさんは銀行の出納係で、バプティスト教会では執事もしている人だった。ナンシーはこの人に話しかけた。

「白人さん、お金はいつ払ってくれるんかね？　白人さんよう、いつ払ってくれるんかね？一銭もくれんようになってから、もう三回にもなるんだでねえ」ストーヴァルさんはナンシーを殴り倒し、それでもナンシーは話しつづけて、「白人さん、いつ払ってくれるんかね？　もう三回も――」と言ううち、ストーヴァルさんは靴のかかとであの人の口を蹴りつけ、保安官がストーヴァルさんを後ろから抱き止め、ナンシーは通りに寝ころがって笑っていた。それから顔を横向きにして血と歯を吐きだすと、「あの人が一銭もくれんようになってから、もう三回にもなるんだでねえ」

こうしてナンシーは歯を失くしたのだった。その日一日中、みんなナンシーとストーヴァルさんについて噂しあい、監獄のそばを通る人には、ナンシーが歌ったり叫んだりするのが一晩中聞こえていた。窓の鉄格子をつかんだ手も見えたので、大勢の人たちが塀ぞいに立ち止まって、あの人の声を聞いたし、黙らせようとする看守の声も聞いた。ナンシーは夜明け近くまでおとなしくならなかったが、やがて二階でドシン、バタンと音がするので看守が上へあがってみると、ナンシーは窓の格子からぶら下がっていた。あれはウィスキーじゃなくてコカインのせいなのさ、とあとで看守は言っていた。だってコカインをたんまりやったんでもなきゃ、黒んぼが自殺をはかるなんてありえないことだし、コカインをたんまりやった黒んぼは、もう黒んぼなんかじゃないんだからな、と。

看守は布を切ってナンシーを下ろし、まず息を吹き返させた。それから殴ったり、鞭で打ったりした。ナンシーは自分のワンピースで首を吊ったのだった。ワンピースはうまく使えたけど、逮捕されたときほかになにも身につけてなかったので、手を縛っておくものがなく、そのため自分の手を窓の桟からどうしても離すことができなかった。もがき苦しむ音を看守が聞きつけて、あわてて二階にあがってみると、ナンシーはすっぱだかのまま窓からぶら下がり、そのお腹はもういくらかせり出して、小さな風船のようなのだった。

　ディルシーが病気で自分の小屋に籠もり、ナンシーがわが家で食事の支度をしているとき、エプロンが突き出しているのがわかった。それはお父さんがジーザスに、家に近づいてはならぬと言う前のことだった。ジーザスは台所にいて、ストーブの後ろにすわり、黒い顔には剃刀の傷跡がきたない紐のようについていた。ナンシーが服の下に隠しているのはスイカだろう、とジーザスは言った。

「だけどこれは、あんたの蔓《つる》から取れたんじゃないでさ」とナンシーは言った。

「なんの蔓？」とキャディが言った。

「それが取れた蔓ってのを、ちょん切ってやってもいいんだぜ」とジーザスは言った。

「どうして子供たちの前で、そんな話をしたがるんかね」とナンシーは言った。「さっさと仕事に行けばいいがね。もう食べるもんは食べたんだでよう。台所でのらくらして、子供たちにそんな話をしとるところを、ジェイソンの旦那に見つかりたいんかね？」

「どんな話をしているところ？」とキャディは言った。「なんの蔓？」

「おれは白人さんの台所でのらくらすることもできねえ」とジーザスは言った。「だけど白人さんは、おれんとこでのらくらできる、ってわけだ。白人さんはおれんとこに入ってくることができて、おれは止められもしねえんだ。白人さんがおれんとこに来たいと思えば、おれには家がなくなっちまうんだで。おれは止められはしねえ、だけどおれをおっぽり出せるわけじゃねえだぞ。そんなことはさせねえぞ」

ディルシーはまだ病気で自分の小屋にいた。お父さんはジーザスに、ぼくたちの家に近寄るなと言った。ディルシーはそれからも病気だった。ずいぶん日にちがたった。ぼくたちは夕食後書斎にいた。

「ナンシーはまだ台所が済まないの?」とお母さんが言った。「お皿を洗うのに、もうたっぷり時間があったんじゃないかしら」

「クエンティンに見に行かせよう」とお父さんが言った。「クエンティン、ナンシーが済んだかどうか見てきなさい。済んでたらもう帰っていいと言うんだ」

ぼくは台所へ行った。ナンシーはもう済んでいた。皿は片づけられ、火も消えていた。ナンシーは冷たくなったストーブに近寄せた椅子にすわっていた。

「おまえが済んだかどうか、お母さんが心配してるんだ」とぼくは言った。

「そうさね」とナンシーは言った。ナンシーはぼくを見た。「済んだでよ」ナンシーはぼくを見た。

「どうしたの?」とぼくは言った。「どうしたの?」

「わたしゃただの黒んぼさ」とナンシーは言った。「わたしが悪くてこうなったわけじゃないでよ」

火の消えたストーブの前で椅子にすわり、頭に麦藁帽子を載せた姿でナンシーはぼくを見た。ぼくは書斎へ戻った。冷たいストーブやなにかのせいだった。だって台所というものは普通、暖かくて忙しくてにぎやかだからだ。それなのにストーブは冷たくて皿は全部片づけられ、そんな時間に食事をしたいなんて人はだれもいないからだった。

「済んでた?」とお母さんは言った。

「はい」とぼくは言った。

「あの人はなにをしてるの?」とお母さんは言った。

「なにもしてません。もう済んだから」

「わしが行って見てこよう」とお父さんが言った。

「ナンシーはきっと、ジーザスが迎えにくるのを待ってるのよ」とキャディが言った。

「ジーザスはいないよ」とぼくは言った。ナンシーがぼくたちに、ある朝目が覚めたらジーザスがいなくなっていたと教えてくれていたのだ。

「あの人はわたしを捨てたんさ」ナンシーは言った。「メンフィスにでも行っちまったんだろう。しばらくこっちの警察から逃げてるんだろうね」

「せいせいしたよ」お父さんは言った。「そのままあっちで暮らしてほしいね」

「ナンシーは暗いのが怖いんだよ」ジェイソンが言った。

「あんたもね」とキャディが言った。

「ぼくは違うよ」とジェイソンが言った。

「怖がり子猫ちゃん」とキャディが言った。

「違うよ」とジェイソンが言った。

「これ、キャンダス！」とお母さんが言った。お父さんが戻ってきた。

「ナンシーを送って裏道の先までちょっと行ってくるよ」とお父さんは言った。「ジーザスが帰ってきてるってあいつは言うんだ」

「あの男に会ったの？」とお母さんは言った。

「いや。やつが町に戻ってるって、どこかの黒人があいつに知らせてよこしたらしい。ちょっと行ってくるから」

「わたしを一人にしてナンシーを送りに行くんですの？」とお母さんは言った。「あの女の安全が、わたしの安全よりも大事なんですの？」

「ちょっと行ってくるだけだよ」とお父さんは言った。

「あの黒人がこのあたりにいるというのに、子供たちを守らないで放っておくんですの？」

「あたしも行くわ」とキャディが言った。「いいでしょ、お父さん」

「あの男になにができるものかね、万が一運が悪くて、この子らに出くわしちまったところでさ」

「ぼくも行きたいな」とジェイソンが言った。

「ジェイソン！」とお母さんが言った。お父さんに向かって言ったのだ。名前を言う口調の違いでそれはわかった。まるでお母さんが一番いやがることをしてやろうとお父さんが一日中思案していて、しかもいよいよというときにちゃんとそれを考えつくっていうことを、お母さんはいつだって思い知らされている、そう言いたげな口調だ。ぼくは黙ったままでいた。お母さんが、もし今のうちに思いつきさえすれば、ぼくだけはお母さんと一緒に残るように、お父さんに言わせようとするだろうと、お父さんもぼくもわかっていた。だからお父さんはぼくのほうを見ないようにしていた。ぼくは長男だった。ぼくは九歳、キャディは七歳で、ジェイソンは五歳だった。

「ばかばかしい」とお父さんは言った。「みんなでちょっと行ってくるだけだよ」

ナンシーは帽子をかぶった。ぼくたちは裏道に出た。「ジーザスはいつも、わたしにやさしかったで」とナンシーは言った。「あの人に二ドルあるときは、一ドルはいつもわたしのもんだったで」ぼくたちは裏道を歩いていった。「この道を過ぎちまえば、もうだいじょうぶなんでさ」とナンシーは言った。

裏道はすでに暗かった。「ここでジェイソンは怖がったのよ、ハロウィーンのとき」とキャディが言った。

「違うよ」とジェイソンが言った。

「レイチェルおばさんはやつをどうにかできんのかね?」とお父さんは言った。レイチェルおばさんは年寄りだった。ナンシーの裏手の小屋に一人で住んでいて、髪が白くて、もう働かずに一日中戸口でパイプをふかしていた。おばさんがジーザスの母親だとみんなは言っていた。ときにはおばさんはその通りだと言い、ときにはジーザスとはなんの繋がりもない、と言っていた。

「怖がったじゃないの」とキャディは言った。「おまえはフロニーよりも怖がってたわ。ティーピーよりも怖がったわ。黒んぼよりも怖がったのよ」

「あの人には、だれもなんにもできないさね」とナンシーは言った。

「あの人は言うんさ。わたしがあの人の中に住んどる魔物の目を覚まさせちまったってね。そいつを鎮めるのには、たった一つしかやり方がないんだとさ」

「だが、あの男はもう行っちまったよ」とお父さんは言った。「もう怖がることはない。ただこれからは、白人の男衆にはかまわないようにすることだ」

「どの白人にかまわないの？」とキャディは言った。「どうやってかまわないの？」

「あの人はどこへも行っちゃいないで」とナンシーは言った。「わたしゃあの人がそばにいるのを、感じるんでさ。今この道を歩いとって、感じるんでさ。わたしらがしゃべっとるのを、なにもかも全部聞きながら、どこかに隠れて待っとるんだで。わたしゃまだ、あの人に会っちゃいないけど、あの剃刀を口にくわえた姿にあと一回会ったら、もうそれっきりなんだで。シャツの中で紐をかけて背中に吊しとる、あの剃刀でよう。そうなったら、わたしにゃもう、びっくりする暇だってありゃしないさね」

「ぼくは怖がってなかったよ」とジェイソンは言った。

「おまえが行儀よくしていれば、こんな面倒にはならなかったじゃないか」とお父さんは言った。「だが、もうだいじょうぶだよ。あの男は今ごろきっと、セント・ルイスにでもいるんだろう。きっと新しい奥さんをもらって、おまえのことなんかきれいさっぱり忘れてるさ」

「もしそうなら、そういうことは、知らないでいたほうがいいさね」とナンシーは言った。「わたしゃ、あの人の寝床のそばに立って、あの人が女を抱くたびに、その腕を切り落としてやるよ。あの人の頭も切り落として、それから女のお腹を引き裂いて、ぐいぐいと――」

「やめなさい」とお父さんが言った。

「だれのお腹を引き裂くの、ナンシー？」とキャディが言った。

「ぼくは怖がってなかったよ」とジェイソンが言った。「この道だって、一人でずうっと歩いていけるよ」

「ふん」とキャディは言った。「おまえなんか、あたしたちが一緒でなかったら、一歩だって足を出す気になれないよ」

二

ディルシーがまだ病気だったので、ぼくたちはナンシーを毎晩送っていった。そのうちにお母さんが、「いったいこれはいつまでつづくの？　わたしをこの大きな家に一人残して、あなたがたみんなで、臆病風に吹かれた黒人を送り届けてやるなんて」

ぼくたちは台所にナンシーのための寝棚をこしらえた。ある晩ぼくたちは、変な音が聞こえて目を覚ました。歌うでもなく泣くでもない声が、暗い階段をのぼってきていた。お母さんの部屋には明かりがついていて、お父さんの足音が廊下を遠ざかって裏階段を下りていくのが聞こえ、キャディとぼくは廊下に出てみた。床は冷たくて、つま先が丸まって床から離れようとしたけど、ぼくたちはその声に耳をすませた。黒人たちが出す独特の声で、歌っているようでもあり、歌ってはいないようでもあった。

それからその声はやんで、お父さんの足音が裏階段をもっと下りていくのが聞こえたので、ぼくたちは裏階段の下り口まで行ってみた。するとその声がまた階段から低く聞こえはじめ、ぼくたちにはナンシーの目が、階段の途中の壁ぎわに見えた。それは猫の目のように光って、大きな猫が壁ぎわからぼくたちを見つめているようだった。ナンシーのいるところまで階段を下りていくと、ナンシーはまた声を出すのをやめ、ぼくたちはそこに立っていた。やがてお父さんが台所から戻ってきて、手にはピストルを持っていた。お父さんはナンシーを連れて階段を下り、二人でナンシーの寝棚を持ってまたのぼってきた。

寝棚はぼくたちの部屋に広げた。お母さんの部屋の明かりが消えると、ぼくたちにはまたナンシーの目が見えた。「ナンシー」とキャディが言った。「おまえは眠っているの、ナンシー？」

ナンシーはなにかささやいた。「いや」とか「ああ」とか言ったのだけど、どっちだかぼくには分からなかった。だれもそんな声は出さなかったようで、どこからともなく来てどこへともなく消えていく音のようで、まるでナンシーなんかそこにいないかのようで、つまりぼくは階段でナンシーの目をあまりまともに見つめたので、ぼくの目にそれが焼きついてしまって、ちょうど太陽を見つめたあと、目を閉じて太陽がなくなってもまだ目の前にあるような具合になってしまったかのようだった。「ジーザス」とナンシーはささやいた。「ジーザス」

「ジーザスがいたの?」とキャディは言った。「ジーザスが台所に入ってこようとしたの?」

「ジーザス」とナンシーは言った。それは、「ジーーーーザス」という言い方で、引き伸ばされた声はマッチやろうそくが消えるときのようにすうっと消えていった。

「あいつじゃなくて、神様のジーザスのことを言ってるんだよ」とぼくは言った。

「あたしたちが見える、ナンシー?」とキャディは言った。「おまえにもあたしたちの目が見えるの?」

「わたしゃただの黒んぼさ」とナンシーは言った。「神様がご存じの通りなんさ。神様がね」

「じゃあ台所でなにを見たの?」とキャディはささやいた。「なにが入ってこようとしたの?」

「神様がご存じの通りなんさ」とナンシーは言った。「神様がね」

ディルシーの病気が治って、食事を作るようになった。「もう二、三日寝てたほうがいいぞ」とお父さんが言った。

「どうしてかね?」ディルシーは言った。「わしがもう一日でも遅かったら、ここいらはもう手遅れ、足遅れだで。さあ、ここから出てって、台所を元どおりに戻すのを邪魔しないでおくれな」

ディルシーは夕食も作った。その晩、暗くなりかけたころ、ナンシーが台所に入ってきた。

「あいつが帰ってきたって、どうしてわかるね」とディルシーは言った。「会ったわけじゃなかろうが」

「ジーザスは黒んぼだよ」とジェイソンが言った。

「感じるんでさ、あの人を」とナンシーは言った。「あの人が川床に隠れとるのを、感じるんでさ」

「今晩かね？」とディルシーは言った。「今晩あそこに来てるんかね？」

「ディルシーも黒んぼだよ」とジェイソンが言った。

「なにか食べるようにしなよ」とディルシーは言った。

「なにもほしくないんさ」とナンシーは言った。

「ぼくは黒んぼじゃないよ」とジェイソンが言った。

「コーヒーをお飲みな」とディルシーは言って、ナンシーにコーヒーを注いでやった。「今晩あそこに来とるって、わかっとるんかい？　どうして今晩だとわかるんかね？」

「わかるんよ」とナンシーは言った。「あの人はあそこで待っとる。わかるんよ。あの人とは、長く暮らしてきたもんだでよ。なにをするつもりなんか、あの人が自分でわかるよりも先に、こっちはわかるんよ」

「コーヒーをお飲みな」とディルシーは言った。ナンシーはカップを口に近づけて息を吹きかけ、ヘビが口を広げるようにぎゅっと口を突き出して、それはゴムの口のようで、まるでコーヒーを冷ましながら、自分の唇の色をすっかり吹き飛ばしてしまったようだった。

「ぼくは黒んぼじゃないよ」とジェイソンが言った。「おまえは黒んぼかい、ナンシー?」

「坊や、わたしゃ地獄の生まれさ」とナンシーは言った。「もうすぐ消えてなくなるんよ。生まれたところへ帰るってわけさね」

三

ナンシーはコーヒーを飲みはじめた。両手でカップを包むように持ち、コーヒーを飲んでいるうちに、またあの変な声を出しはじめた。その声をカップに吹き込んだので、コーヒーが手や服に撥ねかかった。目はぼくたちを見て、じっとすわって両肘を膝でささえながら、両手でカップを包み、コーヒーのしずくのついたカップ越しにぼくたちを見て声を出していた。

「ナンシーをごらんよ」とジェイソンが言った。「ナンシーはもう、うちの料理ができないんだ。ディルシーが治ったんだからね」

「お黙り」とディルシーが言った。ナンシーは両手でカップを包み、ぼくたちを見やり、変な声を出し、まるでぼくたちを見るのとその声を出すのと、二人のナンシーがいるかのようだった。

「ジェイソンさんに言って、保安官に電話してもらったらいいがね」とディルシーは言った。するとナンシーは声を止め、長い茶色い手にカップをあらためて包んだ。コーヒーをまた飲もうとしたが、コーヒーは撥ねてカップからこぼれ、ナンシーの手や服にかかったので、ナンシーはカップを下ろした。ジェイソンがナンシーをじっと見ていた。

「飲めないんよ」とナンシーは言った。「飲み込むんだけど、下りていかないんよ」

「わしんとこへ行くがいい」とディルシーは言った。「寝棚はフロニーがこしらえてくれるし、わしもじきに帰るから」

「黒んぼには、あの人は止められやしないで」とナンシーは言った。

「ぼくは黒んぼじゃないよ」とジェイソンは言った。「そうだろう、ディルシー?」

「そうさね」とディルシーは言った。それからディルシーはナンシーを見た。「そんなことはないだろうさ。だったらおまえさん、どうするつもりかい?」

ナンシーはぼくたちを見た。その目はほとんど動かないまますばやく回り、まるで見るだけの時間がもうないと思っているかのようだった。ナンシーはぼくたち三人を同時に見た。「おまえさんたちの部屋にわたしが泊まった晩のこと、覚えてるね?」とナンシーは言った。ぼくたちが次の朝早く目を覚まして、遊んだときのことをナンシーは話した。ぼくたちはナンシーの寝棚の上で、お父さんが目を覚まして朝ごはんの支度の時間になるまで、静かに遊んでいなければならなかった。「お母さんに、今晩もわたしを泊めてくれるように頼んでおいでな」とナンシーは言った。「寝棚なんかいらないでよ。みんなでもっと遊ぼうよ」

キャディがお母さんに頼んだ。ジェイソンもついていった。「黒人が寝室で寝るなんていけませんよ」とお母さんは言った。ジェイソンは泣き出した。あまり泣くのでお母さんは、泣きやまないとこれから三日間デザートをあげませんよ、と言った。ジェイソンは、ディルシーがチョコレートケーキを作ってくれるなら、泣きやんでもいいと言った。お父さんもそこにいた。

「どうしてこの件を片づけてくれないの?」とお母さんは言った。「なんのために保安官がいるの?」

「なんでナンシーはジーザスを怖がっているの?」とキャディが言った。「お母さんはお父さんが怖い?」

「保安官になにができるもんか」とお父さんは言った。「ナンシーもやつを見ておらんというのに、保安官にどうやって見つけられるんだ?」

「それじゃあ、どうしてあの人は怖がっているの?」とお母さんは言った。

「やつが来てると言うんだよ。今夜来てるとわかるって言うんだ」

「でもわたしたち、税金を払ってるのよ」とお母さんは言った。「あなたがたが黒人女を送っていくあいだ、わたしはこの大きな家で、一人で待ってなくちゃならないのよ」

「剃刀を持って外で待ち伏せをしてるのは、あいにくわたしじゃないんでね」とお父さんは言った。

「ディルシーがチョコレートケーキを作ってくれたら、ぼく泣きやむよ」とジェイソンが言った。お母さんはぼくたちに、出てってちょうだい、と言い、お父さんはジェイソンに、チョコレートケーキをもらえるかどうかは知らんが、もうすぐおまえがもらうことになるものは知っているぞ、と言った。ぼくたちは台所に戻ってナンシーにいきさつを話した。

「家に帰ってドアに鍵をかければだいじょうぶだって、お父さんは言ってるわ」とキャディは言った。「なにがだいじょうぶなの、ナンシー？　ジーザスがおまえのことを怒ってるの？」ナンシーはまたコーヒーカップを両手で包み、両肘を膝で支えて、カップを包んだ手を膝のあいだに入れていた。カップを覗き込んでいた。「どんなことをおまえがしたからジーザスは怒ったの？」とキャディは言った。ナンシーはカップを放した。それは床に当たっても割れなかったけど、コーヒーがこぼれた。それでもナンシーは、両手でカップを包んだ姿勢をしたまままそこにすわっていた。そしてあの変な声を、また低く出しはじめた。歌うのでもなく歌わないのでもなかった。ぼくたちはナンシーを見まもった。

「ほれ」とディルシーは言った。「もうやめな。しっかりせにゃだめだで。ここで待ってなよ。ヴァーシュを連れてきて、あんたを家まで送ってもらうで」ディルシーは出ていった。

ぼくたちはナンシーを見た。肩はふるえつづけていたけど、声を出すのはおさまった。ぼくたちはナンシーをじっと見ていた。「ジーザスはおまえになにをしようとしているの？」とキャディは言った。「あの人は行っちゃったんでしょ」

ナンシーはぼくたちを見た。「おまえさんたちの部屋にわたしが泊まった晩は、楽しく遊んだよねえ」

「ううん」とジェイソンが言った。「ぜんぜん楽しくなかったよ」

「おまえはお母さんの部屋で寝てたじゃない」とキャディが言った。「おまえはいなかったじゃない」

「じゃあみんなで、わたしんとこに行って、もっと遊ぼうかね」とナンシーは言った。

「お母さんが許してくれないよ」とぼくは言った。「もう遅いもの」

「黙っとればいいいで」とナンシーは言った。「あしたの朝言えばいいさね。気にしやしないでよ」

「許してくれないよ」とぼくは言った。

「今訊いてみる必要はないで」とナンシーは言った。「今は黙っとればいいんさ」

「お母さんは行っちゃいけないって言わなかったわ」とキャディが言った。

「だって訊かなかったじゃないか」とぼくは言った。

「もし行ったら、言いつけちゃうぞ」とジェイソンが言った。

「楽しく遊ぼうよう」とナンシーは言った。「お母さんたちは気にしやしないで。ただわたしんとこに行くだけだもの。わたしゃおまえさんたちのために、ずうっと働いてきたじゃないかね。気にしやしないでよ」

「あたしは行ったって怖くないわ」とキャディが言った。「怖がってるのはジェイソンだわ。言いつけるって言ってるもの」

「ぼくは怖がってないぞ」とジェイソンは言った。

「怖がってるわ」とキャディは言った。「言いつけるんでしょ」

「言いつけないよ」とジェイソンは言った。「怖がってなんかないもん」

「ジェイソンだって、一緒に行くのが怖いはずはないさねえ」とナンシーが言った。「そうだろ、ジェイソン」

「ジェイソンは言いつけるわ」とキャディは言った。裏道は暗かった。ぼくたちは草地の戸を通りすぎた。「もし戸の後ろから何か飛び出してきたら、ジェイソンはきっとわめき声をあげるわね」

「あげないよ」とジェイソンは言った。ぼくたちは裏道をたどった。ナンシーの話し声が大きくなっていた。

「どうしてそんなに大声で話すの、ナンシー？」とキャディは言った。

「だれ、わたしかい？」とナンシーは言った。「まあまあ、クエンティンとキャディとジェイソンの言いがかりを聞いてくださいな、わたしが大声で話しとるなんて」

「おまえ、まるでここに五人いるみたいな話し方だわね」とキャディは言った。「まるでお父さんもいるみたいな話し方だわ」

「だれが大声ですね、わたしですか？　まあ、ジェイソンさん」とナンシーは言った。

「ナンシーはジェイソンのことを、ジェイソンさん、なんて呼んだわ」とキャディは言った。

「キャディとクエンティンとジェイソンの言うことを聞いてくださいな」とナンシーは言った。

「あたしたちは大声で話してなんかいないわ」とキャディは言った。「おまえだよ、おまえの話し方がまるでお父さんがいる――」

「しーっ」とナンシーは言った。「黙って、ジェイソンさん」

「ナンシーったらまたジェイソンのことを、ジェイソンさん、って――」

「しーっ」とナンシーは言った。ぼくたちは川床を渡り、ナンシーがいつも洗濯物を頭に載せてくぐり抜けていた柵をくぐった。そのあいだもナンシーは大声で話していた。それからナンシーの家に着いた。そのときには急ぎ足になっていた。ナンシーが戸を開けると、家の中の匂いはランプのような匂いで、ナンシーの匂いはろうそくの芯のような匂いだったから、まるで両方そろって匂い出すのを待っていたかのようだった。ナンシーはランプをつけて戸を閉めると、かんぬきをかけた。それから大声で話すのをやめてぼくたちを見た。

「これからどうするの？」とキャディは言った。

「なにをしたいかね？」ナンシーは言った。

「おまえがもっと遊ぼうって言ったんじゃないの」とキャディは言った。

ナンシーの家にはなにか、ナンシーや家の匂いとは違う匂いがあった。ジェイソンさえもそれを感じとった。「ぼくはここにいたくないよ」とジェイソンは言った。「おうちに帰りたいよ」

「じゃあお帰り」とキャディは言った。

「ぼく一人で帰りたくないよ」とジェイソンは言った。

「みんなでもっと遊ぼうよ」とナンシーは言った。

「なにをして？」とキャディは言った。

ナンシーは戸のそばに立っていた。ぼくたちを見ていたが、その目は空っぽになったみたいで、まるで目を使うのをやめてしまったかのようだった。「おまえさんたちはなにをしたいかね？」とナンシーは言った。

「お話をしてよ」とキャディは言った。「おまえ、お話できる？」

「あいよ」とナンシーは言った。

「じゃあ話して」とキャディは言った。ぼくたちはナンシーを見た。「おまえ、お話なんて知らないのね」

「知っとるがね」とナンシーは言った。「知っとるがね」

ナンシーはこちらへ来て、暖炉の前の椅子にすわった。暖炉には小さな火がついていた。家の中は暖かかったのに、ナンシーは火を大きくして、真っ赤に燃える火をおこした。それからナンシーは話をした。その話し方は目と同じで、まるでぼくたちを見る目や話す声が、ナンシーのものではないかのようだった。まるでナンシー自身はどこか別の場所にいて、そこで待機しているかのようだった。つまり小屋の外にいたのだ。ナンシーの声は小屋の中だったし、からだは、洗濯物の包みを頭に載せたまま、まるでそれに重さがないかのように、風船であるかのように平衡をとりながら鉄条網の柵をくぐり抜けた、あのナンシーのからだは、確かにここにいた。でもそれだけだった。「それでこの女王様は、歩いて川床のところまでやってきたんだけど、そこにあの悪い男が隠れていたんさ。女王様は川床まで歩いてきて、こう言ったんさ、『もしわたしがこの川床を通り越すことさえできたら』って……」

「なんの川床？」キャディは言った。「あの、あそこにあるようなやつ？　どうして女王様は川床にはいっていきたいと思ったの？」

「家に帰るためさ」とナンシーは言って、ぼくたちを見た。

「早く家に帰って、戸にかんぬきをかけるために、川床を渡らなきゃならなかったんさ」

「どうして家に帰ってかんぬきをかけたいなんて思ったの？」とキャディは言った。

四

ナンシーはぼくたちを見て、話すのをやめた。ずっとぼくたちを見ていた。ナンシーの膝に抱っこされたジェイソンの足が、半ズボンからまっすぐ突き出していた。「そのお話、面白くないよ」とジェイソンは言った。「おうちに帰りたいよ」

「そうしたほうがいいかもね」とキャディは言って、床から立ちあがった。「今ごろはきっと、みんなあたしたちを探してるわ」キャディは戸口へ向かった。

「だめ」とナンシーは言った。「開けないで」と言って、すばやく立ってキャディを追い越した。戸にも木の棒のかんぬきにも触らなかった。

「どうして？」キャディは言った。

「ランプのほうへおいでな」とナンシーは言った。「遊ぼうよう。帰らなくてもいいじゃないかね」

「帰らなきゃだめよ」とキャディは言った。「とっても楽しく遊べるんなら、考えてもいいけど」キャディとナンシーは暖炉とランプのところへ戻ってきた。

「ぼくはおうちに帰りたいよ」とジェイソンは言った。「言いつけてやるからな」

「もう一つ、お話を知ってるんさ」とナンシーは言った。ナンシーはランプのそばに立っていて、キャディを見た。その目つきはまるで、自分の鼻の上に棒を立てて平衡を保っている、その棒を見あげるときのようだった。キャディを見るためには見おろさなければならないのに、ナンシーの目はそんなふうに、まるで棒の平衡を保っているときのようだった。

「聞きたくないよ」とジェイソンは言った。「床をどんどん鳴らしてやるぞ」

「面白いお話だよ」とナンシーは言った。「さっきのやつより面白いんさ」

「どんなお話？」キャディは言った。ナンシーはランプのそばに立っていた。一方の手はランプに触れて、光に映えて長くて茶色かった。

「おまえの手、熱いガラスのほやに触ってるじゃないの」とキャディが言った。「おまえの手は熱く感じないの？」

ナンシーはランプの筒に触っている自分の手を見まもった。それからゆっくりと手を離した。

そこに立ったまま、キャディを見つめ、長い指の手を、まるでそれが紐で手首に繋がれているだけだというようにぎゅっとねじった。

「なにかほかのことをしましょう」とキャディは言った。

「ぼくはおうちに帰りたいよ」とジェイソンは言った。

「ポップコーンがあるで」とナンシーは言い、キャディを見て、それからジェイソンを見て、それからぼくを見て、それからまたキャディを見た。「ポップコーンがあるでよ」

「ポップコーンなんて嫌いだよ」とジェイソンは言った。「キャンディのほうがいいな」

ナンシーはジェイソンを見た。「あんたに鍋の柄を持たせたげるでよ」ナンシーはまだ手をねじっていた。手は長くてしなやかで茶色かった。

「いいよ」とジェイソンは言った。「そんなら、もうすこしここにいるよ。キャディには持たせないんだよね。もしキャディが持ったら、おうちに帰りたくなっちゃうからね」

ナンシーは暖炉の火をかき立てた。「あら、ナンシーは火の中に手を入れているわ」とキャディが言った。「いったいどうしたの、ナンシー」

「ポップコーンがあるで」とナンシーは言った。「あるでよ」ナンシーはポップコーン用の手つき鍋をベッドの下から出した。それは壊れていた。ジェイソンは泣き出した。

「これじゃポップコーンできないよ」とジェイソンは言った。

「とにかくもう帰らなくちゃ」とキャディが言った。「行きましょう、クエンティン」

「お待ちな」とナンシーは言った。「お待ちなよう。これ、直せるでよ。直すの、手伝ってくれないかね?」

「ポップコーンはもういいわ」とキャディは言った。「もう遅いもの」

「ジェイソンは手伝ってくれるさね」とナンシーは言った。「手伝ってくれないんかい?」

「嫌だよ」とジェイソンは言った。「おうちに帰りたいよ」

「泣かないで」ナンシーは言った。「お黙り。さあ、見ててごらんね。こっちを見て。ちゃんとこれを直して、ジェイソンが柄を持って、ポップコーン作れるようにするんだでよう」ナンシーは針金を持ってきて鍋の柄を直した。

「これじゃ、ぐらぐらしちゃうわ」とキャディは言った。

「だいじょうぶだで」ナンシーは言った。「見ててごらんね。みんなでコーンの実をもぐの、手伝っておくれな」

コーンもベッドの下にあった。ぼくたちは実をもいで鍋に入れ、ナンシーはジェイソンに柄を持たせて暖炉の上にかざさせた。

「はじけないよ」とジェイソンは言った。「おうちに帰りたいな」

「もうすこしさ」とナンシーは言った。「もうじきはじけるがね。そしたら楽しいだろう」ナンシーは暖炉の近くにすわっていた。ランプの炎が高くなって、煙が出はじめた。

「ランプの火をすこし小さくしたら？」とぼくが言った。

「いいんさ」とナンシーは言った。「わたしが後で掃除するんだでよ。みんな、待っててごらんな。ポップコーンが、もうすぐぽんぽんって始まるで」

「始まらないと思うわ」とキャディは言った。「とにかくもう帰らなくちゃ。みんな心配してるわ」

「違うで」とナンシーは言った。「今はじけるところなんだで。おまえさんたちはわたしんとこにいるって、ディルシーが話してくれとるでよ。おまえさんたちのために、わたしゃ長いこと働いてきたでよ。おまえさんたちがうちへ来たって、だれも心配なんかしやしないで。ほれ、見ててごらんね。もう今にもはじけるところだで」

そのときジェイソンの目に煙が入って、ジェイソンは泣きだした。鍋から手を放して、鍋を火の中に落としてしまった。ナンシーは濡れ布巾を持ってきてジェイソンの顔を拭ったが、ジェイソンは泣きやまなかった。

「泣かないで」とナンシーは言った。「お黙り」でもジェイソンは黙らなかった。キャディはポップコーンの鍋を火の中から取り出した。

「焦げちゃったわ」とキャディは言った。「コーンの実をもっと足さないとだめよ、ナンシー」

「さっきのやつ、みんな入れちゃったんかね？」とナンシーは言った。

「うん」とキャディは言った。ナンシーはキャディを見た。それから鍋を手に取って蓋を開け、黒焦げの実をエプロンの上にこぼしてより分けはじめ、長くて茶色い指が動き、ぼくたちはナンシーを見まもっていた。

「これ以上はもうないの？」とキャディは言った。

「あるで」とナンシーは言った。「あるでよ。ほれ。こいつは焦げてないで。だから、あとは——」

「おうちに帰りたいよ」とジェイソンは言った。「言いつけてやるぞ」

「しーっ」とキャディは言った。みんな耳をすませた。ナンシーの顔はかんぬきのかかった戸に向けられて、目には赤いランプの光がいっぱいに輝いていた。「だれか来るわ」とキャディが言った。

するとナンシーは、またあの変な声を低く出しはじめ、暖炉のそばにすわったまま、膝のあいだに長い手をだらりと垂れた。突然ナンシーの顔には、大きな水滴が現れて流れ、その一つぶずつが火の光をきらめかせて転がり、顎からしたたり落ちていった。「泣いてなんかいないないのに」とぼくは言った。

「泣いてなんかないさね」とナンシーは言って、目を閉じた。「泣いてなんかないさ。だれだね?」

「わかんないわ」とキャディは言って、戸口へ行って覗いてみた。「いよいよ帰らなくちゃ」と言った。「お父さんが来たわ」

「言いつけてやるぞ」とジェイソンが言った。「おまえたちがぼくを無理に来させたんだからな」

水滴はまだナンシーの顔を流れつづけていた。ナンシーは椅子の中で向きを変えた。「いいかね、お父さんに話しておくれな。わたしらは遊んどるとこだって、話しておくれな。わたしが朝まで、おまえさんたちの面倒をちゃんと見るからって。一緒にわたしもお屋敷へ行って、床にでも寝させてくれればいいって、そう話しておくれな。寝棚なんかいらないからって。楽しく遊ぼうじゃないかね。前にどんなに楽しかったか、覚えてるだろう?」

「ぼくは楽しくなかったよ」とジェイソンが言った。「おまえ、痛かったぞ。目に煙を入れたじゃないか。言いつけてやるからな」

五

お父さんが入ってきた。お父さんはぼくたちを見た。ナンシーは立ち上がらなかった。

「さあ、話してあげておくれな」とナンシーは言った。

「キャディがぼくたちをここへ来させたんだよ」とジェイソンが言った。「ぼくは嫌だったのに」

お父さんは暖炉のそばに来た。ナンシーは見あげた。「レイチェルおばさんのところへ行って、泊めてもらうわけにはいかんのかね？」とお父さんは言った。両手を膝のあいだに垂れたまま、ナンシーはお父さんを見あげた。「あいつはここにはいないよ」とお父さんは言った。

「いたら見かけないはずがないのに、人っ子一人見あたらないんだから」

「川床にいるんでさ」とナンシーは言った。「あそこの川床で、待ってるんでさ」

「ばかばかしい」とお父さんは言って、ナンシーを見た。「そこにいるとわかってるのか？」

「しるしがあったんでさ」とナンシーが言った。

「なんのしるしだ？」

「あったんでさ。ここへ入ったとき、テーブルの上に。豚の骨に、血だの肉だのがまだついてて、それがランプのそばにあったんでさ。あの人はあそこにいるんでさ。おまえさんたちが出ていけば、そのときわたしゃ、行っちまうことになるんでさ」

「行っちまうって、どこへ？」とキャディが言った。

「ぼくは言いつけっ子じゃないよ」とジェイソンが言った。

「ばかばかしい」とお父さんは言った。

「あの人はあそこにいるんでさ」とナンシーは言った。「今の今も、その窓から覗いて、おまえさんたちが帰るのを待ってるんでさ。そしたらわたしゃ、行っちまうんでさ」

「ばかばかしい」とお父さんは言った。「家に戸締まりをしなさい。おまえをレイチェルおばさんのところへ連れていくから」

「そんなことしても、だめでさ」とナンシーは言った。もうお父さんを見ていなかったけど、お父さんはナンシーを、その長くしなだれて揺れる手を見おろしていた。「先延ばしなんか、したってだめなんでさ」

「それじゃおまえはどうしたいんだ?」とお父さんは言った。

「わからんでさ」とナンシーは言った。「なにもできないんでさ。ただ先延ばしするだけなんさ。そんなことしてもだめなんさ。わたしがこうなることは、きっと前から決まってたんだろうね。どういう目に遭わされようと、それがもともと、わたしに授かった授かり物なんだろうがね」

「なにを授かるの?」とキャディは言った。「なにが授かり物なの?」

「なんでもない」とお父さんは言った。「おまえたちはもう寝る時間だぞ」

「キャディがぼくを来させたんだよ」とジェイソンは言った。

「さあ、レイチェルおばさんのところへ行こう」とお父さんは言った。

「そんなことしても、だめなんでさ」とナンシーは言った。ナンシーは暖炉のそばにすわり、両肘を膝でささえ、指の長い手を膝のあいだに垂らしていた。「お屋敷の台所だってだめだってのにさ。この子たちの部屋で、床に寝てたって、朝になって気がついてみたら、血が——」

「もういい」とお父さんは言った。「戸締まりをして明かりを消して寝なさい」

「暗いのが怖いんでさ」とナンシーが言った。「暗いとこで、そんなことになるのが怖いんでさ」

「じゃあ明かりをつけたまま、ここにじっとすわっていたいと、こう言うんだな?」とお父さんは言った。するとナンシーは、暖炉のそばにすわり、指の長い手を膝のあいだに垂らしたまま、またあの変な声を出しはじめた。「ええい、いまいましい」とお父さんは言った。「おいで、みんな。もう寝る時間を過ぎてるぞ」

「おまえさんたちが帰ったら、わたしゃ行っちまうんでさ」ナンシーは言った。ナンシーの話し声は今では穏やかになり、顔も穏やかになり、手のようになった。「とにかく、わたしゃ自分の棺桶代ぐらい、ラヴレディさんのところに貯金しとるでね」ラヴレディさんは、背が低くて汚れた身なりの、黒人専用の保険の集金係で、毎週土曜日の朝一五セントずつ集めるために黒人小屋や台所を巡回していた。奥さんとホテル住まいだったけど、ある朝奥さんは自殺した。

二人には幼い娘がいた。ラヴレディさんと娘はいなくなり、一、二週間たって、戻ってきたときにはラヴレディさん一人だった。ぼくたちはまた、土曜日の朝、舗道や裏通りを歩いているラヴレディさんの姿を、よく見かけるようになった。

「ばかばかしい」とお父さんは言った。「あしたの朝一番に台所で見るのは、おまえの顔に決まっているさ」

「そりゃ、見るものを見るんさ」とナンシーは言った。「だけど、それがなんなのかは、神様にしか分かりゃしないで」

六

ナンシーを暖炉のそばにすわらせたまま、ぼくたちは出発することになった。

「さあ、早速かんぬきをかけたらいい」とお父さんは言った。でもナンシーは動かなかった。もうぼくたちを見ようともしないで、じっとランプと暖炉のあいだにすわっていた。裏道をいくらか行ってからも、振り返ると、開いた戸口の奥にナンシーの姿が見えていた。

「なんなの、お父さん」とキャディが言った。「これからなにが起こるの？」

「なにも起こらないよ」とお父さんは言った。ジェイソンはお父さんにおぶさっていたので、ジェイソンがぼくたちみんなの中で一番背が高かった。ぼくたちは川床を下りた。ぼくはそこをじっと見た。月の光と影がもつれて、あまりよく見えなかった。

「もしジーザスがここに隠れていたら、あたしたちのことが見えるわね」とキャディが言った。

「こんなところにはいないよ」とお父さんが言った。「あいつはずっと前に、遠くへ行ってしまったんだ」

「おまえがぼくを来させたんだぞ」とジェイソンが言った。夜空にそびえた人影は、お父さんが小さい頭と大きい頭と、頭を二つ持っているかのようだった。「ぼくは来たくなかったんだ」

ぼくたちは川床をのぼった。ぼくたちにはまだナンシーの家と開いた戸口が見えたけど、戸を開けたまま暖炉のそばにすわっているはずのナンシーの姿はもう見えなかった。なぜなら彼女はくたびれていたからだ。「わたしゃほんとにくたびれたよ」と彼女は言っていた。「わたしゃただの黒んぼさ。わたしが悪くてこうなったわけじゃないいで」と。

それでもナンシーの声は聞くことができた。なぜなら、ちょうどぼくたちが川床からのぼってきたとき、あの歌うでもなく歌わないでもない声を出しはじめたからだ。「うちの洗濯物は今度からだれが洗うの、お父さん」とぼくは言った。

「ぼくは黒んぼじゃないぞ」とジェイソンが、お父さんの頭のすぐ上の高いところから言った。

「おまえはもっとひどいよ」とキャディが言った。「おまえは言いつけっ子なんだから。なにか飛びだしてきたら、おまえは黒んぼよりも怖がるんだから」
「違うよ」とジェイソンは言った。
「おまえは泣き出すよ」とキャディは言った。
「キャディ」とお父さんが言った。
「泣かないもん！」とジェイソンは言った。
「怖がり子猫ちゃん」とキャディは言った。
「キャンダス！」とお父さんは言った。

7

何かの終わり

Ernest Hemingway
"The End of Something"

昔ホートンズ・ベイは製材の町だった。入り江の製材所のノコギリの音から、住人は誰も逃げられなかった。やがてある年、製材するための丸太がもうなくなった。材木運搬の帆船が入り江にやってきて、前庭に立てかけた切り出しの丸太を積んだ。材木の山も全部運び出された。大きな製材所の、建物から取り外せる機械類も取り外して、作業員だった連中がロープで吊り上げて船に積んだ。二つの大きな丸鋸と、回転する鋸に丸太をぶつける運び台と、ローラー全部とベルトやホイールや鉄類を、船べりまで積み上げた木材の上に載せて、帆船は入り江から広いミシガン湖へ出ていった。荷物の上に布をかけて固く縛り、帆に風をはらませて船が出ていくと、製材所を製材所にしていたもの、ホートンズ・ベイを町にしていたものはすべて運び去られた。

平屋の飯場と食堂、売店と事務所、それから製材所本体の建物が捨てられて残り、周囲は岸辺の湿った草地をおおう何エイカーものおがくず原だった。

一〇年後、製材所の跡は何もなくなり、ただ湿地に生え直した草むらのあいだから、白い石灰石の基礎が壊れて見えているところへ、ニックとマージョリーが岸沿いにボートでやってきた。二人は流れ棚と呼ばれる、入り江の底が浅い砂地から四メートル近い深みへ急に落ち込むあたりを、流し釣りをしながらたどってきた。夜のあいだ虹鱒を釣る岬まで行くあいだ、途中で流し釣りをしてきたのだ。

「製材所の跡が見えるわ、ニック」とマージョリーが言った。

ニックは漕ぎながら、緑の木立ちの中の白い石を見やった。

「ああ」とニックは言った。

「あそこに製材所があったころのこと、覚えてる?」とマージョリーが尋ねた。

「なんとか覚えてるよ」とニック。

「お城みたいに見えるわ」とマージョリー。

ニックは何も言わなかった。岸に沿って漕ぎつづけて、やがて製材所は見えなくなった。それからニックは入り江を横切った。

「来ないな」とニック。

「だめね」とマージョリー。ボートが進むあいだ、彼女は熱心に釣り竿を見つめ、話しているときも目を離さなかった。彼女は釣りが好きだった。ニックとする釣りが好きだった。

ボートのすぐ近くで、大きな鱒が水面を破って撥ねた。ニックは片方のオールを力一杯に漕いだ。ボートを回すことで、後ろを流れる餌の向きを変えて、鱒が捕食しているあたりを通るようにした。鱒の背中が水面から出ると、大勢の小魚がてんでに撥ねた。片手で掬った散弾を抛《ほう》ったように、水面がパシャパシャと乱れた。ボートの反対側で、別の鱒がやはり捕食しながら水面を破った。

「食ってるわね」とマージョリーが言った。

「だけど、アタリが来ない」とニックが言った。

捕食している両方の鱒のあたりを餌が通るようにボートを回してから、彼は岬へむかった。マージョリーはボートが岸に着くと、流し釣りの糸を巻いた。

二人でボートを浜に引き上げ、ニックは生きた鱸《すずき》のバケツを取り出して運んだ。鱸はバケツの水の中で泳いでいた。ニックが三匹手で捕まえ、頭を外して皮をはぐあいだに、マージョリーは両手でバケツの中を追いかけまわして、ようやく一匹捕まえ、頭を外して皮をはいだ。ニックは彼女の魚を見た。

「腹びれを取っちゃだめだな」と彼は言った。「餌には使えるけど、腹びれはつけたままのほうがいいんだ」

彼は皮をはいだ魚を一匹ずつ取って鉤《はり》を尾に通した。釣り竿は二本とも、鉤素《はりす》に二つずつ鉤がついていた。それからマージョリーが、糸を歯でくわえニックを見やりながら、ボートを流れ棚のむこうまで漕いでいった。ニックは岸辺に立って竿を持ち、糸をリールから繰り出した。

めた。


「そのへんでいい」とニックは言った。

「このままここに落とせばいいの?」と糸を手に持ち替えたマージョリーは尋ねた。

「そうだ。放せよ」マージョリーは糸をボートの縁から落とし、餌が水中へ沈んでいくのを眺めた。

彼女は漕いで戻ってくると、二本目の糸も同じように繰り出した。そのたびにニックは、竿の根元に重い流木の厚板を載せて竿を動かないように固定し、角度をつけるために小さな平石を下に食い込ませた。それから糸のゆるみを巻き戻して、流れ棚の底の砂地に置いた餌まで、糸がまっすぐに張るように調節し、リールのクリックをセットした。水底で捕食している鱒が餌に食いつくと、餌を引っ張って走り出すので、糸をリールからどんどん引き出す。クリックをオンにしておくと、そのときカタカタと音が鳴ってわかる仕組みだった。


マージョリーは糸の邪魔をしないように、岬のすこし先へボートを着けた。オールを懸命に漕いだので、ボートは浜辺にずいぶん乗り上げた。小さな波も一緒に上がってきた。マージョリーが降りると、ニックはボートをさらに上へ引いた。

「どうしたの、ニック」とマージョリーが尋ねた。

「べつに」とニックは言って、焚き火のための木を集めた。

二人は流木を使って火をおこした。マージョリーはボートから毛布を持ってきた。夜風が煙を岬のほうへ流すので、マージョリーは焚き火と浜のあいだに毛布を敷いた。

マージョリは火に背中をむけて毛布にすわってニックを待った。彼はやってきて彼女の横にすわった。二人の後ろには、岬の生え直しの森がびっしり茂り、前にはホートンズ川が入り江にそそぐ河口があった。まだすっかり暗くはなかった。火の明かりは岸辺まで届いていた。二本の釣り竿が暗い入り江にむかって、斜めに突き出しているのが二人に見えた。火がリールに反射してきらめいた。

マージョリーは夕食のバスケットを開けた。

「食べたくないんだ」とニックは言った。

「だめよ、食べなさいよ、ニック」

「わかった」

二人は黙って食べ、二本の竿と水面に揺れる焚き火の光を見ていた。

「今夜は月が出るな」とニックが言った。彼は入り江の対岸で、山なみの影がくっきりしてきたのを眺めていた。山なみのむこうから月が出てくるのだ。

「知ってるわ」とマージョリーがうれしそうに言った。

「何でも知ってるんだな」とニックは言った。

「ニック、やめて！　お願いだからそういう言い方はやめて！」

「しかたがないよ」とニックは言った。「きみはもう何でも知ってる。そこがいけないんだ。自分でもわかってるだろう」

マージョリーは何も言わなかった。

「もう何もかも教えちゃったからな。自分でもわかってるだろう。知らないことなんて、いったいどこにあるんだ?」

「やめて」とマージョリーは言った。「月が出るわ」

二人は毛布に並んですわって触れあうこともなく、月が昇るのを眺めていた。

「バカなことを言うのはやめてよ」とマージョリーは言った。「本当はどうしたっていうの?」

「わかんないよ」

「わからないはずないでしょ」

「いや」

「何なの、言っちゃって」

ニックは山なみから昇ってくる月を眺めた。

「面白くなくなっちゃったんだ」

彼はマージョリーを見るのが怖かった。それから彼は彼女を見た。彼女は彼に背をむけてすわっていた。彼は彼女の背中を見た。「面白くなくなっちゃったんだ。まるっきりさ」

彼女は何も言わなかった。彼はつづけた。「心の中が、めちゃめちゃになっちゃった感じなんだ。わかんないんだよ、マージ。どう言ったらいいかわかんないよ」

彼は彼女の背中を見つめつづけた。

「愛しあうことも、面白くないの？」とマージョリーは言った。

「うん」とニックは言った。マージョリーは立ち上がった。ニックはすわったまま、頭を両手で抱えていた。

「あたし、ボートで帰るわ」とマージョリーが離れたところから言った。「あなたは岬を回って、歩いて帰れるでしょ」

「いいよ」とニックは言った。「ボートを押してやろう」

「その必要はないわ」と彼女は言った。彼女はボートに乗って、月が照る入り江に浮かんだ。ニックは戻ってきて、焚き火に近い毛布に頭を埋《うず》めて寝そべった。マージョリーが入り江を漕いでいくのが聞こえた。

彼はそのまま長いあいだ寝そべっていた。寝そべっているうちに、ビルが森を抜けて、岸辺へやってくるのが聞こえた。彼はビルが焚き火に近づくのを聞いていた。ビルも彼に手を触れなかった。

「あの子は無事に帰ったかい？」とビルは言った。

「ああ」とニックは寝そべって、頭を毛布に埋めたまま言った。

「一悶着あったのかい？」

「べつにないよ」

「気分はどうなんだ？」

「ああ、あっちへ行けよ、ビル！　しばらくほっといてくれ」

ビルは夕食のバスケットからサンドイッチを一つつまむと、釣り竿の様子を見に歩いていった。

8

殺し屋であるわが子よ

Bernard Malamud
"My Son the Murderer"

目を覚ますと、オヤジが廊下に立って、耳をすましているのが感じられる。おれが眠って夢を見ているのを、じっと聞いていたのだ。起き上がってズボンを探すのを聞いている。靴をはかず、朝飯を食べに台所へ行かないのを聞いている。目をつぶったまま鏡を覗くのを。トイレに一時間すわっているのを。読めもしない本のページをめくるのを。おれの苦悩を、孤独を。父親は廊下に立っている。息子には父親が耳をすましているのがわかる。

見知らぬ他人であるわが子よ。何も話してはくれまいな。

ドアを開けると、オヤジが廊下に見える。なんでそんなところに立ってるんだ。なんで仕事に行かないいんだ？

いつものように夏じゃなく、この冬に休暇を取ったからなんだ。

何の意味があるんだよ、こんな暗くて臭い廊下に立って、おれの行動をいちいち監視して、その休暇ってのを使っちまうんだったらさ。見えないところは想像してるんだろ。何だっておれをスパイするのを止めねえんだ？

オヤジは寝室へ行き、しばらくするとこっそり廊下に戻ってきて、また聞き耳をたてている。

ときどきやつの声が部屋から聞こえてくるのだが、わしには何も話してくれんから、何が何だかわからんのだ。父親としてじつにやるせない気持ちだ。いつか手紙でも書いてくれるのだろうか。親愛なる父さん……。

親愛なる息子ハリーよ、ドアを開けてくれないか。四人のように閉じこもるわが子よ。

女房は朝出かけて、四人目のお産にかかっている娘のところへ手伝いに行った。料理と掃除をして、三人の孫の面倒も見るのだ。娘は妊娠の具合が悪くて、血圧が高いので、ほとんどベッドに寝たきりだ。医者がそうしろと忠告しているのだ。女房は一日中そっちにいる。同時に、息子のハリーがどうかしたんじゃないかと心配もしている。夏に大学を出てから、一人ぼっちで、いらいらして、考え事ばかりしているのだ。話しかけると、答えてよこすときでも、たいていは怒鳴り声だ。新聞を読んで、タバコを吸って、いつでも部屋にいる。それともたまに通りを散歩してくるだけだ。

ハリー、散歩はどうだったの？

散歩さ。

女房がやつに仕事を探しに行けと言って、二度ばかり出かけたのだが、何か採用の連絡をもらっても、その仕事に就こうとはしなかった。

働きたくないわけじゃねえんだ。気分が悪いんだよ。

どうして気分が悪いの？

悪いものは悪いんだよ。わかるんだよ。

具合が悪いんじゃないのかい、ぼうや。お医者に行ったほうがいいんじゃない？

その呼び方は止めろって言っただろう。具合は関係ねえよ。とにかく何だろうと、話す気はねえよ。やりたい仕事じゃなかったってことさ。

じゃあ見つかるまで、一時的にアルバイトでもしたら。女房は息子にそう言った。

すると息子が怒鳴りはじめた。何だって一時的じゃねえか。一時的なもの以外に、何ができるっていうんだよ。おれの気分だって一時的だ。世の中みんな、一時的じゃねえか。おまけにおれは、一時的なバイト仕事なんかやりたくねえんだ。おれは一時的とは逆のことをやりてえんだよ。そんなもの、どこにある？　どこで見つかるっていうんだ？

オヤジが台所で耳をすましている。

一時的なわが子よ。

仕事に就けば、気分もよくなるって母さんは言うのかい。そんなはずはねえ、っておれは言うのさ。一二月で二二になって、大学も出たけど、そんなもの何の役に立つっていうんだ。おれは夜、テレビでニュースを見てるんだ。毎日戦争を見守ってるのさ。小さな画面だけど、戦争はでっかく燃えてるんだ。爆弾を雨と降らせて、炎が高く上がる。おれはときどき、手を伸ばして、手のひらで戦争にさわるんだよ、手が熱で死ぬまでそうやってるのさ。

手が死んだわが子よ。

今にも徴兵が来ると思ってるけど、前ほどは気にならなくなったよ。おれは行かねえんだ。カナダか、どこか行けるところへ逃げるよ。

やつの態度に女房はおびえて、娘のところへ三人の孫の世話をしに、喜んで朝早くから出かけていくのだ。わしはあいつと家にいるが、あいつは口をきいてくれない。

女房は娘に、うちに電話をかけて、ハリーと話をしてよと言う。

そのうちかけるけど、あたしらは九つも歳が離れてるんだってこと、忘れないでね。あの子はきっと、あたしのこと、二人目のお母さんだと思ってて、母親は一人でたくさんだと思ってるのよ。あの子が子供のころは好きだったけど、今じゃねえ。むこうがその気もないのに、声をかけてみたって、面倒なだけだしね。

娘は血圧が高い。電話をするのを嫌がっているだろう。

わしは二週間の休暇を取った。郵便局の切手窓口の事務員だ。主任に、気分がすぐれないと言った。嘘ではなかった。主任は病気休暇を取りなさいと言った。そこまで病気じゃないんで、ちょっと休みたいだけです、とわしは答えた。だけど親友のモー・バークマンには、ハリーのやつが心配をかけるから、休みを取るんだと教えた。

そいつはよくわかるよ、レオ。おれも子供たちには、何だかんだと心配事があるからな。娘を二人育ててりゃあ、いつ失くすかわからない財産を持ってるようなものさ。それでもまあ、何とか食ってかなきゃならねえからな。金曜の夜に、ポーカーをしに来ないか？　いい勝負をやってるんだぜ。くつろぎのひとときってのを、大事にしなくちゃだめだ。

こっちの様子がどんなふうだか、金曜日までには結論が出ると思うけどな。約束はできないな。

来るようにしろよ。こういったことってのは、時間をかけりゃあ過ぎていくものさ。見通しがよくなったら来いよ。よくなってなくても、来たらいいさ。そうすればあんたの心配も、張り詰めた気分も、楽になるんだからさ。あんたの歳で、そんなに心配事をしじゅう抱えてるのは、心臓に良くねえんだぜ。

こいつは最悪の種類の心配事だ。もしわしが自分のことで心配しているなら、その心配が何であるかはわかってるわけだ。つまり、謎めいたことは何もない。自分に話しかけてやればいいんだ――レオ、馬鹿だなあ、つまらないことでくよくよするのはやめるんだ。どうしたっていうんだ。五ドルばかり足りないってわけか？　からだが心配なのか？　このからだ、多少の浮き沈みはあったにしても、ここまでかなりよく持ちこたえてきたじゃないか。それとももう六〇に近づいて、二度と若さを取り戻せないってことか？　五九で死なないやつは、誰だって六〇になるんだぜ。時間と競争したって、勝てるわけはないさ。ところが、心配事が他人に関してということになると、話は最悪なのだ。そいつは本当の心配になる。もし相手が進んで話してくれなければ、そいつの心の中に入って、何がどうなってるかを調べることもできない。スイッチを切ろうにも、そのスイッチが見つからないのだ。そうなると余計に心配するだけになる。

だからわしは、廊下で待っているわけだ。

ハリー、戦争のことはそう心配するな。

お願いだから、何を心配するなとか、何を心配しろだとか、おれに指図するのはやめてくれよ。

ハリー、父さんはおまえを愛しているんだ。小さいときに、毎晩わしが帰ってくると、おまえはわしに飛びついてきたものだ。わしはおまえを抱き上げて、天井まで持ち上げてやったぞ。おまえは小さな手で天井にさわるのが好きだったからな。

そんな話はもう聞きたくねえよ。どんな話より、一番聞きたくねえよ。子供のころのことは聞きたくねえんだよ。

ハリー、わしたちは今、他人同士のように暮らしてるじゃないか。わしが言うのは、もっといいときがあったのを覚えてるって、それだけのことだ。おたがい愛し合っていることを、怖がらずに態度で示せた時代があったことを、覚えてるだけだよ。

ハリーは何も言わない。

卵を炒めてやろうか。

卵なんか、一番食いたくねえよ。

じゃあ、何がいいんだ?

やつはコートを着る。洋服掛けから帽子を取って、外へ出ていく。

ハリーは長いコートと皺くちゃの茶色い帽子姿で、オーシャン・パークウェイを歩いていく。父親がついてくるので、息子は頭にくる。

この広い通りを、息子は早足で歩いていく。ブルックリンのほぼ中央を南下するこの道は、昔は脇に乗馬用の道がついていたが、今はコンクリートの自転車用通路になっている。黒い枝が陽光のない曇り空を横切っている並木の木々も、数がだいぶ減った。アヴェニューXの角、ちょうど海辺のコニーアイランドの匂いがするあたりで、やつは道を渡って家へ帰りはじめる。父親が道を渡るのに気がつかないふりをしているが、猛烈に腹を立てている。父親は道を渡って、また家まで息子の後を追う。アパートの入り口に着いたとき、ハリーはもう家に帰りついているだろう、と父親は思う。自分の部屋に入ってドアを閉めている。部屋で何をするにしているも、もうとっくにそれをはじめている。

レオは鍵を取りだしてメールボックスを開く。手紙が三通来ている。そのうちのどれか一つ、ひょっとして、息子から父親に出した手紙がないかと探してみる。親愛なる父さん、おれのことを説明させてください。おれが今みたいな行動をとる理由は……だが、そんな手紙はない。一通は郵便局互助協会からのもので、それはポケットに入れる。あとの二通はハリー宛てだ。一通は徴兵局からのものだ。それを持って家へ上がり、息子の部屋のドアをノックして、待つ。しばらく待たされる。

息子がぞんざいな声を出すと、徴兵局からおまえに手紙が来てるぞ、と言う。ノブを回して部屋に入る。息子はベッドに寝て目を閉じている。

サイドテーブルに置いといてくれ。

開けて読んでやろうか、ハリー。

いや。開けてもらいたくない。置いといてよ。中身はわかってるんだから。

徴兵局に、また手紙を書いたのかい？

それはこっちの勝手だろう。

父親は手紙をサイドテーブルに置く。

息子宛ての残る一通を、かれはキッチンに持っていく。ドアを閉め、薬缶《やかん》に湯を沸かす。素早く読んで、丁寧に糊を使って封をして、また下のメールボックスに戻しておこうと考えている。女房が娘のところから帰ってきたときに、自分の鍵でこれを取りだして、ハリーに手渡すだろう。

父親は手紙を読む。若い女からの短い手紙だ。女はハリーに、半年以上前に本を二冊貸した、自分には大事な本なので、郵便で送り返してほしい、と言っている。また同じ手紙を書かなくてもすむように、なるべく早くお願いできますか？

レオが女の手紙を読んでいると、ハリーがキッチンに入ってくる。あわてた、後ろめたい表情を父親の顔に読みとると、ハリーはさっと手紙をひったくる。

あんたを殺すしかなさそうだな、こういうスパイまでされちゃあな。

レオは顔をそむけて、キッチンの小さな窓からアパートの暗い中庭を見やる。顔は真っ赤だ。気分も悪くなってきた。

ハリーは一目で手紙を読んで、ビリビリに引き裂く。それから親展と記された封筒も引き裂く。

こんなことをもう一回やったら、殺されてもびっくりするなよ。あんたのスパイにはもううんざりだ。

ハリー、父さんになんてことを言うんだ。

ハリーは家を出ていく。

レオはハリーの部屋に入ってあたりを見まわす。鏡台の引き出しも覗いてみるが、変わったものは何もない。窓のそばのデスクにはハリーが書いた手紙が置いてある。親愛なるイーディス、あんた、くたばっちまいなよ。もう一回馬鹿な手紙をよこしたら、殺すよ。

父親もコートと帽子を身につけて家を出る。しばらくのろのろと走り、走ったり歩いたりしていると、道の反対側にハリーを見つける。半ブロックほど離れて、後についていくことにする。

コニーアイランド通りに出てみると、運よく息子がアイランド行きのトロリーバスに乗り込むのが見える。次のバスまで待たなくてはならない。タクシーに乗ってバスを追いかけようかとも思うが、タクシーは来ない。次のバスは一五分後で、かれはそれに乗って終点のコニーアイランドまで行く。二月なので、コニーアイランドはじめじめして寒く、誰もいない。サーフ・アヴェニューを車がたまに通るだけで、あたりの通りは人影もまばらだ。雪になったようだ。レオは白いものが舞い落ちる中、板張りの歩道を歩きながら息子を探す。陽差しのない黒ずんだ浜辺には人っ子一人いない。ホットドッグの屋台も、射撃場も、脱衣所も、シャッターが下りている。黒紫色の海は溶けた鉛のようにうねって、凍りかけているようだ。海から風が吹いてきて、服の中まで入り込むので、歩きながらがたがた震える。風が鉛色の海に白い波しぶきを作り、のろのろと、低い音をたてて空っぽの海岸に砕けていく。

父親は息子を探して、風の中を西端のシーゲイト区域まで歩いていき、そこから引き返してくる。コニーアイランド通りに近いブライトン・ビーチの手前で、誰かが浜辺で、這い寄せる波の中に立っているのが見える。レオはあわてて板張りの階段を降りて、砂地が波を打つ浜に出る。浜にいる男はやっぱりハリーだ。靴のまま、くるぶしまで寄せる波にひたっている。

父親は息子に駆け寄る。ハリー、あれは間違いだ、許してくれ。手紙を開けたことは、謝る。

ハリーは動かない。波の中に立って、鉛色の海のうねりをじっと見つめている。

ハリー、わしは怖いんだよ。何があったのか、教えてくれよ。息子だろう。すこしはこっちの身になってくれよ。

おれは世の中が怖いのさ、とハリーは考える。おれは世の中に、すっかりおびえてるんだ。

だがハリーは何も言わない。

強い風が吹いて、父親の帽子を吹き飛ばして浜辺へ落とす。そのまま波の中へ飛ばされそうになるが、向きを変えて板張り歩道のほうへ飛んで、小さな車輪みたいに砂浜を転がっていく。父親は帽子を追いかける。右へ追いかけたかと思うと次は左、それから海の方向だ。帽子がかれの足にピシャッと吹きつけられて、ようやく拾いあげることができる。そのときにはかれは泣いている。息を切らせて、凍えた指で両目をぬぐいながら、水際に立っている息子のところへ戻っていく。

こいつはさびしいやつなんだ。そういうタイプなんだ。いつまでもさびしいままだろう。自分をさびしいやつにしてしまったわが子よ。

ハリー、わしに何が言える?　わしに言えることはただ、人生はなまやさしいものじゃないってことだ。やさしいなんて、言ったやつがいるか?　わしにとってもそうじゃなかったし、おまえにとってもそうじゃないのさ。それが人生だ、そういうものなんだ。それ以上に、何が言える?　だけど、もし生きていたくないっていうなら、死んで何ができるんだ?　ゼロはゼロだ。生きていたほうがいいのさ。

帰ろう、ハリー、と父親は言う。ここは寒い。足を水に浸けてたら、風邪をひいちまうぞ。ハリーは波の中で動かない。やがて父親は去っていく。歩いていくと、風がまた帽子をつまみ上げて、岸辺を転がしていく。かれはそれを見つめている。

オヤジは廊下で聞き耳をたてている。散歩に出てもついてくる。おれたちは浜辺の際《きわ》で出会う。

父親は帽子を追いかける。

海に足まで浸かって立っているわが子よ。

9

サニーのブルース

James Baldwin
“Sonny’s Blues”

その事件のことは、職場へ通う地下鉄の中で新聞で読んだ。最初に読んだとき、信じられなくて、もう一度読んだ。それからたぶん、それを、やつの名前を綴り、事件を綴っている活字を、じっと見つめていた。地下鉄の明かりが揺れる車内で、轟音をたてる闇に映る人々の顔、そしてぼく自身の顔に囲まれて、それをじっと見つめていた。

とても信じられない。一人でそうつぶやきながら、地下鉄の駅から高校へ歩いていった。それでいて同時に、疑う余地はなかった。ぼくは、おびえていた、サニーのことで、おびえていた。あいつがまた、ぼくの現実に戻ってきた。大きな氷の塊りが、腹の中に居すわって、一日かけて、ゆっくり溶けていく、それを抱えながら、ぼくは授業で代数を教えていた。それは奇妙な氷だった。溶けながら、冷たい水のしたたりを、ぼくのからだ中の血管に送り込んでくるが、それでもちっとも減らないのだ。ときどきそれは、固くなり、膨張するように思え、内臓が口から押し出されそうになる。あるいは息が詰まり、わめき声をあげそうになる。サニーのことで、あいつが言ったりやったりしたことをまざまざと思い出しているとき、ぼくはいつもそうなるのだった。

あいつがまだ、ぼくの教室の生徒たちぐらいの歳だったころ、あいつの顔は明るく、開け広げで、銅色の光沢がたくさん見えていた。不思議なほどまっすぐ相手を見る茶色の目をして、すごくやさしく、はにかみ屋だった。今はどんな顔をしているのだろう。昨夜、ダウンタウンにあるアパートの手入れで、やつは逮捕された。ヘロインを密売し、使用した罪だった。

信じられなかった。だが、そう言う理由は、ぼくの中のどこにも、そんなことを受け入れる場所なんかないからだった。もう長いあいだ、そんなことは、ぼくに関係ないところに押しやってしまっていた。知りたくなかったのだ。疑いは抱いたが、はっきり名指すことはしなかった。そのまま遠ざけてしまった。サニーはやんちゃだが、バカではないと、自分に言い聞かせていた。それに、あいつはいつもいい子だったのだ。特にハーレムでは、子供たちはあまりにも、あまりにも早くワルに、ヤクザに、恥さらしになっていくが、あいつに限っては、そんなことはなかった。自分の弟が堕落して、ゴミ屑になり、顔の輝きも消えはて、あれほど多くの少年たちに見てきたような状況に、弟がおちいるのを見るなんて、ぼくは信じたくなかった。それでもそれは、現実となり、なのにぼくときたら、少年たちに代数を説明している、ところがかれらは、もしかすると全員、便所に行くたびに、腕に注射をしているかもしれないのだ。かれらにとっては、そのほうが、代数より効き目があるのだろう。

サニーが、最初にヘロインをやったとき、ここにいる少年たちより、それほど歳をとっていなかったことは確実だった。この子たちは今、昔のぼくたちと同じような生活を送り、急激に成長しては、突然、将来の可能性に関して、低い天井に頭をぶつける。怒りで一杯になる。かれらが心の底から知っているのは、二種類の暗闇だけだ。今やかれらに迫る生活の暗闇と、映画館の暗闇、こちらは生活の暗闇を忘れさせ、その中で、かれらは悪意に満ちた夢を見、ほかのどんなときより、一体感があるが、同時に孤独なのだ。

終業のベルが鳴り、最後の授業が終わると、ぼくは大きく息を吐き出した。授業のあいだ中、ずっと溜め込んでいたみたいな息だった。着ていたものは汗ばんでいた。服を着たまま、午後中サウナにすわっていたように見えたかもしれない。教室に長いこと、一人で残っていた。外から、一階から、少年たちの声が、叫び、罵倒し、笑うのをじっと聞いていた。たぶんそのとき初めて、かれらの笑い声に胸を衝かれた。それは、ふつう（どういうわけかはわからないが）子供を連想するような、楽しそうな笑いではなかった。からかうようで、意地が悪く、相手を傷つけることを目的にしている。夢を奪われ、そのことの中に、かれらが罵倒しあう正当な根拠もあるのだ。ぼくがかれらの声を聞いていた理由は、弟のことを考えていたからで、かれらの中に、弟の声を聞いていたからだった。そしてぼく自身の声もだ。

一人の少年が、口笛を吹いていた。すごく複雑で、同時にすごく単純な曲だった。まるで鳥のように、その曲が、かれの中からあふれ出してくるように思えたし、あたりの明るく騒がしい空気の中で、ほかの音に負けないで、淡々とつづいていくのは、とてもクールで気持ちがよかった。

立ち上がって、窓辺へ行き、校庭を見下ろした。春の初めで、少年たちの中にも、活力が湧いてきていた。ときおり教師が、かれらのあいだを通り抜けていく。男の教師も女の教師も、足早で、まるで一刻も早く校庭から出て、この子たちを視界から消し、意識からも消してしまいたいと願っているかのようだ。ぼくは荷物をまとめはじめた。家に帰ってイザベルに話さなければならない。

下へ降りたときには、校庭はほとんどからっぽだった。玄関口の影の中に立っていた少年が、サニーにそっくりで、ぼくは思わず声をかけそうになった。それからその子がサニーではなく、ぼくたち兄弟が昔知っていた、うちの近くのブロックに住んでいる少年だとわかった。サニーの友達だ。歳が離れているので、ぼくの友達ではなかったし、どちらにしろ、ぼくはそいつが好きではなかった。そいつはもうおとなになったのに、今でもうちの界隈をうろつき、今でも街角で時間をつぶし、いつもハイで、ボロ服を着ている。ときどきそこいらで出くわすと、ぼくをなんとか口説いて、二五セント、できれば五〇セント、手に入れようとする。しかも、そのために本当にうまい口実を、いつも用意しているので、ぼくはいつも小銭をやってしまう。どうしてなのかはわからない。

だが今は、急にそいつが憎らしくなった。ぼくを見る目つきが耐えられない。なかば犬のようで、なかばずるい子供のような目だ。学校の校庭なんかでいったい何をしてるんだ、と訊いてやりたかった。

そいつはちょっと足を引きずるように、だらしなく歩いてぼくに近づくと、

「新聞を持ってるね。それじゃ、知ってるんだね?」と言った。

「サニーのことか? ああ、知ってるよ。どうしてきみも一緒に捕まらなかったんだ?」

やつはにやりと笑った。ぼくには悪寒が走ったが、同時に、子供のころ、やつがどんな顔をしていたか思い出していた。「おれはいなかったのさ。ああいう連中には、近づかねえようにしてるんだ」

「そいつはよかったな」ぼくはやつにタバコを勧め、くゆる煙を隔ててやつを観察した。「サニーのことを言うために、わざわざここまで来てくれたのかい?」

「そうさ」やつは首をゆるゆると振り、やぶにらみになるみたいな妙な目つきをした。まばゆい陽差しのせいで、やつの湿ったダークブラウンの肌はくすんで、目は黄色に見え、縮れた髪についた埃が浮き立っていた。ムッとする匂いがしたので、ぼくはやつからすこし離れて、「じゃ、ありがとう。だけどぼくはもう知ってるから、帰らせてもらうよ」と言った。

「そこまで一緒に行くよ」とやつは言った。ぼくたちは歩きはじめた。校庭にはまだ二、三の

生徒がぶらついていて、その一人がさようなら、と挨拶し、ぼくの隣りの男を不思議そうに見やった。

「どうするつもりだい？」とやつは言った。「サニーのことだけどさ」

「いいかい、ぼくはサニーに、もう一年以上も会ってないんだぜ。どうするかなんて、わからないよ。第一、いったい何ができるっていうんだ？」

「そうだよな」とやつは急いで言った。「できることなんか何もねえさ。サニーのやつを助ける手は、もうねえってことだろうな」

それはぼくが考えていたことだったので、やつがそれを言う権利はない、とぼくには思えた。

「だけど、サニーには驚いたぜ」とやつはつづけた。妙な話しかたをする男で、まっすぐ前を見て、まるで独り言を言うみたいにしゃべる。「利口なやつだと思ってたんだよ。利口だから、パクられるなんてことはねえと思ってたんだ」

「自分でもそう思ってたろうさ」とぼくは厳しく言った。「だからパクられたのさ。そっちはどうなんだい？　きみはさぞかし利口なんだろうな」

するとやつは、しばらくぼくをまっすぐに見ていた。「おれは利口なんかじゃねえ」とやつは言った。「もし利口だったら、とっくの昔に、ピストルに手を伸ばしてたさ」

「おいおい、きみの悲しい苦労話なんか聞きたくないよ。ぼくだってその手の話を、やろうと思えばやれるんだからね」と言ってから、ぼくは後ろめたく感じた。たぶん後ろめたかったのだ、この憐れな不良が、本当に自分の苦労話を、ましてや悲しい話を抱えているなんて、今まで想像したこともなかったからだ。そこでぼくは急いで尋ねた、「やつはこれからどうなると思う?」

やつはそれには答えなかった。しばらく一人で、何か考えているようだった。「おかしなもんだよ」とやつは言ったが、その口調は、まるでぼくたちが、ブルックリンに出るための乗り継ぎの方法でも話し合っているみたいだった。「今朝新聞を見たとき、こいつはおれも、知らん顔はできねえんじゃねえかって、真っ先に考えたんだ。ちょっと責任があるみたいに思ったんだよ」

ぼくは、気をつけて聞きはじめた。地下鉄の駅がすぐ前の角に見え、ぼくは立ち止まった。やつも止まった。ちょうど酒場の前にいたので、やつは首をかがめて中を覗いたが、知り合いはいないようだった。ジュークボックスがノリのいい黒人の曲をがなりたて、ウェイトレスの女の子が、踊りながら、ジュークボックスからカウンターの後ろまで戻っていくのを、ぼくはなにげなく眺めていた。誰かが何か言って、その子が曲に合わせながら、笑って答える顔が見えた。その子の笑顔には、幼い少女の面影が、なかば売春婦のようにやつれた顔の奥の、運命とまだ闘っている娘の面影が感じられた。

「サニーにくれてやったことは、一度もねえさ」とやつはやがて言った。「だけど、だいぶ前に、おれがハイになって学校へ行ったら、そいつはどんな気分だいって、サニーが聞くんだよ」やつはまた黙り、ぼくはやつを見つめることにこれ以上耐えられず、ウェイトレスの女の子を見やり、舗道まで揺すぶるような大音響の音楽を聞いていた。「すごい気分だぜ、って言ってやったんだ」音楽が止まり、ウェイトレスは動きを止めてジュークボックスを見守り、また音楽が始まった。「実際すごかったんだよ」

やつの一言一言が、行きたくないと思っているところへぼくを運んでいった。それがどんな気分かなんて、もちろん知りたいとも思わない。それはすべてのものを、張りつめた怖れに変えた。人々も、家並みも、音楽も、褐色できびきび動くウェイトレスも、怖れが、それらのものの本質だった。

「やつはこれからどうなると思う?」とぼくはまた尋ねた。

「どこかへ送られて、治すってことになるだろうな」と言ってやつは首を振った。「きっとあいつ、自分でも、すっかり治ったと思うだろう。そしたら、あいつは釈放される」やつは身振りで示すためか、タバコをどぶに投げ捨てた。「それで終わりさ」

「それで終わりって、どういう意味だ?」

だが、ぼくにもどういう意味かわかっていた。

「終わりって言ったら終わりさ」やつは首を巡らせてぼくを見ると、不機嫌そうに口の両端を引き下げた。「おれの言いたいこと、わかんないかい?」とやつは穏やかに尋ねた。

「なんだってきみの言いたいことがぼくにわかるんだ」ぼくはどういうわけか、ほとんどささやき声になっていた。

「そうだよなあ」とやつは宙に向かって言った。「なんだっておれの言いたいことが、この人にわかるんだろう」やつはまた、じっくり穏やかにぼくを見たが、ぼくはなんとなく、やつが震えているように、震えて今にもばらばらに壊れてしまいそうに感じた。また腹の中の氷の塊りに、午後のあいだ中感じていた恐怖に、意識が戻った。そこでまたウェイトレスを見やると、彼女は歌いながら、酒場の中を歩き回り、グラスを洗っていた。「いいかい。あいつは釈放される、そしたら、また最初から同じことを繰り返すのさ。それがおれの言いたいことさ」

「つまり、釈放されると、あいつは、自分からまた同じテツを踏みはじめる。すっかり治るなんてことはない、ってことか。きみの言いたいことは、そういうことか?」

「その通りだね」とやつは陽気に言った。「わかってもらえたようだね」

「教えてくれないか」とぼくはとうとう言った。「あいつは、どうして死にたがるんだ? 死にたがってるに違いないよ、自分を殺そうとしてるんだよ、どうして死にたがるんだ?」

やつは驚いてぼくを見た。舌で唇を舐めた。「死にたがってなんかないさ。生きたがってるのさ。死にたがるやつなんているもんか。絶対いねえよ」

するとぼくは、さらに訊きたくなった。あまりにも多くのことをだ。やつには答えられないだろうし、答えたとしても、ぼくのほうが、答えに耐えられないだろう。ぼくは歩きだした。

「とにかく、ぼくには関係ないよ」

「サニーのやつ、辛いことになるだろうなあ」とやつは言った。ぼくたちは地下鉄の駅に着いた。「ここがあんたの駅かい？」とやつは尋ねた。ぼくはうなずいて、階段を降りかけた。「ちくしょう！」とやつは急に叫んだ。見上げると、やつはまたニヤリと笑った。「金を家に置いてきちまったよ。一ドル、持ってないかな。二、三日借りるだけさ」

突然ぼくの内部の何かが崩壊し、今にもこぼれ出しそうになった。もうやつのことは、憎いと思わなかった。ぼくは今にも、自分が子供みたいに、泣き出すのではないかと感じていた。「いいさ」とぼくは言った。「心配するな」財布を覗いてみると、一ドル札がなかった。五ドルだけだった。「ほら」とぼくは言った。「足りるだろう？」

やつは札を見なかった。見たくなかったのだ。無理にこしらえた無表情が顔に浮かんだ。まるで札に印刷された数字を、自分にもぼくにも秘密にしておきたいかのようだった。「ありがとう」と言い、もうぼくとは別れたくてたまらなくなっていた。「サニーのことは心配いらないよ。やつには手紙を書くか何かしとくから」

「そうだね」とぼくは言った。「頼むよ。じゃ、さよなら」
「また」とやつは言った。ぼくは階段を降りた。

ぼくのほうはサニーに長いあいだ手紙を書かなかったし、何も送らなかった。とうとう書いたのは、幼い娘が死んだ直後のことで、やつはすぐ返事をくれた。それを読むとぼくは、意固地だった自分が恥ずかしかった。

かれはこう書いてきた。

兄さん
兄さんの手紙がどんなに待ち遠しかったか、わかってもらえないと思います。何度も自分から書こうとしたけど、兄さんにどれだけ迷惑をかけたかと思って書きませんでした。でも今は、どこか深い、本当に深くて腐った穴から這い出そうとしてがんばって、ようやく頭の上の、外の世界の、太陽が見えたような気がしています。なんとしても外の世界に出なくちゃ、と思っています。
どうやってこんなところへ来ちまったのか、それは話せません。つまり、どう話したらいいかわかりません。何かを怖がっていたか、それとも何かから逃げようとしたのだと思うけど、兄さんも知ってるとおり、おれはあんまり頭がよくないからね（笑）。ママもオヤジも死んでいて、息子の身に何が起こったか知らないですんでよかったし、おれが自分のやっていることをわかってさえいれば、兄さんにこんな迷惑をかけることも絶対になかったです。兄さんだけじゃなく、やさしくしてくれた、おれを信じてくれてた大勢の人たちにもね。

おれが音楽をやっていることを、この件と結びつけて考えないでほしいです。それ以上のことだったんです。それともそれ以下のことだったかな。ここにいると、頭の中がちっとも整理できないので、また外に出たらどういうことになるかも、なるべく考えないようにしています。このままイカレちまって、二度と外に出ることはないだろうと思うこともあるし、きちんと元に戻れると思うこともあります。でも一つだけ言っておくと、このヘマをもう一度繰り返すくらいなら、おれは自分の頭をピストルでぶっ飛ばします。だけどこれはみんなが言うことなんだってね。ニューヨークに戻れるようになったら連絡をしますが、もう一度兄さんと会えたら、すごくうれしいです。イザベルさんと子供たちによろしく言ってください。もちろんグレイシーの不幸のことはすごく悲しいです。ママみたいに「神の御心のままに」って言えたらいいんだけど、でもどうだろう、悲しいことって、絶対になくならないものだと思えるし、それを神様のせいにしてもしょうがないと思います。でも信じていれば、役に立つんでしょうけど。

サニーより

それからは、いつも連絡を取り合うようになって、送れるものは送ってやり、ニューヨークに帰ってきたときには迎えに行った。いざ会ってみると、自分でも忘れていたと思っていたことが、洪水のようにどっとよみがえってきた。その理由は、ぼくがようやくサニーのことを、サニーの内面生活のことを、あれこれ考えるようになったからだ。この内面生活が、どのようなものだったにしろ、その結果として、やつは歳をとったように見え、痩せたし、周囲から距離をとって、じっとしている性質も強まっていた。やつは、ぼくの弟には見えなかった。それでも、握手を交わして笑ったときには、引きこもったねぐらの奥から、やさしくなだめて光の中へ連れ出してくれるのを待っている小動物のように、ぼくの知らなかった弟が、顔を覗かせていた。

「調子はどう?」とやつはぼくに尋ねた。

「いいよ。そっちは?」

「絶好調さ」やつは満面の笑みを浮かべていた。「また会えてうれしいよ」

「こっちもだ」

七つ離れている歳の差が、ぼくたちのあいだに溝のように走っていた。この七年が、むしろ橋のように役に立つことはないものかと、ぼくは考えていた。思い出してみると、息が詰まりそうな気がするが、弟が生まれたとき、ぼくはすでにいたのだし、やつが最初の言葉を発したとき、ぼくはそれを聞いたのだ。歩きはじめたとき、やつはママのところから、まっすぐぼくのほうへ歩いてきた。やつがこの世で最初のあゆみを試みたとき、転ぶ直前に掴まえてあげたのは、ぼくだったのだ。

「イザベルさんは、元気？」

「元気さ。早くおまえに会いたがってるよ」

「子供たちは？」

「ああ、元気だよ。叔父さんに会いたがってるよ」

「またそんなことを言って。おれのことを覚えてるはずないだろう」

「冗談じゃないぜ。もちろん覚えてるさ」

やつはまたにっこり笑った。ぼくたちはタクシーに乗った。お互いに言いたいことがたくさんありすぎて、どこから始めていいのかわからなかった。

タクシーが動き出すと、ぼくは尋ねた、「まだインドに行きたいと思ってるのかい？」

やつは笑った。「まだ覚えてるの？　いや、もういいんだ。ここだって、おれには十分インドだからね」

「この大陸も、昔はインディアンのものだったからね」

するとやつはまた笑った。「まったく、やつらがここを手放したのは、大正解さ」

何年も前、やつが一四歳ぐらいだったとき、インドへ行きたいという思いに、すっかり取り憑かれたことがあった。やつが読む本の中で、インド人はどんな天候でも、と言ってももちろん、ほとんど悪天候なのだが、その中で裸で岩の上にじっとすわったり、熱い炭の上を裸足で歩いたりして、真理に到達するのだった。そいつらはまるで、真理からできるだけ早く遠ざかろうとしているようにぼくには聞こえるぜ、と、よくあいつに言ってやったものだった。そのことで、やつはぼくをちょっとバカにしたのではないかと思う。

「運転手に頼んで、セントラル・パークの脇を通るようにしてもらってもいいかい」とやつは言った。「西側さ。もう長いこと、街を見てないからさ」

「もちろんいいよ」とぼくは言った。まるでやつの機嫌をとっているように聞こえたら困るな、と思ったけど、そんなふうに受け取られないことを期待した。

そこでタクシーは、右手にセントラル・パークの緑、左手にホテルやマンションの立ち並ぶ、上品で無機的な石造りの風景を見ながら、ぼくたちが子供時代を過ごしたハーレムの、活き活きとすさまじい街区へと進んでいった。どの通りも変わっていなかったが、公営マンションの建設が進んで、逆巻く波の中の岩礁のように、ところどころに突き出していた。ぼくたちの世代が育った家は、大部分なくなり、ぼくたちが万引きした商店も、最初にセックスを試みた地下室も、空き缶や煉瓦を投げ落とした屋根も消えていた。それでも、過去の家々とそっくり同じような家々が、まだ風景の中心になって、かつてのぼくたちとそっくり同じ少年たちが、これらの家にくすぶり、光と空気を求めて街頭へ出てきては、悲惨な環境にぐるりと包囲されていると気づくのだ。この罠から逃げおおせる者もいるが、たいていは無理だ。逃げて出ていく者は、いつも自分の一部をあとに残す。ちょうど獣が足を一本犠牲にして、それを置いて罠から逃げるようなものだ。おそらく、ぼくは逃げ出すことができたと言っていいだろう、結局ぼくは教師になったのだから。サニーだってそうだ、やつはハーレムにもう何年も住んでいない。そうだ。タクシーが北へ進み、通りを横切るたびに、急速に黒人たちによってあたりが黒く見えてくるあいだ、こっそりサニーの横顔を観察していると、ぼくにも思いあたった。ぼくたちはタクシーのそれぞれの窓から、あとに残した自分の一部を探していたのだ。失くした足が痛むのは、いつも混乱や衝突のときだった。

一一〇番通りに出ると、曲がって今度はレノックス通りを北上する。この通りは生まれたときからずっと知っているが、今また界隈には、ちょうどサニーの事件を最初に知った日と同じように、その生命力の源である怖れが、ひそかに張り詰めているように思われる。

「もうすぐだね」とサニーが言った。

「もうすぐだ」ぼくたちは二人とも緊張して、それ以上何も言えなかった。

ぼくの一家は最近の公営マンションに住んでいた。建ってから数日は、住んではいけないほどピカピカだったけれど、今ではもちろん古ぼけて、清潔で快適で個性のない生活の戯画みたいだった。間違いなく、中に住んでいる人たちは一生懸命やっているのだが、その結果がパロディなのだ。周囲を囲むくたびれた芝生も、かれらの暮らしに彩りを与えるには足りないし、生け垣も街の喧騒をさえぎりはしないし、かれらもそれを知っている。大きな窓に騙される者もいない、スペースのないところにスペースを生み出すほど、それらは大きくはないのだ。かれらはわざわざ窓から外を見たりしない、かれらはテレビを見る。遊び場は子供たちに一番人気がある。ボール遊びや縄跳びやローラースケートやブランコをしないときは、子供たちは集まってきて、暗くなってからでもよく遊んでいた。ぼくたちがここに越してきた理由は、ぼくの勤め先からそれほど遠くなかったというのも一つだったが、もう一つは子供たちのためだった。だが実際には、ここはぼくとサニーが育った家にそっくりだった。同じことが起こり、子供たちは同じ記憶を持つことになるだろう。サニーと一緒に家の昇降口に入ると、やつが死ぬ思いをして逃げようとした危険の中へ、ぼくはただ連れ戻そうとしているだけではないか、という感じがした。

サニーはおしゃべりだったことはなかった。だから最初の夜、夕食が済んでから、サニーが話をしたがっているとぼくが思い込んだのは、どうしてだったのか、自分でもよくわからない。すべてがうまく運び、長男はサニーを覚えていたし、次男はサニーが好きになり、サニーのほうも、二人にちょっとした土産を買ってきてくれていた。イザベルは、ぼくなんかよりずっとやさしく、打ち解けて親切で、夕食のご馳走にもすごく手間をかけてくれて、義理の弟に会えて心から喜んでいた。彼女はいつも、ぼくにはできないようなやりかたで、サニーをからかうことができた。彼女の顔がまた活き活きとするのを見るのは、笑うのを聞き、サニーを笑わせるのを見ているのはすばらしかった。彼女はこれっぽっちも、落ち着かないとか、戸惑っているとかはなかった、少なくともそうは見えなかった。彼女の話しぶりは、まるで避けるべき話題なんかない、というふうで、そうやってサニーの、最初のかすかな緊張をほぐしてしまった。彼女がいてくれてありがたかった。というのもぼくのほうは、あの不気味な氷の塊りに、また襲われていたからだ。自分でも、することなすことが全部ぶざまに思え、言うことは全部、隠れた意味が込められているように聞こえた。麻薬中毒について耳にした情報を、ぼくは逐一思い出そうとしていたし、サニーにその兆候が出やしないかと、見守らずにはおれなかった。もちろん、悪気があってそんなことをしたのではない。弟のことを、知りたいと思っていたのだ。もうだいじょうぶだよと、言ってほしくてたまらなかったのだ。

「だいじょうぶだと！」と、オヤジはうなり声をあげたものだった。子供たちがだいじょうぶ安心して暮らせるところへ、引っ越してはどうかとママが言い出したときだ。「知るものか！だいじょうぶなところなんか、ありはしねえ、子供だろうと、おとなだろうとな！」

オヤジはいつもそんな調子だった。本当は口が悪いだけで、悪人だったためしは一度もなかったし、週末に酒を飲んだときでも変わらなかった。ありていに言えば、オヤジは常に「もうちょっといいもの」を探していて、それを見つける前に死んでしまったのだった。オヤジの死は突然で、戦争中のある週末に酔っ払ったときのことだった。サニーは一五歳だった。オヤジとサニーの仲は、あまりうまくいっていなかった。その理由は、一つには、オヤジにとってサニーが、目の中に入れても痛くない秘蔵っ子だったからだ。つまりオヤジは、サニーを愛しすぎたために、心配しすぎるようになり、いつも衝突するようになったのだった。サニーと衝突しても、何も得ることはない。サニーはすぐに自分の内側に引きこもり、もう誰にも手が届かなくなる。でも、二人のウマが合わなかった一番大きな理由は、二人がひどく似通っていたことだった。オヤジは大きくてがさつで、声もでかいところは、サニーと正反対だったが、二人とも共通して、自分だけの心の奥底というものを持っていた。

ママも、そのことをぼくに伝えようとした。オヤジが死んだ直後のことだ。ぼくは軍隊から、休暇をとって帰ってきていた。

ママが元気なうちに会ったのも、それが最後の機会だった。それなのに、そのときのママの思い出は、ママが若かったときのほかの思い出と、ぼくの中ですっかり混じり合ってしまっている。ぼくが思い出すのは、なんと言っても昔、たとえば日曜の午後、賑やかな日曜昼食会のあとで、古い友人たちが、集まって話しているときのママの様子だ。いつも淡いブルーの服を着て、ソファにすわっていた。オヤジはママの近くで、安楽椅子にすわっていた。リビングは教会の人たちや親戚で一杯だ。部屋中に詰め込んだ椅子に、かれらはすわり、外では夜が近づいているけど、まだ誰もそれに気づかない。窓ガラスの向こうで、闇が深くなっていくのが見え、通りの音もときどき聞こえるし、近くの教会から、タンバリンの音がシャン、シャンと拍子をとるのが聞こえることもあるけど、部屋の中は本当に静かだ。しばらくのあいだ、誰も話さないまま、すべての顔が、まるで外の空のように、暗くなっていく。ママは上体をすこし揺すり、オヤジは目を閉じている。みんなが何か、子供には見えないものを見ている。みんなしばらくのあいだ、子供を忘れている。カーペットに横になって、半分眠っている子供がいることもある。あるいは、誰かが子供を膝に載せて、我れ知らず、その子の頭を撫でていることもある。あるいは一人の子が、黙って大きな目だけ開いて、隅の大きな椅子で丸くなっていることもある。静かさと、やってくる夜の暗さと、みんなの顔の暗さで、その子は、ぼんやり不安を感じている。自分の頭を撫でられている子は、撫でている手が、止まらないように、死ぬことのないように祈る。リビングから、歳とった人々が、いなくなる日が来ないように祈る。いつまでもリビングにすわって、どこから来たか、何を見てきたか、自分たちや親戚に何が起こったか、そんな話をしてもらいたいと祈る。

それでも、その子の中の深くて目ざとい部分は、これがいつか終わらなければならない、すでに終わりかけているのだ、と知っている。もうすぐ誰かが立ち上がって、電気をつけるだろう。そうすれば年寄りたちは、子供のことを思い出し、その日はもう話をしないだろう。そして光が部屋を満たすとき、子供は闇に満たされる。この集まりが行われるたびごとに、自分がすこしずつ、外の世界の闇に近づいていることを、子供は知っている。外の世界の闇とは、年寄りたちが、ずっと話し合ってきたことだ。そこは、かれらがやってきた場所、かれらが耐えている場所だ。人々がそれ以上話さない理由も、子供にはわかっている。かれらに起こったことを、あまり知りすぎると、自分に起こることについて、あまりに早く、あまりに多く、子供が知りすぎることになるからだ。

ママと最後に話をしたとき、ぼくは落ち着かなかったことを覚えている。早く出かけて、イザベルに会いたかったのだ。当時はまだ結婚していなくて、二人のあいだで取り決めなければならないことがたくさんあった。

ママは喪服を着て、窓辺にすわり、『主よ、あなたは果てしない道を導いてくださった』という古い霊歌を口ずさんでいる。サニーはどこかへ出かけている。ママはじっと通りを見やっている。

「おまえがこれで軍隊に戻ったら、もう二度と会えるかどうか、わからないねえ」とママは言う。「でも、あたしが教えたことを、覚えておいてくれるとうれしいよ」

「そんな言い方、やめてよ」とぼくは言って微笑む。「ママはまだまだ長生きするんだから」

ママも微笑むが、もう何も言わない。長いあいだ、じっとしている。そこでぼくは言う、

「心配しなくてもいいよ、ママ。いつも手紙を書くし、小切手だってちゃんと送るように——」

「おまえの弟のことを、ちょっと話しておきたいんだよ」と彼女は急に言う。「あたしにもしものことがあったら、あの子の心配をしてくれる人が、誰もいなくなるんだからね」

「ママ」とぼくは言う。「ママにもサニーにも、心配なんかいらないよ。サニーはだいじょうぶさ。いい子だし、分別があるんだから」

「あの子がいい子かどうか、って話じゃないんだよ」とママは言う。「分別があるって話でもないのさ。悪い仲間に引きずり込まれるのは、悪い子だけとは限らないし、ばかな子だけとも限らないんだ」ママは黙ると、ぼくを見る。「パパにも昔、弟がいたんだよ」とママは言うと、微笑むが、いかにも辛そうな微笑みかただ。「知らなかっただろう?」

「知らなかった」とぼくは言って、ママの顔を見守る。

「本当さ、パパには、弟がいたんだよ」ママはまた窓の外を見る。「パパが泣くところを、おまえは見たことがないだろう？　でも、あたしは見たよ。長いあいだに、それこそ何度もね」

「弟さんはどうなったんだい？」とぼくは尋ねる。「どうして今まで、誰もその人の話をしなかったんだろう」

　このとき初めて、ママは年老いて見える。

「弟さんは、殺されたんだよ」とママは言う。「今のおまえより、もうすこし若かったころにね。あたしはよく知ってたよ。とってもいい人だった。ちょっといたずらが多かったけど、人に迷惑をかける気なんてなかったんだ」

　そこでママは言葉を休める。ママは窓の外の通りを見つめる。部屋は静かで、ちょうど日曜の午後によくそうなっていたような雰囲気だ。ママは窓の外の通りを見つめつづけている。

「弟さんは、そのころ工場で働いててね」とママは言う。「若い人はみんな同じだけど、あの人も土曜の夜は、はしゃぎたくて、うずうずしてたのさ。土曜の夜は、パパも弟さんも、いろんな場所に流れていって、ダンスしたり、友達と一緒におしゃべりしたり、そんなことをしてたんだね。弟さんは歌も好きで、いい声をしてたからね、ギターの弾き語りなんかも得意だったのさ。それである土曜の夜に、パパと弟さんが、どこかから帰ってくる途中、二人ともちょっと酔ってたんだけど、その日は月が出て、昼間みたいに明るかったんだね。弟さんはいい気持ちになって、口笛なんか吹いて、肩からギターをぶらさげてね。二人で丘を下ってきて、下のほうに街道から分かれた通りが見えてたんだって。そしたら弟さんは、いつでもはしゃぐ人だったからさ、丘を走って下りるぞって言って、走っていったんだね。背中にギターがぶつかって、バンバン、ジャンジャンって音をたててたそうだよ。そのまま通りを横切って、木の陰でおしっこを始めたんだけど、パパのほうは、弟さんのことを笑いながら、まあゆっくり、丘を下りていったのさ。そしたら車の音が聞こえて、ちょうどそのとき木の陰から、弟さんが通りに出てきて、月に照らされたんだね。弟さんはそのまま、通りを渡りはじめたんで、パパは丘を走って下りてったんだって、何か虫の知らせがあったって言ってたよ。やってきた車には、白人の男がたくさん乗っててね。みんな酔っ払ってたから、弟さんを見かけると、ワーワー騒ぎ出して、車をまっすぐ、弟さんのほうに向けたんだね。その連中だってふざけてて、ただあの人を、脅かしてやろうと思っただけなんだよ、ほら、白人さんは、そういうことをするじゃないか。ところが連中は、酔ってたからね。あの人のほうも、酔っている上に脅かされて、何が何だかわからなくなったんだね。飛んで逃げようとしたときには、もう手遅れだったのさ。車が轢いていくときに、あの人の叫び声が聞こえたって、パパは言ってたよ。それに、ギターの木が折れて、弦が飛び散る音も耳に残ったし、白人たちがわめき声をあげて、停まらないでそのままどこかへ行っちまったのも、耳に残ったって。どこに行っちまったかは、いまだにわからないままさ。パパが丘を下りて、通りに出たときには、弟さんはもう、ぐちゃぐちゃの血の塊りだったってことだったのさ」

ママの顔には涙が光っている。ぼくに言えることは何もない。

「パパはその話をしなかった」と、やがてママは言った。「あたしが子供たちの前で、させなかったからね。パパはその晩、気が狂ったみたいだったよ。そのあとも何日もね。車のライトが走って消えたあとの、あの通りほど暗いものは、今まで一度も見たことがねえって、パパはいつも言ってたよ。パパと弟さんと、壊れたギターよりほか、何もないし、誰もいなかったんだね。そうさ。パパはあれ以来、どこか変わっちまったよ。すっかり元通りというわけにはいかなかったね。亡くなるその日まで、白人に出会うたびに、その人が弟さんを殺した犯人じゃないとは、言い切れなかったんだからね」

ママは言葉を止め、ハンカチを出して目を拭いてから、ぼくを見た。

「これをおまえに話したのは」とママは言った、「おまえを怖がらせるためでも、苦しめるためでもないし、憎しみを持たせるためでもないんだよ。話した理由は、おまえにも弟がいるからなんだ。それに世の中は、変わっちゃいないからね」

ぼくはこの話を、信じたくなかったのだろう。ママはそのことを、ぼくの顔の中に見てとったのだろう。彼女はぼくに背を向けて、また窓の外を、通りに何かを探すように見やるばかりだった。

「だけど、あたしは神様にお礼を言うよ」とやがてママは言った。「あたしより、先にパパをお召しになったことについてはね。こんなこと言って、自分を誉めるつもりなんかじゃないけど、パパが無事に、世の中を渡りきるのを、助けてあげたと思えばさ。まったく、すこしは楽な気持ちになれるじゃないか。パパはいつだって、世界で一番乱暴で、一番強いってフリをする人だったし、みんなもそんなふうに、パパに接していたからね。だけど、あたしがそばにいて、涙を見ててあげなかったら、いったいどうなってたことか！」

ママはまた泣いていた。それでもぼくは動けなかった。「ほんとに、ほんとにママ、そんな事情があったとは知らなかったよ」とぼくは言った。

「ああ、おまえが知らないことは、たくさんあるんだよ」とママは言った。「でもいずれ、わかってくるのさ」ママは立ち上がると、窓辺を離れてぼくに近寄った。「おまえの弟を、しっかり掴まえていてね」と言った。「あの子の手を放さないでね。どんな事情があっても、どんなにあの子とケンカすることになってもね。きっと何回もケンカするよ。でも、あたしが言ったこと、きっと覚えておいてね。わかった？」

「覚えておくよ」とぼくは言った。「心配しないでよ。忘れないよ。サニーには何も起こらないようにするから」

ママは、ぼくの顔に何か面白いものでも見つけたように微笑んだ。それから、「起こることは、止められないかもしれない。でも、あなたがそばにいるっていうことを、あの子にわからせてあげてね」


二日後にぼくは結婚式をして、それから軍に戻った。それからは心配ごとがいろいろとあって、ママとの約束をほとんど忘れてしまっているうちに、今度はママの葬式のために、忌引き休暇をとってまた帰国することになった。

葬式のあと、誰もいないキッチンで、サニーと二人だけになったとき、ぼくはあいつのことをすこし知っておきたいと思った。

「これからどうするんだい?」とぼくは尋ねた。

「音楽をやるんだ」とあいつは言った。

ぼくがいないあいだに、やつはジュークボックスに合わせて踊る段階を卒業して、誰が何を演奏しているか、それによって何を表現しているかを考える段階に入っていて、自分用にドラムのセットを買い入れていた。

「つまり、ドラマーになるってことか?」よその人間がドラマーになるのはかまわないが、自分の弟はそれじゃ困る、といった気持ちがぼくの中にはあった。

「いや」とあいつは、真剣な目でぼくを見ながら言った。「ドラムをやっても大成しないと思うんだ。ピアノなら、やれると思うんだよ」

ぼくは眉をひそめた。これほど真面目くさって、兄としての役割を演じたことは今までなかったし、実際サニーに、どんなことであれ質問したことさえ、ほとんどなかったのだ。自分には理解できず、どう扱っていいかもわからないものを相手にしている感じだった。そこで眉をいくらか深くひそめて、ぼくは尋ねた、「どういう種類のミュージシャンになりたいんだ？」

あいつはニヤリと笑った。「いくつ種類があると思ってるんだい？」

「真面目に答えろよ」とぼくは言った。

やつは後ろへのけぞって笑ってから、またぼくを見た。

「おれは真面目だよ」

「そんなら冗談をやめて、真面目に質問に答えろよ。つまりおまえは、クラシックとかをやって、コンサート・ピアニストになりたいのか？　それとも……それとも、何なんだ？」ぼくが言い終わる前から、あいつはまた笑い出していた。「いい加減にしろ、サニー！」

やつは苦労して、なんとか真面目な顔に戻った。「ごめんよ。だけど兄さんの言いかた、すごく──怖がってるみたいに聞こえるぜ！」と言って、あいつはまた笑った。

「いいか、今は面白がってるかもしれないけど、それで食っていくとなれば、そんなに面白い話じゃないんだぞ、それだけは言っておくけどな」ぼくは頭にきていた。あいつがぼくのことを笑っていて、ぼくにはその理由がわからないからだった。

「そうだね」とやつはしごく真面目になって言った。ぼくが気を悪くしたかと心配したのかもしれない。「おれはクラシックのピアニストになりたいんじゃねえんだ。そっちは興味がねえな。つまり」やつは言葉を切って、まるで目の力でぼくにわからせるかのように、まじまじとぼくを見つめた。それから今度は手の力でわからせようとするかのように、必死に手振りをまじえながら、「つまり、これから勉強しなくちゃいけないことはうんとあるし、何もかも勉強するつもりだけど、でもつまり、おれはジャズ・ミュージシャンと、一緒にプレイしたいんだ」と言った。「おれはジャズをやりたいんだよ」

ジャズという語は、その日サニーの口から出てきたときほど、重く、リアルに感じられたことはなかった。ぼくは黙ってやつを見つめたが、そのときにはおそらく、本気で眉をひそめていたことだろう。いったい何だって、やつがナイトクラブに入りびたり、お客がダンスフロアで押し合いへし合いするあいだ、バンド席でふざけ呆けることなんかに時間をムダにしたがるのか、まったく理解できなかった。そんなくだらないことをするのは、あいつの沽券にかかわると思えたのだ。それについて、今まで考えたことはなかったし、考える羽目におちいりもしなかったけど、ぼくはいつもジャズ・ミュージシャンを、オヤジが「能天気族」と呼んでいた連中と、同じような集団だと考えていたのだと思う。

「本気なのか?」

「もちろん本気だよ」

あいつはいつになく孤独で、戸惑い、深く傷ついているように見えた。

ぼくは助け船を出すつもりで言った、「つまり、ルイ・アームストロングみたいなやつか?」

あいつの顔は、まるでぼくが殴りでもしたみたいにふさぎ込んだ。「いや。ああいう昔の田舎くさい連中のことを言ってるんじゃねえんだ」

「そうか、サニー、悪かったな、怒らないでくれ。ぼくはよくわかってないんだ。名前を言ってみてくれないか、誰か、おまえの尊敬するジャズ・ミュージシャンの」

「バードだね」

「誰?」

「バード、チャーリー・パーカーさ! 軍隊では何も教えてくれないんだな」

ぼくはタバコに火をつけた。自分が震えていることがわかって、最初は驚いたが、それからちょっと面白いと思った。「そういうの、くわしくないんだ」とぼくは言った。「ちょっと我慢してくれよ。で、そのパーカーってやつは、何者なんだ?」

「今生きてる一番偉大なジャズ・ミュージシャンの一人さ」とサニーはポケットに手を入れ、こちらに背中を向けてむっつりと言った。「たぶん一番偉いね」と苦々しくつけ加えた。「だからたぶん、兄さんは聞いたことがないのさ」

「わかったよ」とぼくは言った。「ぼくは無知だ。謝るよ。出かけていって早速そいつのレコードを買い集めてこよう。それでいいだろう?」

「そんなこと、おれには何の関係もねえよ」とサニーは居丈高に言った。「兄さんが何を聞こうと、知っちゃいねえよ。おれに気を遣うのはやめてくれ」

あいつがこんなに怒っているのは初めてだと、ぼくはだんだん気がついていった。心の片隅では、これはたぶん、子供がかかるハシカのようなものだろうから、あまり引っ張りすぎて、重大なことのように思わせてしまってはかえっていけない、と考えていた。それでも、これぐらいは訊いてもいいだろうと判断してぼくは質問した、「そういうことって、時間がかかるんじゃないのかい? それで食っていけるのかい?」

あいつはぼくに背中を向けて、キッチンのテーブルにもたれるような、すわるような恰好だった。「なんだって時間はかかるさ」とやつは言った。「それに――そう、もちろん食っていけるさ。だけど、どうもわかってもらえそうにないな、おれのやりたいことはそれだけで、ほかには何もないんだぜ」

「だけど、サニー」とぼくは穏やかに言った。「人っていうのは、やりたいことだけをいつもやって、暮らしていけるものでもないだろう」

「いや、そうは思わねえよ」とサニーは言ってぼくを驚かせた。「みんな、やりたいことをやるべきなんだよ。そうじゃなかったら、何のために生きているのさ?」

「おまえはもう子供じゃないんだぜ」とぼくは藁にもすがる思いで言った。「自分の将来のことを、考えはじめたっていいころだろう」

「考えてるよ」とあいつは不愉快そうに言った。「いつだって考えてるよ」

ぼくはあきらめた。もしあいつの気が変わらなければ、またいつか話し合う機会があるだろう。「ところで」とぼくは言った。「おまえは学校を終えなきゃならないな」あいつがしばらくイザベルの実家で世話になることは、すでにぼくたちのあいだで決まっていた。イザベルの家は、どちらかと言えば高級志向で、娘がぼくと結婚するのさえ、特に賛成ではなかったくらいだから、この取り決めは理想的とは言えなかった。でも、ぼくはほかにどうしたらいいかわからなかった。「おまえがイザベルのところへ移る用意をしなくちゃな」

長い沈黙があった。やつはキッチンのテーブルから窓のほうへ歩いた。「その段取り、最悪だよね。兄さんもわかってるだろう?」

「ほかにもっとましな段取りがあるか?」

あいつはしばらく黙って、キッチンを行ったり来たりしていた。背の高さはもうぼくと同じぐらいだった。近ごろは髭も剃るようになっていた。突然、ぼくはあいつのことを何も知らないのだという感覚に襲われた。

あいつはテーブルのところで立ち止まると、ぼくのタバコの箱を手にとった。からかうような、反抗を楽しむような目つきでぼくを見ると、一本を口にくわえた。「いいかい?」

「おまえ、もうタバコを吸うのか」

あいつはタバコに火をつけて、うなずき、煙の向こうからぼくを見やった。「ただ、兄さんの前で吸う勇気があるかどうか、試してみたかったんだ」あいつは笑うと、天井に向かって大量の煙を吐き出した。「簡単だったよ」それからぼくの顔を見すえた。「ほら、もういいじゃないか。兄さんだって、おれの年ごろには吸ってただろう、隠すなよ」

ぼくは何も言わなかったが、答えは顔に出ていて、あいつは声を出して笑った。だが今度の笑いには、張り詰めたところがあった。「そうさ。それに兄さんがやってたのは、タバコだけでもないいんだろう」

ぼくはちょっと脅かされるような感じだった。「ばかな話はよせ」とぼくは言った。「イザベルの家に行って、やっかいになることは、もうみんなで決めたことじゃないか。今度は何を思いついたっていうんだ?」

「兄さんが決めたんだよ」とあいつは指摘した。「おれは何も決めちゃいねえよ」あいつはぼくの前に立ち、レンジ台にもたれるようにして、腕をゆるく組んでいた。「ねえ、兄さん、おれはもう、ハーレムになんか住みたくねえんだ。ほんとに嫌なんだ」真剣な口調だった。ぼくを見て、それから窓のほうを見やった。目には、今まで見たことのないものが、何か考え抜いた、自分一人の苦悩の痕跡のようなものが見て取れた。あいつは腕をさすった。「もうここを出ていってもいいころだぜ」

「出て、どこへ行きたいって言うんだ?」

「軍隊に入りたいんだ。陸軍でも海軍でも、どっちでもかまわねえ。応募年齢に達してるって申告すれば、それで通ると思うんだ」

ぼくはカッとなった。それだけひどくおびえたからだった。「おまえ、おかしいんじゃないのか。この大ばか野郎、いったいなんだって、わざわざ自分から軍隊に入りたいなんて思うんだ」

「今言っただろう。ハーレムから出たいんだよ」

「サニー、おまえはまだ学校も終わってないじゃないか。それにもし本気でミュージシャンになりたいなら、軍隊に入ったらどうやってその勉強をしようっていうんだ?」

あいつはぼくをさっと見た。やられた、と思い、追い詰められた顔だった。「やりかたはあるさ。何か契約条件を工夫できるかもしれないし。とにかく、戻ってきたときには復員兵の恩給がつくんだから」

「無事に戻ってくれればの話だ」ぼくたちはにらみ合った。「サニー、頼むから冷静になってくれ。おれたちが決めた段取りが、完璧じゃないことは百も承知だよ。だけど、とにかくできる限りのことをするより、しょうがないじゃないか」

「おれ、学校じゃ何も勉強してないよ」とあいつは言った。「通ってたときでもね」あいつは背中を向け、窓を開けて、狭い裏通りにタバコを投げ捨てた。ぼくはあいつの背中を見つめていた。「少なくとも、兄さんが勉強してほしいと思ってるようなことは、何も勉強してねえんだ」あいつは窓を思いきり閉めたので、ぼくは一瞬ガラスが飛び散るのではないかと思った。それからあいつはぼくのほうへ向き直った。「ここらのゴミ箱の腐った臭いにも、おれはうんざりなんだ！」

「サニー」とぼくは言った。「おまえの気持ちはわかるよ。だけど、今学校を終えておかないと、あとで後悔することになるぞ」ぼくはあいつの肩を掴んだ。「あと一年だけじゃないか。我慢できないことはないだろう。そのころにはぼくも帰ってきて、おまえがしたがっていることが何だろうと、必ず助けるって約束するからさ。ぼくが帰るまでのあいだ、我慢してくれよ。な、頼むよ、ぼくのために」

あいつは返事もしなかったし、ぼくを見もしなかった。

「サニー、聞いてるのか」

あいつはぼくの手を外した。「聞いてるよ。だけど兄さんは、おれの言うことをちっとも聞いてねえじゃねえか」

これにはなんと言っていいのかわからなかった。あいつは窓の外を眺めていたが、それからぼくを見た。「わかったよ」とあいつは言って、ため息をついた。「やってみるよ」

そこでぼくは、すこしでもあいつを元気づけたいと思って言った、「イザベルのところにはピアノがあるぜ。練習できるじゃないか」

実際、あいつはつかの間元気そうになった。「そうだ。忘れてた」と独り言を言った。表情がすこし和らいだ。それでも、考え抜いた苦悩の跡は、火を見つめる人の顔に差す火影のように、ちらちらと見え隠れしていた。

だがぼくは、そのピアノの件が急に終わりになるなどとは予想もしていなかった。最初のうちイザベルから来た手紙には、サニーが音楽に対して真剣な様子はすばらしく、学校から帰ると、あるいは学校の時間どこにいたにしても、そこから帰ってくると、まっすぐピアノに向かって夕食まで練習している、と書いてあった。夕食後にはまたピアノに戻って、みんなが寝静まるまでそこでがんばっている。土曜と日曜は一日中だ。それからあいつは、レコードプレイヤーを買って、レコードをかけはじめた。同じレコードを何度も何度も、ときには一日中かけて、あいつはそれに合わせてピアノで即興演奏を試みた。あるいはレコードの曲の一部分、和音一つ、転調一つ、連結一つを繰り返しかけては、それをピアノで再現しようとした。それからまたレコードに戻り、それからピアノに戻る。

イザベルの一家がこれにどうやって耐えていたのか、ぼくには見当もつかなかった。イザベルも、まるで人と一緒に暮らしているのではなく、音と暮らしているみたいだ、と最後には打ち明けてよこした。しかもその音は、彼女にはまったく意味がわからなかったし、家族の誰にもわからなかったのだ。無理もなかった。かれらはいわば、自分の家に住む音だけの亡霊に、苦しめられるようになっていった。まるでサニーが神か化け物であるかのようだった。あいつはほかの家族とはまったく異質の雰囲気に包まれていた。食事を出してもらい、それを食べ、風呂に入り、あとは出ていくだけだ。あいつは不潔だとか、不快、無礼といったことはもちろんなかった、サニーはそういう人間ではない。それでもあいつは、何かの雲に、火に、あるいは自分一人の幻影に、包まれているかのようだった。周りから、手を触れる余地はなかった。

同時に、あいつはまだ本当の意味でおとなではなく、まだ子供だったから、イザベルの一家はあらゆる面で、あいつの心配をしなければならなかった。当然、あいつを放り出すわけにはいかなかった。ピアノについても、もめごとを起こすわけにはいかなかった。なぜなら、サニーは命がけでピアノに向かっているのだということを、かれらもぼんやりと感じ取っていたからだ、ちょうど何千マイルも離れた戦地にいて、ぼくが感じていたように。

だがあいつは、学校には行ってなかった。ある日教育委員会から手紙が来て、イザベルの母親がそれを開けた。どうやら前から手紙が来ていたらしいが、サニーが全部破り捨てていたのだ。この日サニーが帰ってくると、イザベルの母親は手紙を見せ、どこへ行って時間をつぶしていたのかと尋ねた。最後にあいつが白状したのは、ミュージシャンやほかの連中と一緒に、グリニッチヴィレッジの白人の若い娘のアパートに行っていた、ということだった。これで母親はおびえてしまい、あいつに向かってわめきだし、いったんはじまると――本人は今でも否定しているが――あいつにまともな家庭を提供するために、自分たちがどれだけ犠牲を払っているか、それなのにまったく感謝の気持ちがないではないか、という非難がつづいた。

その日サニーはピアノを弾かなかった。夜までには、イザベルの母親も落ち着いたが、父親に説明する問題が残っていたし、イザベル自身も問題だった。イザベルはできるだけ穏やかにしていようと思ったが、心が折れて泣き出してしまった、と書いていた。彼女はサニーの顔を、じっと見ていたのだそうだ。顔を見ているうちに、あいつがどうなっているのかがわかったのだという。つまりそこで起こったことは、みんなしてあいつの雲を突き破って、あいつに手を届かせた、ということだった。かれらの指が、人間のどの指がさわるより、何千倍もやさしかったとしても、あいつにしてみれば、みんなであいつを裸にして、そのうえツバを吐きかけたと、感じないわけにいかなかっただろう。なぜならあいつのほうも、自分の存在、自分にとって死活問題である音楽が、かれらにとっては拷問であり、かれらがそれに耐えてきた、しかもあいつのためではなく、ぼくに対する義理から、そうしてきただけなのだと、思い知ることになったからだ。サニーも、そんな事情に知らん顔はできなかった。今なら、あいつも当時よりは、多少うまく対応できるだろうが、それでもまだ上手とは言えないし、こうした問題に、上手なやつがいるとも思えない。

その後に引きつづいた数日間の無音状態は、有史以来のどんな音量の音楽よりも、すさまじかったに違いない。ある朝、イザベルが出勤の前に、何か探し物があってサニーの部屋に入ると、レコードが全部なくなっていることに気づいた。だから、あいつもいなくなったのだろうと彼女は確信した。実際その通りだった。あいつは海軍に入って、運ばれるままに遠くへ旅した。やっとぼくに葉書をくれたのは、ギリシャのどこかの町からで、その葉書が、サニーがまだ生きていることを教えてくれた最初の通知だった。ぼくがあいつに会ったのは、二人ともニューヨークに戻ってからのことで、戦争が終わってからだいぶたっていた。

そのときには、あいつはもちろんおとなになっていたが、ぼくとしてはそれを認めたくなかった。あいつがぼくの家にときどきやってくる、するとほとんどそのたびごとに、ぼくたちはケンカをした。いつもだらしなく、夢を見ているようなあいつの態度が、ぼくは気にくわなかったし、あいつの友達も気にくわなかったし、音楽はただそういう生活を送るための口実にすぎないように思われた。それくらい気色悪く、無秩序に聞こえた。

それからぼくたちは、本物の、かなりひどいケンカをして、何ヶ月も会わなかった。そのうちぼくは、あいつを探して、グリニッチヴィレッジの家具つきの部屋を訪ねていって、仲直りしようとした。でも部屋には、ほかにたくさん人がいて、サニーはベッドに横になったきりで、誘っても下に降りてこなかったし、周りの人たちがあいつの家族で、ぼくはそうじゃない、と言わんばかりの態度だった。それでぼくもカッとなり、するとあいつもカッとなったので、こんな暮らしをするくらいなら、死んだほうがましじゃないか、と言ってしまった。するとあいつも立ち上がって、もうおれのことは一生心配するな、兄さんとのあいだでは、おれはもう死んだんだ、と言った。それからあいつはぼくをドアへ押していき、ほかの連中はなんでもないことのように傍観し、ぼくを外へ出すと、あいつはドアをバタンと閉めた。ぼくは廊下に立って、ドアを見つめていた。部屋の中で誰かが笑うのが聞こえると、ぼくの目には涙が浮かんだ。泣かないように口笛を吹きながら、ぼくは階段を降りていった、「きみにはぼくが必要さ、ベイビー、いつか困ったときがきて」という歌を、自分一人口笛で吹いていた。

サニーの事件について、新聞の記事を読んだのは春だった。秋に、娘のグレイスが亡くなった。かわいらしい女の子だったが、二年とちょっとしか生きられなかった。死因はポリオで、苦しんだ挙げ句だった。最初の二日間、すこし熱があっただけで、そのときは大したことと思わず、ベッドに寝かせておいた。熱がつづけば医者を呼ぶところだったが、熱は下がったし、元気になったように見えた。ぼくたちはただの風邪だったのだろうと考えた。それからしばらくして、イザベルが、上の息子二人が学校から帰って食べる昼食の支度をしていると、リビングで遊んでいたグレイスが、バタンと倒れる音が聞こえた。子供が多いと、一人が転んだぐらいでは親は駆けつけたりしないものだ。その子が泣き出すか何かすれば話は別だが、グレイスはおとなしくしていた。それでもイザベルが言うには、バタンという音とそのあとの静けさに耳をすませていると、何か悪い予感がして怖かったという。そこでリビングに急いで行ってみると、グレイスは倒れ、からだ中をよじらせ、叫び声をあげないのは、息ができないからなのだった。ようやく叫んだとき、それはイザベルが今まで聞いたうち、一番恐ろしい声だったというし、彼女は今でも夢の中で、ときどきそれを聞いている。ときどきイザベルは、低い、苦しそうなうめき声をあげ、ぼくは目を覚ますと急いで彼女を起こし、抱き寄せてやり、するとぼくの胸の、彼女の泣き顔が当たるところが致命傷のように痛むのだ。

幼いグレイスの埋葬があった日に、すぐサニーに手紙を書いてもよかったかもしれない。暗いリビングに一人ですわって、ぼくはサニーのことを急に思い出していた。ぼくの苦しみが、あいつの苦しみをリアルなものにしていた。

サニーがぼくたちと一緒に暮らすようになって、というか、少なくともわが家に寝泊まりするようになって、およそ二週間たった、ある土曜の午後、ぼくは缶ビールを手にして、リビングをぶらぶらと歩き回り、サニーの部屋を捜索する勇気を奮い起こそうとしていた。サニーはいなかった。あいつは、ぼくが家にいるときは、たいてい留守にしていた。イザベルも子供たちを連れて、実家の両親のところへ行っていた。急にぼくはリビングの窓辺にたたずみ、七番通りをじっと見下ろしていた。サニーの部屋を捜索するという思いつきが、ぼくをこわばらせていた。何を探し出そうとしているのか、それを自分ではっきり認めるのは、怖くてできなかった。もし見つけた場合、どうしたらいいのかもわからなかった。あるいは、見つからなかった場合にどうしたらいいのか。

舗道の向こう側の、バーベキュー店の入り口に近いところで、何人かの人が、昔ながらの伝道集会を開いていた。バーベキュー店のコックが、戸口に立って見物している。汚れた白エプロンを着て、口にタバコをくわえ、直毛に直した髪が、弱い陽差しの中でメタルっぽい赤に光っている。通りすがりの子供やおとなも足を止めて、周りにいる老人たちや、二人の女に加わってたたずむ。この二人の女は、たくましい顔つきをして、通りで起こることをすべて監視している人たちだ。まるで通りを所有しているかのようでもあり、通りに所有されているかのようでもある。だからこの集会も、監視しているわけなのだ。集会をつかさどっているのは黒い服を着た三人のシスターと、一人のブラザーだった。持ち物と言えば、聖書とタンバリンとかれらの声だけだ。ブラザーが信仰告白をして、そのあいだ二人のシスターは並んで立ち、アーメン、と言っているように見え、残る一人が、タンバリンを皿がわりに差し出しながらあたりを歩き回り、何人かの見物人がそこにコインを入れた。ブラザーの告白が終わると、献金を集めていたシスターは、コインを手のひらにあけ、長い黒のローブのポケットにしまった。それから両手を高くかかげ、タンバリンを揺すったり叩いたりして鳴らし、それから歌い出した。二人のシスターとブラザーも加わった。

この種の街頭集会を、ぼくは幼いころからずっと見てきたが、今急に、見ていて奇妙に思われはじめた。もちろん、集まっている連中も、全員見慣れているはずなのだ。それなのに、かれらは足を止めて見つめ、聞いているし、ぼくも窓辺でじっとしている。「それはシオンの古い舟」とかれらは歌い、タンバリンを持ったシスターはシャン、シャン、と確かなリズムを打っている。「何千人も救った舟だよ」でも、かれらの声が聞こえる範囲にいる人で、この歌を初めて聞いた人なんかいないのに、救われた者は一人もいない。身の回りで、大いなる救いがおこなわれるのを見た者もいない。おまけにかれらは、三人のシスターとブラザーが神聖な人たちだと、特に信じているわけでもない。連中がどこでどんな暮らしをしているか、知りぬいているからだ。歌声があたりに響き渡り、喜びで顔を輝かせているタンバリンのシスター、その彼女と、他方見物に混じって彼女を見守る女、ひびわれた厚い唇にタバコをくわえ、鳥の巣のような髪をして、顔にはたび重なる暴力で傷や腫れが残り、黒い目だけ石炭のように輝いている女とのあいだに、違いはほとんどないようなものだ。たぶん二人とも、そのことを知っていて、だからこそ、たまに話をするときに、たがいにシスターと呼び合うのだろう。歌声があたりに満ちるにつれて、見守り聞いている人たちの顔に、変化が訪れる。かれらの目は、心の中の何かに焦点を合わせ、音楽がかれらの中から毒を一つずつ取り除き、かれらのむっつりした、痛めつけられて身構えた顔から、時間がどんどん抜け落ちていくようで、まるで最後のときのことを考えているうちに、生まれたての最初の状態に帰っていくかのようだ。バーベキュー店のコックはちょっと首を振り、タバコを捨てると店の中へ消えた。男が一人、ポケットの小銭を探り、通りの先に急用があるのを思い出したのか、小銭を握りしめたままイライラと待ちはじめた。怒ったような顔つきだ。それからぼくはサニーを見つけた。集会の端に立っている。グリーンの表紙の大きく平たいノートを抱えているので、こちらから見るとほとんど中学生のようだ。銅色の陽差しが肌の銅色を引き立たせ、あいつはかすかに微笑んで、その場を動かない。やがて歌が終わり、タンバリンはふたたび献金のための皿になった。怒った顔の男は、コインを入れるとそそくさと消え、監視役の二人の女も、献金をして帰っていった。サニーも微笑みながら、シスターをまともに見やったまま、コインを何枚か入れた。それから家に向かって通りを横切ってくる。あいつの歩きかたはのんびりした大股で、ハーレムのヒッピーたちの歩きかたにいくらか似ているが、あいつにはそれに加えて、独特のハーフビートのようなリズム感があった。今までそれを、ぼくははっきり意識していなかった。

よかったという思いと、心配だという思いが入り混じった気持ちで、ぼくは窓辺に留まっていた。サニーがいなくなると、かれらはまた歌を始めた。あいつの鍵の音がドアに聞こえたときも、歌はまだつづいていた。

「やあ」とあいつは言った。

「やあ。ビール飲むかい?」

「いや。でもまあ、そうだね」だがあいつは窓のほうへ来て、ぼくと並んで窓の外を見やった。

「なんて温かい声だろう」とあいつは言った。

かれらは「母さんが祈るのをもう一度聞けたら」と歌っていた。

「そうだな」とぼくは言った。「それにタンバリンだってうまいじゃないか」

「だけど歌がひどいよ」と言ってあいつは笑った。それからノートをソファに投げ出して、台所へ消えた。「イザベルさんや子供たちは？」

「おじいちゃん、おばあちゃんのところだ。腹はへってるかい？」

「いや」あいつは缶ビールを持って台所から戻ってきた。「今夜おれにつきあって、ちょっと出かけないか？」

どうしてかはわからないが、その瞬間、とてもダメだとは言えない気がした。「いいよ。どこだい？」

あいつはソファにすわり、ノートを取り上げてページをめくりはじめた。「ヴィレッジの店に、仲間と一緒に出る予定なんだ」

「つまり、今夜演奏をするってことかい？」

「そうなんだ」あいつはビールをゴクリと飲んで、窓のほうへ戻ってきた。横目でぼくのほうを見やった。「兄さんに我慢できるかな」

「やってみよう」とぼくは言った。

あいつはわずかに微笑んで、それからぼくたちは並んで、道の向こうの集会の幕切れを見ていた。シスターたちとブラザーは、じっとうつむいて「また会う日まで、神がおそばにおられんことを」を歌っている。周囲の人たちの顔はとても穏やかだ。それから歌が終わり、小さな集会は解散した。三人のシスターと一人のブラザーが、ゆっくり通りを歩いていくのをぼくたちは見送っていた。

「あの人が前に歌ったとき」とサニーが出しぬけに言った。「あの声が、ちょうどヘロインの感じをね、あれが血管に入ってるときの感じを、ちょっと思い出させたんだ。温かくて、同時に冷たい感じでね。それから、遠いんだ。それから、そう、自信が湧くんだよ」あいつはビールに口をつけて、ぼくのほうを見ないまま、わざとゆっくり飲んだ。ぼくはあいつの顔を見つめた。「コントロールが、利いている感じがするんだ。ときにはそういう感じが必要なんだよ」

「そうか?」ぼくは安楽椅子にゆっくり腰をおろした。

「ときにはね」あいつはソファのほうへ行って、ノートをまた取り上げた。「人によるけどね」

「演奏するためにかい?」とぼくは尋ねた。軽蔑と怒りがこもって、ひどく醜い声が出た。

「そうだな」あいつは困った様子の目を見開いてぼくを見た。まるで言葉でうまく言えないことを、目が代わりに説明してくれればいいと思っているみたいだった。「みんなはそう考えてるよ。だから、みんなが考えてる以上は――」

「おまえもそう考えてるのか?」

あいつはソファにすわって、缶ビールを床に置いた。「わかんないな」とあいつは言った。それがぼくに対する答えなのか、ただ自分で考えをまとめているだけなのか、よくわからなかった。表情にも何も出ていなかった。「演奏するために、ってことじゃないな。耐えるためだな。とにかく、やってみせるためさ。何についてもね」あいつは顔をしかめ、それから笑った。「自分がバラバラになっちまわないためさ」

「だけどおまえの友達連中は、真っ先に自分で自分を、バラバラにしてるんじゃないのかい」とぼくは言った。

「そうかもね」あいつはノートをもてあそんだ。ぼくはなんとなく、自分は黙っていたほうがいい、サニーは今懸命に話そうとしているんだから、こっちは聞いていたほうがいい、と思った。「だけど、もちろん、ハタからわかるのは、バラバラになったやつらだけだよね。ならないやつもいるんだ。少なくとも、今のところはまだなってない。おれたち、誰にしたって、言えるのはそこまでだろう」あいつは言葉を休めた。「それから、文字通り地獄の生活をして、それもわかってるし、自分に何が起きてるかもわかってて、それでもかまわねえ、ってやつだって、中にはいるさ。わかんないよ」あいつはため息をつき、ノートを脇へ置き、腕を組んだ。「演奏のしかたで、わかるやつもいる。そういうやつは、いつも何かやってるからね。見てればわかるさ、やつらは、それで何かリアルなものを作り出してるんだ。だけどもちろん」あいつは床から缶ビールを拾い上げて一口飲み、それからまた床に戻した。「それがやつらの、望みなんだからさ。そいつは認めなくちゃダメだよ、望みなんかじゃねえって言うやつもいるけど——全部じゃない、たまにいるってことさ」

「で、おまえはどうなんだい?」とぼくは尋ねた、尋ねざるをえなかったのだ。「おまえは、望んでいるのかい?」

あいつは立ち上がって窓辺へ行き、長いあいだそのまま何も言わなかった。それからため息をついた。「おれか」と言った。それから、「さっき、帰り道にあそこにいたとき、あの女が歌うのを聞いて、あんなふうに歌えるのは、どれだけ苦しんだからなんだろうって、急にそんなこと、思わされたよ。あそこまで苦しむなんて、考えただけでも、吐きそうになる」

ぼくは言った、「だけど、苦しまないで生きることはできない。違うかい、サニー?」

「その通りだろうね」とあいつは言って微笑んだ。「だけど、だからといって、何かやってみることをやめるなんてことは、できたためしがない」あいつはぼくを見た。「そうだろう?」そのからかうような顔を見て、ぼくはようやくわかった。あいつが人間らしい言葉に助けてもらいたいときに、それを放っておいて、ぼくがあんなにも長いあいだ、何も言わなかったという事実、その事実が、ぼくたちのあいだには永遠に、時間がたてば許される範囲を越えて、壁となって立ちはだかっているのだ。あいつは窓のほうへ向き直った。「そうさ。苦しまないで生きることはできない。だけど、その中に沈んで、溺れてしまわないように、どんなことでもやってみるんだよ。波の上に顔を出しつづけていられるように、それでもってなんとか——そう、ちょうど兄さんみたいなものさ。兄さんだってやってみた。いいよ。その結果今じゃ、そのために苦しんでる。わかるだろう?」ぼくは何も言わなかった。「わかるはずだよ」とあいつはいらだったように言った。「そもそもどうして、人は苦しむんだ? それに理由をつけるために、何かしたほうがいいからなのさ。どんな理由でもいいんだ」

「だけど」とぼくは言った。「苦しまないで生きることはできないっていうことに、意見は一致したんだよね。だったら、ただそれを——受け入れるだけのほうが賢いんじゃないのか?」

「だけど、ただ受け入れてるやつなんて、どこにもいやしねえんだよ」とサニーは声を張り上げた。「おれはさっきから、それを言ってるんだよ! 誰だって、そうならねえように必死なんだ。兄さんはただ、一部の人間のやりかたが気に入らねえだけなんだ、そいつは兄さんのやりかたじゃないからってね!」

ぼくの顔のうぶ毛がムズムズした、顔は汗びっしょりの感じだった。「そんなことはないよ」とぼくは言った。「そんなことはない。他人が何をしようと、ぼくはちっとも気にかけやしないよ。他人がどんなに苦しむかだって、気にしやしないさ。ぼくが気にするのは、おまえが苦しむことなんだ」するとあいつはぼくを見た。「信じてくれよ」とぼくは言った。「おまえが苦しむまいとして、かえって死んでしまうのを、ぼくは見たくないんだよ」

「おれは苦しむまいとして死んだりはしねえよ」とあいつはきっぱりと言った。「少なくとも、ほかのやつらより、急いで死ぬことはしねえさ」

「だけど」とぼくは笑おうとしながら言った、「ゆっくり自殺するようなマネを、する必要はないんじゃないか?」

ぼくはもっと話したかったのだが、できなかった。ぼくは意志の力について、人生がどんなに——いわば美しく、なりうるかについて話したかった。それは全部自分の内面の問題だと話したかった。だが、本当にそうだろうか? むしろ、そういう考えかたこそが問題の根源なのではないか? それにぼくは、今度こそおまえを失望させるようなことはないと、あいつに約束したかった。だがそういったことはどれも、口にすればむなしいウソの言葉になっていただろう。

そこでぼくはその約束を自分一人と取り交わし、それを守れるように祈った。

「ときにはひどいものさ、ハラワタが煮えくり返ってね」とあいつは言った。「そいつが困るところなのさ。そこの通りを歩いてみても、黒人のうらさびれた冷たい通りだ、誰も話のできるやつはいねえし、面白いことも何もねえ、だから吐き出すチャンスがねえんだ、その煮えくり返ったハラワタをさ。話しても、セックスしても治まらねえとなれば、一生懸命、演奏で出そうとするよね、そうすると今度は、誰も聞いちゃくれねえ、ってことに気がつくんだ。だから自分で聞かなくちゃならねえ。聞きかたを知らなくちゃならねえんだ」

それからあいつは窓を離れてまたソファにすわった。まるで急に殴られて、息ができなくなったみたいだった。「ときには、演奏するためなら、どんなことだってやる覚悟だよ。母親の喉を掻き切ったってかまわないぐらいさ」あいつは笑ってぼくを見やった。「それとも兄さんの喉をね」それから真顔になって、「それとも自分の喉だってね」それから、「心配しないでよ。おれはもうだいじょうぶだし、これからもだいじょうぶだと思うよ。でも、昔の自分がどこにいたか、おれは忘れるわけにはいかねえんだ。物理的にどこにいたかってだけじゃなくて、どこに拠り所があったのか、何者だったのか、っていうことだけどね」

「何者だったんだい、サニー」とぼくは尋ねた。

サニーは微笑んだ。ただしソファに横向きになって、背もたれに肘を載せ、ぼくのほうを見ないまま、口や顎のあたりを撫でさすっていた。「自分でも、わかんねえものになってたんだな。なるとは思ってなかったものにね。誰だろうと、あんなふうになるとは、思ってもみなかったものに」あいつは言葉を休めて心の中を見つめ、痛々しいほど若く見え、年老いて見えた。「こんな話をしてるのは、後ろめたいとか、そういうことじゃねえんだ。後ろめたいと思ったほうが、いいのかもしれないけどね。とにかく、その件でちゃんと話すことはできねえな。兄さんに対してでも、誰に対してでもね」それからあいつはぼくのほうに向き直った。「ときどき、頭が一番イカレてるときに限って、そいつに包まれた感じがして、そいつをしっかり捕まえて、演奏するんだけど、本当は自分が演奏する必要なんかねえんだ、そいつがおれの中からあふれて出ていって、演奏になっちまうんだ。だから思い出してみると、自分じゃどうやって演奏したのか、わかんねえんだけど、そのころ、ときにはいろんな人に、ひどいことをしたことだけは覚えてるよ。っていうか、おれが何かしたっていうよりも、その人たちがリアルじゃなかっただけなんだけどね」あいつは缶ビールを取り上げたが、もう空だったので、両手のひらにはさんで回した。「また別のときは、そう、注射が必要だったさ。どこか寄りかかれる場所が、聞くためのスペースが必要だった、だけど見つけられなくて、おかしくなって、自分にひどいことをしたんだよ、自分で自分に辛く当たったんだ」あいつはビールの缶を両手のあいだでつぶしはじめた。金属缶がへこんでいくのが見えた。つぶすにつれてそれは光り、ナイフのようで、あいつがそれでケガをするのではないかと心配だったが、ぼくは何も言わなかった。「そんなことだからね。うまく話せないよ。おれは何かの底の底で、完全に一人きりで、汗をかいて、ひどい臭いを放って、わめいて震えて、自分の臭いをかいで、自分でもわかるほどひどい臭いでさ、ここから抜け出さないと死んじまうぞ、って思うんだけど、それでいて、何をやっても、ただそこに、ますます自分を閉じ込めるだけだってことも、一方では気がついてたんだよな。だから、わかんなかったんだ」あいつは言葉を切ったが、まだビール缶をつぶしつづけていた。「わかんなかったし、今でもわかんねえんだ、自分の臭いを自分でかぐのは、たぶんいいことなんだって、どこかでそんな気もしてたけど、だけどおれがやりかったことは、そんなことなんかじゃなかったし、そんなこと、誰にも我慢できやしねえさ」

それからあいつは、急にひしゃげたビール缶を放り出すと、かすかな、穏やかな微笑みを浮かべてぼくを見やり、立ち上がって窓辺へ、そこに大きな磁石があって吸い寄せられでもするように近づいた。ぼくはあいつの顔を見ていたが、あいつは外の通りを見ていた。「ママが死んだときには、話せなかったけど、おれがあんなにハーレムを出たがった理由は、クスリから逃げ出したかったんだよ。実際に家出したときも、そいつから逃げ出したかったからなんだ。本当さ。帰ってきてみても、何も変わっちゃいなかった。おれも変わっちゃいなかったね。ただ歳をとっただけで」あいつは黙り込み、指で窓ガラスをタンタン、と叩いた。外は陽が落ちて、もうすぐ闇に包まれようとしていた。ぼくはあいつの顔を見つめていた。「またもう一回、来るかもしれないなあ」とあいつは独り言のようにして言った。それからぼくのほうを向いた。「また来るかもしれない」とあいつは繰り返した。「そのことを、兄さんに知っといてもらいたかったんだ」

「わかったよ」とぼくはやがて言った。「また来るかもしれないんだね。わかったよ」

あいつは微笑んだが、それは悲しみに満ちた微笑みだった。「なんとか言わなくちゃいけないと思ったんだ」とあいつは言った。

「そうだ。わかるよ」とぼくは言った。

「兄さんだからさ」とあいつは言った。ぼくをまっすぐに見つめ、もう微笑んではいなかった。

「そうだ」とぼくは繰り返した。「そうだ。わかるよ」

あいつはまた振り返って窓の外を見た。「この通りにあふれるすべての憎しみ」とあいつは言った。「すべての憎しみと、不幸と、愛。その力で、通りが爆発しないのが不思議なくらいだよね」

ぼくたちはダウンタウンの短くて暗い脇道に、唯一店を出しているナイトクラブに行った。ぎっしり満員で、話し声でざわめいている狭いカウンター前の通路を、人を掻き分けながら通り抜けると、大きな部屋の入り口があって、そこにバンド用のステージがあった。明かりが足りなくてよく見えなかったので、しばらくそこに立っていた。すると「やあ、小僧」と声がして、ぼくやサニーよりずっと歳とった巨体の黒人が、その雰囲気用の照明の中から急に出てきてサニーの肩に手を回した。「ずっとここにすわって、おまえを待ってたんだぜ」

この男は声も大きかった。闇の中のほかの顔がぼくたちのほうを向いた。

サニーは歯を見せて笑って、一歩下がって言った、「クリオール、これがおれの兄貴だ。前に話したよね」

クリオールはぼくと握手した。「会えてうれしいぜ、ぼうや」とやつは言った。この場所で会えたのが、サニーのためにうれしいと言っていることは明らかだった。クリオールは微笑んだ。「あんたの血筋には、本物のミュージシャンがいるなあ」とぼくに言って、サニーの肩から手を外すと、愛情をこめて、手の甲でサニーの顔をポン、ポンと叩いた。

「さて、今のは全部聞こえたよ」とぼくたちの後ろの声が言った。それは別のミュージシャンで、サニーの友達の、真っ黒な肌をした陽気そうな、おそろしく背の低い男だった。こいつはただちにぼくに打ち明け話を始め、あらん限りの大声でサニーの一番滑稽なエピソードを語って、白い歯は灯台のようにきらめき、笑い声は地震の始まりみたいにからだの奥から立ちのぼった。だんだんわかってみると、カウンター周辺にいる連中も全員が、あるいはほぼ全員がサニーの知り合いだった。何人かはミュージシャンで、この店や近くの店で雇われていたりいなかったり、また何人かは取り巻きで、何人かはサニーの演奏を聞くためにわざわざ来た人たちだった。ぼくはそれらの連中に一人一人紹介され、かれらはみんな礼儀正しかった。そう、かれらにとって、ぼくがサニーの兄にすぎないことは明らかだった。ここでぼくはサニーの世界に、あるいはむしろ、サニーの王国に、客として迎えられているわけだ——あいつが王家の血を引いているのかどうか、ここではそんな疑問はありえないのだった。

まもなく演奏が始まるというので、クリオールはぼくを、暗い片隅のテーブル席に一人ですわらせた。それからぼくは、クリオールと、小さくて真っ黒な男と、サニーと、そのほかの連中が、バンド用ステージの前に立ってふざけあうのをしばらく見ていた。ステージを照らす明かりは、かれらのところまでわずかに届かなくて、かれらが笑ったり、身振りをしたり、動き回ったりするのを見ていると、じつはかれらが、あまり急に光の輪の中に入ってしまわないように、すごく気を遣っている感じがした。何も考えずに、あまり急に光の中に入ってしまうと、燃えてなくなってしまうかのようだった。それから中の一人、小さくて真っ黒な男が、光の中に入り、ステージを横切っていって自分のドラムズをいじりはじめた。それから、ふざけて儀式ばらせてのことだろうが、クリオールがサニーの腕をとって、ピアノまで連れていった。女の声がサニーの名前を呼び、何人かが拍手をした。サニーもふざけて儀式ばって――おまけにすごく感動して、泣き出してもおかしくないところだとぼくは思ったが、そんな気持ちをあいつはわざと隠すでもなく、見せるでもなく、一人前の男らしく自然に乗り切りながら、歯を見せて笑い、両手を胸に当てて深く一礼した。

クリオールは、ベースのところへ行き、肌の色の薄い痩せた男が、ステージに跳び上がってトランペットを手にした。これで準備がととのい、ステージも会場全体も、雰囲気が変わって緊張がみなぎった。一人がマイクを持って、かれらの紹介をすると、さまざまなささやき声が湧き起こって、カウンターにいた誰かがシーッと言った。ウェイトレスたちが走り回って、必死に最後の注文を聞き、男女の客は寄り添い合い、ステージのカルテットに当てられた照明は藍色のものに変えられた。するとカルテットの四人は、みんな違った顔つきに見えた。クリオールが最後にもう一度、飼っている鶏が全部小屋に戻ったことを確かめるみたいな目で周りを見渡し、それからさっと身構えてベースを弾いた。こうして演奏が始まった。

音楽についてぼくが知っていることと言えば、真剣に聞く人はあまりいない、ということだけだった。その上、まれに心の扉が開き、音楽が流れ込んでくるように感じられるときでも、ぼくたちが聞くのは、あるいは聞いて我が身に確かめるものは、個人的で内密な、つかの間の感興にすぎない、ということだった。ところが、音楽を創造する者は別の何かを聞いている。虚空から湧き上がるうねりを聞き、それに秩序を与えて空気音に変えてやるのだ。だから音楽家の中に喚起されるものは、現実とは別次元に属する何かであり、言葉を持たないだけ、余計に苦しく、また同じ理由で、余計に誇らしい価値をおびている。そしてその価値は、音楽家が勝利すれば、われわれのものにもなる。ぼくはひたすら、サニーの顔を見つめていた。それは悩んでいる顔であり、一生懸命試みているが、まだ何かが来ていないようだった。そしてある意味で、ステージの全員がサニーを待っている感じがした。待ちながら、押しやっている。でもクリオールに目を向けると、みんなを待機状態にさせているのはクリオールだということがわかった。全員をしっかり、いわば手綱を引き締めて抑えている。ステージで、全身でリズムに乗り、ベースをうならせ、なかば目を閉じながら、やつはすべてに耳をすませ、特にサニーに耳をすませている。サニーと、対話しているのだ。サニーに、浅瀬を離れて、深い海へ乗り出せと言っている。深い海だからといって、溺れるとは限らないと、サニーに告げる証人になっている。やつもまた、そこへ行ったことがあって、わかっているからだ。サニーにも、わかってもらいたい。サニーが鍵盤で、深い海へ入ったとやつにわからせてくれる瞬間を、やつは待っている。

そして、クリオールが耳をすませていると、サニーが、心の深いところで、まさに苦悶の人のように、動き出す。ミュージシャンと楽器の関係が、どんなに恐ろしいものか、ぼくは今まで考えたこともなかった。ミュージシャンはそれを、自分の楽器を、いのちの息吹で、自分自身の息吹で、満たさなければならない。そいつにやってもらいたいことを、やらせなければならない。ところが、ピアノはただのピアノである。これこれの木とワイヤと、大小のハンマーと象牙でできている。それにできることは、いくつかあるにしても、それを見つけるには、やってみるしかない、やってみて、なんでもさせてしまうのだ。

しかもサニーは、一年以上、ピアノから遠ざかっていた。しかも生活との折り合いは、大して良くなっていなくて、あいつの前に今広がっている生活とは違っていた。あいつとピアノとは、もつれ合い、ある方向へ踏み出すと、怖がって立ち止まり、別の方向に踏み出すと、パニックになって足踏みし、またやり直す、今度は方向が見えたようだが、またパニックになり、行き暮れる。サニーの顔は、前に見たことのない顔だ。ステージの上で起こりつつある闘いの炎と怒号によって、その表情からは、あらゆるものが燃えてなくなり、同時に、日ごろ隠れていたものが、燃えて加わっている。

それでも、演奏が最初のセッションの終わりに近づいて、クリオールの顔を見ていると、何かが起こったのだ、という感じがした、ぼくが聞き取れなかった何かだ。それから演奏が終わり、パラパラと拍手が起こり、それから予告もなしに、クリオールは別の演奏を始めた。ほとんど茶化すような、名曲「アム・アイ・ブルー」だった。そしてクリオールが命令したかのように、サニーが弾きはじめた。すると、何かが起こりはじめた。クリオールは手綱を伸ばしてやった。落ち着いた、背の低い、黒い男がドラムズで何かとんでもないことを言い、クリオールがそれに答え、ドラムズがまた答える。それからトランペットが、やさしく甲高く語り、おそらくやや距離を置いた話しぶりで、クリオールはそれを聞き、ときおり返答をはさみ、落ち着いて湧き出るものがあり、美しく、穏やかで老練で、それからまた全員が一緒になり、サニーはまた家族の一員のようになり、あいつの顔つきからそれがわかる。まさにその指の先に、まったく新しいピアノを、たった今、発見したような顔だ。信じられない、という顔つきだ。それからしばらく、みんなはサニーと幸福を分け合い、新しいピアノって本当にいいよねと、一緒になってはやしたてている。

それからクリオールが進み出て、自分たちがやっているのはブルースだと、みんなに思い出させる。みんなの中の何かに訴えかけ、ぼくの中の何かにも訴え、音楽は張り詰め、深まり、不安があたりを覆いはじめる。クリオールは、ブルースとはどういうものか、聴衆に語りかけはじめる。それはそんなに新しいものではない。やつとステージの仲間たちは、それを新しくして、破滅の危険、破壊と、狂気と、死の危険を冒している。ぼくたちに聞かせるための、新しいやりかたを探しているのだ。ぼくたちの苦しみの物語、喜びの物語、勝利の物語、それらは決して目新しいものではないが、いつでも話さなければならない。ほかに話すべきことはない。そのことだけが、この闇の世界で、ぼくたちが手にする唯一の光なのだ。

この話は、とクリオールのあの顔、あのからだ、弦を弾《はじ》くあの指は言う、あらゆる国において別の役割を持ち、あらゆる世代にとって別の意味をおびてくる。だから聞きなさい、とやつは言う、聞きなさい。ここからはサニーのブルースです。やつはドラムズの黒い小男にそれをわからせ、トランペットの色の薄い男にもわからせる。クリオールはもう、サニーを海の深みに連れていこうとはしない。ただ無事を祈っているばかりだ。それからやつは、ゆっくり引いていき、サニーが自分で語り出す強い期待が空気に満ちていく。

それからみんなが、サニーの周りに集まり、サニーが演奏する。ときどき誰かが、アーメン、とつぶやいている。サニーの指が空気を生命で満たす、かれの生命だが、それは多くのほかの生命をうちに含んでいる。それからサニーはずうっと戻っていき、その曲の出だしの、控えめで単調な一節を弾いていく。それから、それを自分のものに変える。とても美しい、急いでもいないし、もはやそれは嘆き節でもないからだ。どんな胸の炎で、あいつがそれを自分のものにしたか、聞こえてくるようだ。どんな胸の炎で、ぼくたちがそれを自分たちのものにして、嘆くのをやめることができるかが、聞こえてくるようだ。自由が、ぼくたちの周りに息づき、ぼくはとうとう理解する、ぼくたちは、聞くことによって、自由になるのを、あいつに助けてもらうのだ。ぼくたちが自由にならなければ、あいつもならないのだ。それでも、あいつの顔には、もう闘いの影はない。あいつがこれまで耐えてきたもの、これからも、死んで土に安らぐまで、耐えつづけていくものをぼくは聞く。あいつはそれを自分のものにした、つまりぼくたちの長い家系だ、そのうちぼくたちは、パパとママしか知らないが、あいつはそれを、こちらへ帰そうとしているのだ、すべてのものは、帰されねばならないのだ、死を通り越して、永遠に生きるために。ふたたびママの顔が見え、生まれて初めて、ママが歩いた舗道の石が、どんなにママの足を傷めたかと気づく。パパの弟が死んだ、月明かりの道も見える。それどころか、もっと別のものも見えてきて、ぼくを通り過ぎて帰っていく。ぼくの幼い娘が見え、イザベルの涙をふたたび感じとり、ぼく自身の涙が湧いてくるのを感じる。それでいて、これが全部一瞬のことで、世界は外で、虎のように腹をすかせて、待っていることも、ぼくにはわかっている、苦しみが、ぼくたちを覆って、空より遠くまで広がっていることも。

それから演奏が終わった。クリオールとサニーは、ふうっと息を吐き出し、二人とも汗びっしょりで、歯を見せて笑っている。大きな拍手が起こる。その一部分は本物の拍手だ。暗がりの中を、女の子が通り過ぎたので、ぼくはステージの連中に飲み物を持っていってくれるように頼む。長い間があり、ステージでは藍色の光の中で連中が話をしている。しばらくすると女の子がスコッチ・ミルクをサニーのためにピアノの上に置く。あいつはそれに気がつかない様子だが、みんなで演奏を再開する直前、それを一口飲んで、ぼくのほうを見やり、うなずく。それからグラスをピアノの上に戻す。だからぼくにとって、ふたたび演奏が始まると、弟の頭の上で、グラスはきらめき、イザヤ書に言う神の「よろめかす大杯」そのままに震えている。

10

シェフの家

Raymond Carver
"Chef's House"

その夏ウェスは、シェフというアルコール依存症の回復者から家具つきの一軒家を借りた。北カリフォルニアのユリーカのはずれだった。それから私に電話をかけてきた。今の暮らしを放り出して、こっちへ来て一緒に暮らさないか。もう禁酒をしているんだ、と言った。禁酒のことは前から聞いていた。でも嫌だと言っても、あの人は聞き入れなくて、また電話をかけてきた。エドナ、正面の窓から海が見えるんだぜ、と言った。海の匂いがするんだ。私はかれが話すのを注意して聞いた。ろれつが回らないところはなかった。考えてみるわ、と私は言った。本当に考えてみた。一週間後、また電話があった。来てくれるかい？　まだ考え中、と私は言った。やり直しをしようや、とかれは言った。もしそっちへ行くとしたら、してもらいたいことがあるの、と私は言った。言ってごらん、とかれは言った。どうにかして、私が知ってたころのウェスに戻ってほしいの、と私は言った。昔のウェスに。私が結婚したウェスに。ウェスは泣き出した。私はそれを、がんばりたい気持ちの現れと受けとった。だから、いいわ、行くわ、と私は言った。

ウェスは恋人と手を切っていた。あちらから手を切ったのかもしれない。どっちかわからないし、どっちでもいい。ウェスとまたやっていこうと決心すると、私も恋人と別れなければならなかった。そいつは間違いだぜ、と恋人は言った。そんなことはするなよ。おれたちのほうはどうなるんだ、と言った。ウェスのためにしなきゃならないのよ、と私は言った。お酒をやめたくて一生懸命なの。それがどんなことだか、あなただって覚えがあるでしょう？　あるさ、だからって、行ってもらいたくはないよ、と恋人は言った。夏のあいだだけ行ってこようと思うの、と私は言った。それからのことはまた考えるわ。きっと帰ってくるわよ、と私は言った。おれはどうなるんだよ、と恋人は言った。おれのため、ってほうはどうなるんだ。帰ってなんかこなくていいよ。

私たちはその夏、コーヒーやソーダや、いろいろな果物ジュースを飲んで過ごした。夏のあいだ中、そういうものしか飲まなかった。気がついてみると、夏が終わらなければいいと私は願うようになっていた。そんなことは無理だったけど、シェフの家でウェスと一と月暮らしたあと、私は結婚指輪を指にはめ直した。外してから二年たっていた。ウェスが酔って、自分の指輪を桃の果樹園に投げ捨てたあの夜以来のことだった。

ウェスはすこし貯金があったので、私は働きに出なくてすんだ。シェフが家を貸してくれる家賃も、タダ同然でいいということだった。電話はついてなかった。ガスと電気代だけ払って、セーフウェイのスーパーで特売品を買い求めた。ある日曜の午後、ウェスはじょうろを買いに行って、ついでにプレゼントを買ってきてくれた。すてきなヒナギクの花束と麦わら帽子を買ってきてくれたのだ。火曜の夜には映画に行った。ほかの日、ウェスは「飲むなの会」と自分で呼んでいる集会に通っていた。シェフが車で家まで迎えにきてくれて、帰りも送ってきてくれた。ウェスと二人で近くの淡水の沼に、鱒を釣りに行くこともあった。土手から釣り糸を投げて、一日かかって小さな鱒を何匹か釣った。それで十分だわ、と私は言って、その夜は夕食にフライにした。ときには帽子を脱いで、釣り竿の隣りに敷いた毛布に横になって眠ることもあった。頭の上を雲がセントラル・ヴァレーのほうへ流れていく。それを見ているうちに私は眠った。夜には、ウェスは私を抱きしめて、きみはまだおれのかわいい子かい、と尋ねた。

子供たちは距離をとっていた。シェリルはオレゴンの農場に住み込んでいた。山羊の群れの世話をしてミルクを売っていた。蜂も飼って蜂蜜の瓶も作っている。娘には娘の人生があるので、私は何も言わなかった。娘のほうは、父親と母親がどこで何をしようと、自分が巻き込まれるのでない限りこれっぽっちも気にかけなかった。ボビーはワシントン州で干し草の仕事をしていた。干し草シーズンが終わったら、リンゴ農園で働く予定にしていた。恋人がいて、貯金しているところだった。私は手紙を書くと、「愛する母より」と結びに書いた。

　ある日の午後、ウェスが庭で雑草を抜いていると、シェフの車が家の前へやってきた。私は台所で仕事をしていて、目を上げるとシェフの大きな車が停まるところだった。車と、引き込み道路と州道と、州道のむこうに砂丘と海が見えていた。海の上に雲がいくつか浮かんでいた。シェフは車を降りると、ズボンをぐいと引っ張り上げた。何かあったんだということがわかった。ウェスも仕事を中断して立ち上がった。手袋をしてズックの帽子をかぶったままだった。それから帽子をとって、手の甲で顔の汗をぬぐった。シェフは近づいてくるとウェスの肩に手を回した。ウェスは手袋を一つ外した。シェフがウェスに話す声が聞こえた。本当に申し訳ないんだけど、今月の末までに、どうしてもここを出ていってもらいたいんだ。そう頼まなくちゃいけなくなったんだよ。ウェスはもう一つの手袋も外した。どうしたんだい、シェフ？リンダがね。それはウェスがお酒を飲んでいたころから、でぶリンダと呼んでいたシェフの娘だった。リンダが、住むところが必要になっちゃって、そうなるとここしかないんだ。シェフが言うには、リンダのご亭主が何週間か前、釣り船で沖へ出て、それ以来行方不明になっているということだった。あの子は血を分けた娘だからさ、とシェフはウェスに言った。あいつは亭主を亡くしちまったんだ。赤ん坊の父親を亡くしちまったんだよ。助けてやりたいんだ。助けてやれる立場でよかったと思ってるんだよ、とシェフは言った。申し訳ないけど、ウェス、どこか別の家を探してもらわなくちゃな。それからまたシェフはウェスの肩を抱いて、ズボンを引っ張り上げると、大きな車に戻って帰っていった。

ウェスは家の中に入った。帽子と手袋をカーペットの上に投げて、大きな肘かけ椅子にすわった。シェフの椅子だ、という考えが浮かんだ。カーペットだってシェフのなのだ。あの人は青ざめていた。私はコーヒーを二杯作って、一つを渡してあげた。

だいじょうぶよ、と私は言った。ウェス、心配しなくていいわ、とも言った。自分のコーヒーを手に、シェフのソファに腰をおろした。

でぶリンダのやつが、おれたちの代わりにここに住むんだってさ、とウェスは言った。カップを持ち上げたけど、飲もうとはしなかった。

ウェス、いらいらしちゃだめ、と私は言った。

亭主はアラスカのケチカンあたりで浮かんでくるだろうさ、とウェスは言った。でぶリンダの亭主は、ただやつらから逃げ出したかったんだよ。誰も亭主は責められないぜ、とウェスは言った。おれだって同じ立場だったら、やっぱり舟もろとも沈んじまってたさ。でぶリンダとあのガキと一緒に、これから一生暮らさなきゃならないくらいならな。それからウェスはカップを床の手袋の脇に置いた。ここは今まで、楽しい家だったなあ、と言った。

別の家に移りましょう、と私は言った。

こういう家はないさ、とウェスは言った。どっちみち、同じってことはない。ここはおれたちにとって、最高だったよな。最高の思い出が染み込んでるよ。そこへ、でぶリンダとあのガキが入ってくるわけだ、とウェスは言った。それからカップを取り上げて一口すすった。だってシェフの家なんだもの、と私は言った。あの人だって、しなきゃならないことをしてるだけなんだから。

わかってるよ、とウェスは言った。だけど両手をあげて賛成しなくたっていいだろう。そのときウェスの顔に浮かんだ表情に私は気づいた。知っている表情だった。舌で唇を何度も舐める。親指でシャツをズボンの下に何度もたくし込む。椅子から立ち上がると、あの人は窓辺に行って、窓の外の海と雲を見ながら立っている。雲は大きくなってきている。何かじっと考えているみたいに、指で顎の先を叩きつづける。実際に考えているのだ。

落ち着いて、ウェス、と私は言った。

落ち着けだってさ、とウェスは言った。窓辺に立ったままだった。

でもすこししたらかれはやってきて、ソファの私の隣りにすわった。脚を組んで、シャツのボタンをいじりはじめた。私はかれの手をとった。私は話しはじめた。その夏のことを話した。でも気がついてみると、それが過去に起こったことのように話していた。何年も前のことみたいというか、とにかくもう終わったことみたいに話していた。なので今度は子供たちのことを話しはじめた。やり直しができたらいいなあ、今度は間違わないようにやりたいなあ、とウェスは言った。

二人ともあなたのこと、愛してるのよ、と私は言った。

いや、そんなことはないさ、とあの人は言った。

そのうち、いろいろわかってくれるようになるわ、と私は言った。

かもな、とウェスは言った。でもそのときにはもう、どうでもよくなってるだろう。

そんなことわからないいじゃない、と私は言った。

おれだってすこしはわかるんだぜ、とウェスは言って、私を見た。おまえがこっちへ来てくれて、うれしかったってことは、おれにもわかってるぜ。来てくれたことは忘れないよ、とあの人は言った。

私もうれしかった、と私は言った。この家を見つけてくれて、うれしかった、と言った。

ウェスは否定するように鼻をフン、と鳴らした。それから笑い出した。私たちは二人で笑った。シェフのやつめ、とウェスは言って、首をゆるゆると振った。まんまと一杯食わせやがって、あの野郎。だけど、おまえが指輪をはめてくれたことはうれしかったよ。これだけの時間、一緒にいられて、そいつはうれしかったよ、とウェスは言った。

だから私は言おうと思った。ねえ、ちょっと考えてみて、仮によ、今までのことが何もなかったとしたら、どう。仮に今が、最初の出会いだったとしたらさ。仮にそうだったとしたら、どうする？　そう考えてみたって、バチは当たらないでしょ。前のことは、何も起こらなかったって考えるの。言いたいこと、わかるでしょ？　そしたら、どうなる？　と私は言った。

ウェスは私をじっと見つめた。そんなことになったら、おれたちは別の人間でなくちゃならないと思うぜ。おれたちじゃなくて、別の人間さ。仮にだって、そんなことを考える力は、おれにはもう残ってないよ。おれたちは、生まれたときからおれたちなんだからさ。言ってること、わかるだろう？

私はそんな話を聞くために、千キロも北の町まで来たんじゃないわ、と私は言った。まともな暮らしを放り出してきたのよ。

ごめんよ、とウェスは言った。だけどおれは、自分以外の別の人間みたいなふりはできないんだよ。おれは別の人間なんかじゃないんだからさ。もし別の人間だったら、ここにこうしているはずはないよ。もし別の人間だったら、そいつはおれじゃないんだ。だけどおれは、おれじゃないか。わかるだろう？

ウェス、いいのよ、と私は言って、かれの手を引いて頬に当てた。するとどうしてなのか、あの人が一九歳だったころのことが思い出されてきた。畑を横切って、あの人のお父さんのところへ駆けていく姿だ。お父さんはトラクターに乗って、目の上に手をかざして、息子が走ってくるのをじっと見ていた。私たちはカリフォルニアからようやく着いたところだった。私はシェリルとボビーを連れて車から降りて、ほら、おじいちゃんよ、と言った。二人ともまだ赤ちゃんだった。

今ウェスは、私の隣りにすわって、これからどうしようかと考え込むみたいに、顎の先を指で叩きつづけていた。ウェスのお父さんは死んで、子供たちはおとなになった。私はウェスを見やって、それから周りに目をやると、シェフのリビングやシェフの家具が見えた。今すぐに何かしなければいけない、それも急いでしなければ、と私は考えた。

ねえ、と私は言った。ウェス、聞いてくれる？

なんだよ、とウェスは言った。でもそれだけだった。もう決心をつけてしまったように見えた。でも決心をつけた以上は、何も急ぐ必要はない。そういうふうに見えた。かれはソファの背にもたれて、両手を膝のあいだにはさむと、目をつぶった。もう何も言わなかった。言う必要がなかったのだ。

私は心の中であの人の名前を呼んだ。言いやすい名前だし、もう長いあいだ、言うのにも慣れていた。それからもう一度、その名前を言ってみた。今度は声に出して言った。ウェス、と私は言った。

あの人は目をあけた。でも私のほうを見るのではなかった。そのままそこにすわって、窓のほうを見ていた。でぶリンダか、とあの人は言った。でも彼女のことでないのはわかっていた。

彼女はなんでもない。ただの名前だ。ウェスは立ち上がってカーテンを引いた。たちまち海が見えなくなった。私は夕食の支度をしに立っていった。冷蔵庫にまだ魚がすこし残っている。ほかに大したものはない。今夜全部片づけてしまおうと思った。それですっかりおしまいになるのだ。

次

東オレゴンの郵便局

Richard Brautigan
"The Post Offices of Eastern Oregon"

東オレゴンをドライヴしていく。季節は秋、猟銃は後部座席に、弾はダッシュボードというのかグラブボックスというのか、まあどっちでも好きなほうに入っている。

山ばかりのこの里へ鹿狩りにやってきた大勢の少年の、ぼくも一人だ。ぼくたちは遠くから来た。きのう暗くなる前に出発して、それから一晩中走って。

今では陽射しが車の中までギラギラ照って、虫みたいにうるさい。外へ出られなくてフロントガラスにぶんぶんぶつかるハチかなにかみたいだ。

ぼくはひどい眠気の中で、隣りの運転席に巨体を押しこんだジャーヴ叔父さんに、この地方の動物たちについて質問している。ぼんやりジャーヴ叔父さんを見やる。ハンドルが叔父さんにすごくくっついて見える。叔父さんの体重は、軽く一〇〇キロを超えている。車は叔父さんにはちょっと窮屈だ。

眠気の薄もやの中で、ジャーヴ叔父さんは噛みタバコのコペンハーゲンを噛んでいる。いつもそうなのだ。むかしコペンハーゲンはだれからも愛されたものだった。至るところに広告の看板が出ていた。今はもうそんな看板も見あたらないけど。

叔父さんは高校時代、地元で有名なスポーツ選手だったし、そのあとはまた伝説の遊び人だった。一時期はホテルの部屋を同時に四つ借りて、それぞれにウィスキー壜を忍ばせておいたけど、そのときの人たちはみんないなくなってしまった。叔父さんも歳をとった。

叔父さんは今では落ち着いた、思索的な暮らしをしている。ウェスタン小説を読んだり、毎週土曜の朝にはラジオでオペラを聞いたり。でもコペンハーゲンだけは口から離さない。四つのホテルの部屋と四本のウィスキー壜は消えたけど、コペンハーゲンは叔父さんの運命となり、永遠の符牒《ふちょう》となったのだ。

ぼくはダッシュボードの中の二箱分の三〇口径弾のことを、わくわく思いやる大勢の少年の一人だった。「山ライオンはいるの?」とぼくは尋ねる。

「クーガーのことかい?」とジャーヴ叔父さん。

「うん、クーガー」

「いるさ」と叔父さんは言う。叔父さんは赤ら顔で髪も薄め。美男だったことは一度もないのだけど、それでも女性たちは叔父さんを好きになるのをやめなかった。ぼくたちは同じ小川を何度も何度も渡った。

少なくとも十回は渡ったのだが、その小川に出くわすのはいつも新鮮だった。長くて暑い乾期のせいで、水かさも低くなったその川が、ところどころ伐採された山あいを縫っていくのは、なんとなく気持ちがよかった。

「オオカミもいるの？」

「すこしはね。もうすぐ町に着くぞ」と叔父さんは言った。一軒の農家が見えた。だれも住んでいなかった。楽器みたいに捨てられている。

農家の脇には大きな薪の山があった。幽霊たちが薪を燃やすのだろうか。それは幽霊しだいだろうけど、薪は何年もたった色をしていた。

「山ネコは？　山ネコには賞金がかかってるんでしょ？」

ぼくたちは製材所を通りすぎた。小川のむこうに、丸太用の小さな堰き止め池があった。二人の男が丸太の上に立って、一人は手に飯ごうを持っていた。

「二、三ドルな」とジャーヴ叔父さんが言った。

ぼくたちは町に入った。小さな町だ。家や商店は時代がかって、もうさんざん風雪に耐えたように見える。

「クマはどうなの？」とぼくは言ったが、ちょうどそのとき車は道なりに角を曲がって、目の前には小型トラックが停まり、二人の男がトラックの脇に立ってクマを下ろしていた。

「このあたりはクマがいっぱいいさ」と叔父さんは言った。「ほら、そこに二ひきいるだろ」

本当に、まるで仕組まれたように、男たちはクマを持ちあげて、そろそろと、まるで黒い長い毛のはえた大きなカボチャを扱うみたいに丁寧に、トラックから下ろしていた。ぼくたちはクマのそばに車を停めて降りた。

周りに集まってクマを見ている人たちがいる。ジャーヴ叔父さんのむかしの仲間だ。みんな一斉に叔父さんにむかって、やあ。どこへ行ってたんだい。

そんなに大勢の人たちが一斉にやあ、と言うのをぼくは聞いたことがなかった。ジャーヴ叔父さんは何年も前に町を出ていた。「やあ、ジャーヴ。やあ」ぼくはクマたちまでやあ、と言うんじゃないかと思った。

「やあ、むかしの悪ガキのジャーヴ。ベルトみたいに腰に巻いてるのは、そいつはなんだい、グッドイヤーのタイヤかい？」

「はっはっ、クマを見ようじゃないか」

クマは両方とも子グマで、重さ二、三〇キロといったところだ。ここから北の「サマーズ爺やの川」と呼ばれる川のあたりで仕留められたのだった。母親グマは逃げ延びた。子グマたちが死んでしまうと、母親は藪に駆け込んで、ダニにやられながら隠れて見ていた。

サマーズ爺やの川だって！　そこはぼくたちが狩りに行こうとしている場所ではないか。ぼくは今まで行ったことがなかった。クマがいるのか！

「母グマは荒れてるだろうな」と集まった男の一人が言った。ぼくたちはその人の家でやっかいになる予定だった。クマを撃ったのはその人だった。ジャーヴ叔父さんの親友だ。大恐慌時代に、同じ高校のフットボール・チームで活躍した。

女の人が一人やってきた。両手で食料品の袋を抱えている。立ち止まってクマたちを見ようと、ぴったり近づいて前かがみになるので、セロリの先端がクマの顔をつんつんと突いた。

クマは運ばれて、古い二階建ての家の玄関ポーチに置かれた。その家は辺《へ》りという辺りに白い板飾りがほどこしてある。まるで前世紀のバースデーケーキだ。ロウソクみたいに、ぼくたちはそこに一晩泊まることになった。

ポーチの周りの格子の柵には、なんだか変な種類の蔓草《つるくさ》が育っていて、そこに咲いた花はさらに変だった。蔓や花は見たことがあったけど、人家の周りではない。それはホップだった。家でホップを育てているのを見るのははじめてだった。花の趣味としてなかなか興味深い。でも慣れるのにはしばらくかかる。

陽射しは前から照りつけ、ホップの影がクマにかかって、クマ（ベア）は二杯の黒ビール（ビア）みたいだった。壁にもたれてクマたちはそこにすわらされている。

——いらっしゃい、みなさん。なにをお飲みになりますか？

——ベアを二杯。

——冷えてるかどうか、冷蔵庫を見てみましょう。しばらく前に入れといたんです。……よし、よく冷えてます。

クマを撃った男は自分では欲しくないと言ったので、だれかが言うには、「町長さんにあげたらどうだい？　あの人はクマが好物だよ」町の人口は、町長もクマも加えて三五二人だった。「ここにいるクマをさしあげますって、おれが町長に伝えてやろう」とだれかが言って、町長を探しに出ていった。

ああ、あのクマたちはどんなにおいしいだろう。焼いても、揚げても、茹でても、スパゲティに入れてもいい。イタリア人が作るようなクマのスパゲティだ。

だれかが保安官のところで町長を見かけたという。一時間ぐらい前のことだ。まだそこにいるかもしれない。ジャーヴ叔父さんとぼくは出かけて、小さなレストランに昼ごはんを食べにいった。網戸のドアがひどく傷んでいて、押すと錆びた自転車のような音がした。ウェイトレスが注文を訊いた。ドアの脇にはスロットマシンがいくつかある。このあたりの郡では、賭け事が許されていた。

ぼくたちはローストビーフのサンドイッチとグレーヴィをかけたマッシュポテトをとった。ハエが何百ぴきもいた。天井のあちこちからハエ取りの長い紙が、縛り首の縄みたいにぶらさがっている。そこにつかまってゆっくりくつろいでいるハエもたくさんいる。

老人が一人入ってきた。牛乳をくれと言う。ウェイトレスが持ってきた。老人はそれを飲むと、帰りがけにスロットマシンに五セント硬貨を入れた。それから首を横に振った。

食事が済むと、ジャーヴ叔父さんは郵便局へ行って葉書を出す用事があった。歩いていってみると郵便局は意外に小さな建物で、掘っ立て小屋というのが一番ぴったりだ。網戸を押して中に入る。

郵便局らしい物がたくさんある。カウンター、それに古時計。海の中の人のヒゲみたいにだらりと長い振り子が、なんとか時間に遅れないように、ゆっくり左右に揺れている。

壁にはマリリン・モンローの大きなヌード写真が貼ってあった。郵便局でそんなものを見るのははじめてだ。マリリンは大きな赤い布の上に横たわっている。郵便局の壁に貼るのは変だと思ったけど、考えてみるとぼくのほうが、この土地では変なよそ者なのだった。

郵便局員は中年の女の人だった。一九二〇年代に流行したような唇の色やかたちをまねている。ジャーヴ叔父さんは葉書を買って、カウンターの上で、コップに水をそそぐような調子で葉書を淡々と埋めていった。

それには一、二分かかった。半分ぐらい書いたところで、叔父さんは手をとめて、マリリン・モンローを見あげた。見あげる叔父さんの目には、色気めいたものはなにもなかった。マリリンが山と森の写真でも、きっと同じだっただろう。

叔父さんがだれに葉書を書いたのかは覚えていない。たぶん友達か親戚だったのだろう。ぼくはただそこに立って、マリリンのヌード写真を一生懸命見つめていた。それから叔父さんはその葉書を出した。「おいで」と叔父さんは言った。

ぼくたちはクマのいる家に戻っていったけど、クマはいなくなっていた。「どこへ行ったんだろう?」とだれかが言った。

大勢の人たちが集まってきて、みんないなくなったクマのことを話し、そこらあたりをちょっと探したりした。

「もう死んでるんだからさ」とだれかがみんなを安心させるために言ったけど、やがてみんなは家の中も探しだして、女の人はクローゼットの中まで調べるために入ったりした。

しばらくすると町長がやってきて言った。「腹ぺこだぞ。わしのクマはどこかな?」

跡形もなく消えちゃったんですよ、とだれかが説明すると、町長は「ありえんことだ」と言い、出ていってポーチの下を覗きこんだ。クマたちはそこにもいなかった。

一時間ぐらいたつと、みんなクマ探しをあきらめた。陽がかたむいていった。ぼくたちは玄関ポーチにすわっていた。ここはむかしむかしクマさんたちがいました、といった感じになっていた。

男の人たちは大恐慌時代に高校でフットボールをした話にふけり、自分たちが歳をとって太ったことについて冗談を言いあった。だれかがジャーヴ叔父さんに、あのホテルの部屋四つとウィスキーの壜四本はどうなったんだい、と尋ねた。叔父さんを除いてみんな笑った。叔父さんはほほえんだだけだった。夜になりかけたころ、だれかがクマたちを見つけた。

かれらは脇道に停めた車の前座席にすわっていた。一ぴきはズボンをはいて、チェック模様のシャツを着ていた。おまけに赤いハンチング帽をかぶり、口にパイプをくわえ、二本の前足をハンドルにかけて、むかしの大レーサーのバーニー・オールドフィールドみたいだった。

もう一ぴきのほうは、男性雑誌の後ろの広告ページに出ているような白い絹のネグリジェを着て、両足にはフェルトのスリッパがはめられていた。頭にはピンクのボンネット帽が結ばれ、膝にはハンドバッグが置かれている。

だれかがそのハンドバッグを開けてみたけど、中身はからっぽだった。みんながっかりしていた。でも、なにを見つけるつもりだったのか、ぼくにはわからない。死んだクマがハンドバッグの中になにを入れておくというのだろう?

不思議なのは、このクマの話をそっくりぼくが思い出したきっかけである。それは新聞で見たマリリン・モンロー、若くて美しく、いわゆる人生の望みのものをすべて手に入れた身の上なのに、睡眠薬自殺をしてしまった彼女の死の写真なのだ。

写真とか記事とかなんだとか、新聞中がこの事件でいっぱいだ。黒っぽい毛布に包まれて、台車で運ばれていくマリリンの遺体。この写真を壁に貼る東オレゴンの郵便局はあるだろうか。写真では、付き添い人が台車を外へ押しだそうとしている。陽射しが台車の下まで伸びている。ブラインドと、それから木の枝々も写っている。

あとがき

本書ではアメリカ文学の短編から、私の目にふれた範囲でベストと思われる作品を一〇点集めて訳してみた。それぞれの作家の文体の特徴などを、なるべく活かして訳文を作った（つもりだった）ので、漢字・かなの表記など、作品ごとに違うことをお断りしておきたい。

作家が生命がけで書いた作品を、品評会のように評価して並べる、というのは失礼で悪趣味だという気がしないでもない。だが小説というジャンルには、その種の品評会と切り離せない一面もある。それに、そもそもまったく小説を読まない人が増えているらしい今日、とりあえず「こんなすごい作品があるんですよ」と、見本市程度にざっと見てもらうベスト・アンソロジーの本があってもいいと、そんなことも考えてしまった。アメリカ人のいろいろな生活、いろいろな考えかたを、まずは楽しんでいただきたい。どれも傑作だから、それなりに煮詰まってはいるが、難解な作品は（こちらも性に合わないので）選んでいない。

では一〇点の選択の基準はどうだったのかと言うと、ことさら編者の個性を発揮したつもりもない。せっかくなので一作家一作品の原則を立てたが、この原則なら、一〇人中八～九人は、誰が選んでも同じ結果になっただろうと思う。ひょっとすると異論が出るのは、ホーソーンやジェイムズではなくジュエットを選んだことぐらいだろうか。でもその疑問は、ジュエットをきちんと読んでいただけば、おのずから氷解するだろう（と信じている）。

ただし、そもそも小説評価の基準に、一つの厳密な尺度があるわけではない。いろいろな尺度が錯綜しているし、そのうちどれを重要視するかによって、選択の結果も違ってくる。その多様な尺度のありようを実地に見ていただきたい、というのも、本書を編訳した理由の一つだった。具体的には以下、作品ごとに、「これはここがすごい」というポイントを、親切過剰をかえりみず（笑）、解説してしまったことをお許しいただきたい。それとても、世上で前から行われている議論と、さほど異なるものでもないのだが。

以下、一〇編の中の順位には拘泥せず、だいたい作者の生年順に作品を並べてみた。いずれも有名な作なので、既訳が多く、場合によってはすでに何通りも訳されている。それらの既訳は、いちいち名前を挙げなかったが、できる限り参照させていただいたことを感謝を込めて記しておく。

次点に挙げたブローティガンの作品は、私が偏愛する作家の短編代表作であり、ベスト・テンに入れたいな、と最後まで迷ったので、紹介させていただくことにした。ブローティガンは次点の似合う作家（？）なので、これでよかったと思っている。

＊　＊　＊

1　エドガー・アラン・ポー「ヴァルデマー氏の病状の真相」
Edgar Allan Poe, "Facts in the Case of M. Valdemar", 1845

才能ならアメリカ文学史上一位かもしれない、恐ろしい男が最初に登場する。この場合、才能とは想像力という意味だ。小説は想像力だけで書くものではないが、アメリカ小説の草創期には、そういう想像力まかせの時代もあった、ということだ。

ポー（一八〇九－四九）の天才を証明するいくつもの作品の中で、ここでは一読して恐怖にふるえる作品を選んだ。現代の読者に直通する恐怖となれば、「黒猫」か「ヴァルデマー氏」だと思うが、「黒猫」はあまりにも有名なので、「ヴァルデマー氏」にも、もっと注目してもらいたくてここに入れた。

死んでいく男に催眠術をかけたままにするとどうなるか。そのどうなるかを、密室の秘儀のように考え抜いた人がいる、という事実が、小説というジャンルの、まずは華々しい栄光である。そんなこと、小説家以外の誰が考えるだろうか。

しかも、当時の読者はかなりの数、この作品が事実の報告だと勘違いしたという。ある意味当時の読者は、それだけ怖がることができてしあわせだったのかもしれないが、これが事実でないと知りながら、現代の読者の恐怖もまた、ほとんど軽減されないだろう。

それにしても、なぜ催眠術なのか。簡単に解説すると、催眠術の有力な起源とされるメスメリズムは、一八世紀後半、ドイツ人メスメル（後年パリに進出）が、医学療法の一環として開発し、患者の「磁気」を調整することによって健康を回復する（従って、磁気の操作のために手を動かす所作をする）ことを目ざした新手法で、その過程で患者が催眠状態におちいることが、効果的な治療現象と見なされていた。早い話、疑似科学の時代だったわけだ。しかも一九世紀前半のアメリカでは、ヨーロッパ伝来のメスメリズムが神秘の科学として大流行し、ホーソーンやメルヴィル、さらにはジェイムズやトウェインまでも、それぞれの作品に取り入れるほどだったのである。

ポーはこうした状況を利用して、悪く言えば読者をかつぐ大風呂敷の詐欺のような小説を書いたわけだ。だから一面ではこれは、読者を夢中にさせ、驚かせるだけの「売文」的読み物である。だが同時に、人間の意志や、身体の物質的（？）可能性を究明することは、近代社会が当初から直面した課題の一つでもあり、それは生命の神秘や宇宙の謎にも関連して、疑似科学や新宗教の理論をも巻き込んだかたちで熱心に、多様に展開しつつあった。こうした時代背景を踏まえながら、希有な物語を編み出し、売りさばく天才作家が、ここに出現したと考えていいわけだ（ただし、ショッキングな内容から、この作品はすぐには売れなかったそうだ）。

　具体的には、七ヶ月のあいだみずからの死の腐敗を食い止めていたのは、ヴァルデマー氏の催眠術にかかった意識、あるいは意志の力だった。意志や意識の力が（身体の物質性を乗り越えて）人の生を支配する度合いの大きさ、これはポーの一貫した主題の一つだったし、現代でもしばしば、人の生存の根本問題と見なされている。それについて、読者は考えさせられることにもなる。

　なかなか結論の出ないこうした根本問題を離れて、人の日常の生活だとか性格に、もっと地上的な、きめ細かな視線を向ける作業に、のちの小説は次第に専念することになる。だがいつの時代も、小説は主題を追究すると同時に、読者を夢中にさせ、売りさばきたい欲望も持ち合わせているものだ。それら二重の目標を、余すところなく伝える本作品は、アメリカ短編集の出発点として、まずはふさわしいと言わねばならない。

2　ハーマン・メルヴィル「バートルビー」
Herman Melville, "Bartleby, the Scrivener", 1853

早々で恐縮ながら、メルヴィル（一八一九―九一）のこの作品は、アメリカ短編小説中の最高峰、ベスト・ワンであるとともに、いろいろな点でアメリカ文学の特徴をよく表した逸品である。

見知らぬ闖入者が騒動を起こす、という物語は、興味を引きやすく語りやすいので、どこの国でも書かれているが、これほど情報が乏しく、これほど意味不明に反抗する闖入者というのは、バートルビーをおいてほかにないだろう。この極端さ、風変わりな印象の強さは、アメリカの小説がはぐくんできた「強固な個人主義」の伝統に関係づけられるように思われる。個人主義者はたいてい、たとえ世間の基準にそむいても、みずからの信念に従って行動する自主独立の人だから、そうした自主独立を重要視するアメリカ（の小説）には、風変わりな（＝世間の基準から多少ともずれた）人が現れやすいのである。こうして、たとえばすべてを拒絶する男、フォークナーの『八月の光』の主人公ジョー・クリスマスは、バートルビーの直系の子孫であると認定されるし、メルヴィル自身の『白鯨』の、おのれの執念のためにすべてを犠牲にするエイハブ船長は、いわばバートルビーの長兄にあたると認定される。

ところで、バートルビーの反抗は、「しないほうがありがたいのです I would prefer not to」というセリフのくどいほどの反復から成り立っている。これは口癖と言って片づけるにはあまりにも深刻だが、口癖も含めて、特定のセリフや言動を始終繰り返すことによってキャラクターを印象づけ、平面的な理解をさせやすくする工夫は、昔から小説の基本的な手法の一つである。メルヴィルがこの作品でこの手法を意識的に駆使していることは、ほとんどすべての登場人物が何らかの口癖や反復行動を備えてしまっていることからもわかる。この種の反復行動が、やはりアメリカ小説で非常にしばしば見受けられることは、先の文脈からすぐに理解されるだろう。風変わりな個人主義の、わかりやすいヴァリエーションは、何かの思い込みや心理に凝り固まった人の、硬直した、頑固な言動であり、それが反復行動をもたらすと考えられ、口癖は反復行動のもっとも身近な実例であるからだ。

ではバートルビーは何に凝り固まっていたのだろうか。

よくわからない、というのが第一の答えである。小説では、はっきり言われてわかってしまうと、とかくそれだけの理屈に見えてしまう場合が少なくない。わからないように書く、あるいは、作者もよくわからないで書いている、という状態が、小説の魅力を強めることもある。最後に披露される、配達不能郵便の噂についてはどうだろうか。これも噂の根拠は曖昧だとされているだけに、断定はできないのだが、語り手の空想が織り交ぜられることによって、一定の方向性は示されている。それは人間の幸不幸が郵便の不着という偶然（の事故）によって大きく左右される場合があること、それほどに人間の自由や意志が脆弱なものであることを示唆しているのかもしれない。語り手がエドワーズやプリーストリーに言及している理由も、そうした方向に関係がありそうだ。

人生を支配する偶然に比べれば、人間の自由や意志が大したものではない、という人間の卑小さ（あるいは無意味さ）についての認識は、現代人から見ればさほど違和感がないかもしれないが、一九世紀中ごろのアメリカのコンテクスト、つまりこの作品が設定している文化のコンテクストの中で考えてみるとどうだろうか。当時の人々は、人間の自由も意志も、キリスト教の信仰のもとで、神の支配との関係の中で承認され、定義されると考えていた。トリニティ教会をはじめとするキリスト教や聖書への言及は、当時のそうした背景の理解に役だっている。というか、キリスト教文化の浸透ぶりこそが、この作品の背景としてもっとも強調されていると言ってもいいだろう。そうしたキリスト教の立場から見れば、配達不能郵便ごとき不幸で人間の問題をうんぬんするのは、軽率に過ぎると批判されるのが関の山だっただろう。

それでも、配達不能郵便のほうにむしろ根拠を置き、そこから思索を出発させて、人生は偶然であり、無意味であり、したがって神は存在せず、キリスト教は偽善の体系に過ぎない、といった主張をあえて繰り広げる人が現れたとすれば、その人は危険思想の持ち主であり、狂人であると断罪されていただろう。

すでに注意したように、バートルビーがこうした危険思想に到達したと断定する根拠はないが、かれの拒絶があまりにも全面的であり、またそれについてかれが説明しようとせず、あまりにも沈黙を守るために、語り手である弁護士（の暮らす世界）と、そんなふうに全面的に対立していたのではないかと、想像する余地はあるのではないかとも思えてくる。実際かれは、なぜ仕事をしないのかと問い詰められて、一度「ご自分でその理由がわからないのですか」と言っている。これは、胸に手を当てて考えれば自分でもわかるだろう、という意味だろうから、見たところ悪気のない語り手の、ふだんは自覚しない生活態度、それが依存する文化的コンテクストに、問題の根がひそんでいることを意味している可能性がある。

そこでバートルビーは、圧倒的なキリスト教文化のただ中にあって、キリスト教を否定しようとして何も言えなくなり、何もできなくなった絶望の人だったのではないかという理解（の可能性）が、ぼんやり生じてくることになる。

そこから先は、バートルビーの思想すなわちメルヴィルの主題をいっそう明らかにするために、『白鯨』などほかの作品や執筆の経過を考慮に入れることが必要になる。その結果としてやはり、当時のアメリカ社会のキリスト教、近代文明、さらにつけ加えるなら奴隷制が、すべて一繋がりの、瞞着と支配の制度体系であると、メルヴィルが懐疑の中で考えはじめていたことが、研究者たちによって議論されてきた。

「バートルビー」と同じ時期に書かれた短編の一つで、絶海の孤島にたまたま一人で漂着し、苦難の生活を続けてきた若い女性が、ようやく船が通りかかって救助されると思ったら、船員たちは彼女を陵辱するだけで、犯罪の隠蔽のために彼女を島にふたたび置き去りにし、しかもそれが何度も繰り返されることになった、という凄惨な物語をメルヴィルは描いている。神も人も信じられなくなっても仕方がない運命に翻弄された女性は、最後に助け出されたとき、もはや何も語ろうとはしない。バートルビーは、この女性の弟だったのかもしれない。配達不能郵便の件は曖昧な噂に過ぎないが、メルヴィルは、そしてバートルビーは、その種の不信と懐疑の現場を、間違いなく見てきたのではないかと思われる。

ともかくもこういう懐疑の人物像を――懐疑も信念のあり方の一つだから――頑固さ、口癖、反復などのアメリカ小説的特徴へとうまく包み込んで、一見するとユーモラスにさえ思える物語に仕上げたのが、この作品だということになる。

やや議論が長引いてしまった。やはりベスト・ワンの作品ともなると、主題の奥が深いので、難しくなるのは仕方がない。

以上のことだけでも十分すごいのだが、キリスト教批判と近代批判といった主題の深さ、打って変わって時にユーモラスな物語展開、その両者が、この作品がアメリカ短編ベスト・ワンである理由なのかというと、それだけでもなく、話はもう一歩先へ進む。

　バートルビーがキリスト教と近代を批判する方向へ向かっていたとすれば、語り手の弁護士は、バートルビーを根本的に理解できず、むしろかれに忌み嫌われるほかない人物だったことになる。「あなたのことは知っています。お話することはなにもありません」とバートルビーによってすげなく拒絶されたのは、むしろ当然だったと言わなければならない。それでは、語り手の物語を、しばしばクスクス笑いながら読み進めてきた読者は、バートルビーと語り手と、どちらの仲間なのかと考えてみると、言うまでもなく語り手の仲間である。やや利己的な欠点を含めて、読者は人間として語り手を理解し、一〇〇パーセントではないにしても共感しながらともかくもかれの語りについていくのに対して、バートルビーについては最後までわからない印象がぬぐえないのだから、これは仕方がない。――ということは、この作品の読者もまた、世界の真実を見抜けずに瞞着の制度の中にただよい、身勝手な娯楽を求めて本などを読んだりする不誠実の徒として、バートルビーによって批判されていることになるのだろうか。なるのだと思う。論理的に、そうならなければ説明がつかない。

　つまりこういうふうに読んでくると、この作品は、主人公が語り手をも読者をも批判するという、珍しい、というかほとんどありえない主題的構図を備えていることになる。この作品は現代にいたるまでの、すべての読者を批判するのである。すべての読者を批判する高みに立つ作品——それはメルヴィルの全作品中でも、ほとんどこれだけしかない——は、ベスト・ワンと認定せざるをえないではないか？　メルヴィルが作者として、読者に絶望し、「バートルビー」のしばらく後、やがて小説を書かなくなった経緯は、それこそメルヴィル研究の大きなトピックであるので、そちらを参照していただきたいが、ここまで述べてきた考察に、符合するものであることは明らかだろう。

しかし、と読者はここで立ち止まる権利がある。この作品で、老弁護士になりすましてこれだけ語りと物語を楽しんでいる作者が、当の弁護士や読者を根本的に批判することなど、本当にありうるのだろうか？　したいと思っているのだろうか？　したいと思っても、小説作者である限りできない宿命なのではないだろうか？　——答えは闇の中にいつまでも揺れている。その闇の中に、すべてのアメリカ小説、いや、すべての小説は宙づりにされていると言っていいだろう。

3　セアラ・オーン・ジュエット「ウィリアムの結婚式」
Sarah Orne Jewett, "William's Wedding", 1910

ジュエット（一八四九－一九〇九）の作品の楽しさは、現代の読者にも直通で理解されるのではないだろうか。簡単に言うと「癒やし系」ということだ。ここには率直な善意と好意があふれている。

と同時に読者は、この作品があまり、というかまったくアメリカ小説らしくなくて、アメリカ小説の流れにうまくあてはまらない、という印象も持つかもしれない。アメリカ小説らしくないことが、ジュエットが高く評価されてこなかった原因ではないかと思われる。アメリカの作家ならアメリカらしく書いたほうが、成功しやすいことは否定できないとしても、たまたまそうでなかったからといって、評価しないのではもったいないし、こういう小説もあるというのが、じつは本来の小説の世界なのである。

ジュエットが活躍したのは、だいたい一九世紀の最後の四半世紀、日常生活を描くリアリズム小説が重要視されていた時代だった。それ（日常的リアリズム）が、そもそもあまりアメリカらしくなかったようだ。

ジュエットとしては、失われゆく時代の純朴な人々の良さ、都会人を癒やす自然の中の伸びやかな暮らしを描きたい、というテーマがあったために、故郷の人々の生活を観察するリアリズム、別に「ローカル・カラー文学」とも呼ばれる当時の小説の方向性を進んで選択したのだろう。ただしリアリズムと言っても、ジュエットが目ざしたのは、客観的な観察や鋭利な分析ではなく、筆者の側、癒やされる側の喜びと共感を一杯にたたえながら記述を進める心やさしい観賞だった。むしろ現代の気楽なエッセイ風小説に似ていると言っていい。

その結果ジュエットは、リアリズム小説のもう一つの課題である物語の構築にはあまり向かわないで、旅日記ふうの書き流しのスタイルにおいて本領を発揮した。本作品の母胎となった『とんがりモミの木の郷』は、作家とおぼしい女性の語り手の旅日記ふうの連作小説であり、しかも本作は、『とんがり』がいったん完成したあとに書かれた後日談の一つで、生前未発表である（この作品が活字になったのはジュエット死後の一九一〇年だが、原稿は一九〇〇年ごろに書かれたと思われる）。本作のクロノロジーに緩みが見られるのは、決定稿ではなかったことに起因する面がある。

要するに作者は、読者がトッド夫人もウィリアムもエスターも、じつは前から知っていることを期待することができた。いわばみんな読者の友達だったのだ。トッド夫人の弟ウィリアムは、ご覧のように素朴で極端に内気な、青年っぽい中年だが、そのかれが一生懸命歌を歌って、お客である筆者を一生懸命にもてなす場面など、とても感動的だった。

旧作の読者から、ウィリアムとエスターは結婚するべきだと、ずいぶん言われたのでジュエットは本作を執筆したようだ、という逸話も残っている。作者にとっても読者にとっても、人物たちが隣人のように生きていた、小説が幸福だった時代のエピソードである。

そんなわけで、作者と読者、登場人物とのあいだに緊張感がないことが、こういう小説の場合には決定的に重要な条件で、ジュエットはそのことをよくわきまえて、最大限に人物たちの既知感、既視感を活用し、アメリカ最北メイン州の沖に浮かぶ小島の中に、なつかしい「癒し系」の親密空間を作り上げていった。

もちろん、全員が善人なのではないが、最後にはバランスがとれて、村の共同体の温かみが浮かび上がる。どこにでもありそうな共同体に違いないが、それをこれだけの長さで的確に描き出す作者の目は澄んでいる。最終的にはこの共同体こそが、故郷であり、主題でもある。

この作品の最大のポイント、つまり一番かわいいところは、エスターが結婚式に抱いてきた生まれたての子羊だろう。この子羊が、純朴な照れくささの反映なのか、早くも子として位置づけられて「家族」の一端を表象しているのか、さらには新婚カップルの性的なムードの抑制に役だっているのか、どう解釈するにしてもすばらしいディテールである。

「ヴァルデマー氏」や「バートルビー」も立派な小説なら、ほとんど一八〇度異なる「ウィリアムの結婚式」も立派な小説である。そこが小説の不思議なところ、面白いところだ。アメリカ小説はジュエットによって、ようやく小説の不思議さの全容をととのえたのである。

4 イーディス・ウォートン「ローマ熱」
Edith Wharton, "Roman Fever", 1934

前章のジュエット、後章のロンドンは、両方とも人の生活を描くリアリズム小説だが、読んでおわかりのように、作風は一八〇度異なっている。ではウォートン(一八六二―一九三七)はどうかと言うと、その両方からまた一八〇度異なっている。そんなことは図形的には不可能だが、小説の不思議の世界ではそれが起こる。これらの傑作は、二〇世紀初頭のリアリズム小説の汲んでも汲みきれない豊かさを証言している。

物語の中心は、作者ウォートンと同じ、ニューヨークの上流階級出身の二人の女性。と言っても、二〇世紀のアメリカでは、産業化と都市化の進展にともなって、上流階級の「生活スタイルや規範」すなわち「風俗」は、すでに消滅しかかっていた。この点はウォートンの得意なテーマの一つで、この作品でもほどよく描かれている。

上流階級に限らず、さまざまな「風俗」を描き分けることは、ほんらい小説の重要な役割である。なぜなら、社会情報として有益であるだけでなく、人物の性格や個性を測定する尺度として、風俗が当然、参照されねばならないからである（メルヴィルの章で述べた人物の「風変わり」や「頑固さ」も、この尺度に照らして判定される）。読者が現代の作家の作品だけを読む場合には、人物たちの風俗は（お互いに既知であるので）あまり気にする必要はないが、風俗は時代や土地によって微妙に変化するので、同時代性が少しずれただけで、俄然興味の対象にもなる。こうした点を、ウォートンは熟知し、重要視する作家だった。

ざっくり言って、風俗の浸透した日常に生じる人々のドラマの起承転結を描き出すことが、小説の基本型だと考えてみよう。ポーやメルヴィルのように突拍子もない話ではなく、さりとてヘミングウェイやフォークナーのように断片的で不可知的でもない、ちょうどバランスのいい中間あたりに、今でも多くの小説は位置づけられるから、その中間物を基本型と見なすことは、さほどとっぴな仮説ではないだろう。するとジュエット、ロンドン、ウォートンは、おおよそこの基本型の枠の中におさまることになるが、もちろん典型的なのは、ウォートンである。彼女はアメリカ近代小説を完成させた作家の一人だった。典型的だから、読みやすくてわかりやすく、物語＝読み物として安定している。

とりわけ、この作品で活用される、人物たちの「タテマエとホンネ」の複雑な織りものは、誰しも経験があるように、風俗的な規範や礼儀を前提として成り立っている。下層階級の人々

（アメリカでは、少数派人種の人々もしばしばこの中に含まれる）は、経済的な理由だけからでも、人生に悩んで豊かな小説の題材を提供するが、上流階級も、当然それなりの悩みやドラマがある上に、風俗の規範に関しては下層階級以上にきびしいものがあるから、小説の題材としてかならずしも負けていない。ウォートン作品はそんなことにも気づかせてくれる。

小説は基本型ばかりを目ざして書かれるものではないが、小説の歴史の中でウォートンのように、安定した読み物を、こういうスリル、こういう風俗描写とともに味わわせてくれる作家は、やはり立派だと言うべきだろう。

最後のショッキングな一行について、解説する必要はあるだろうか？「どんでん返し」のような驚きの結末、「サプライズ・エンディング」は、昔から行われている（ポーの「ヴァルデマー氏」にも、その気味がある）が、二〇世紀初頭にはもうO・ヘンリーがあらわれて、小説だかショート・ショートだかわからないサプライズ作品を書いて賞賛を博していた。ただし「ローマ熱」は、最後の一行があきらかにする、アンズリー夫人の穏やかな内面に潜みつづけた愛とプライドとエゴイズムの深さを描き出して、この点でも立派な心理探究の小説になりおおせている。夫人の「ローマ熱 Roman Fever」は、文字通りローマで熱烈な経験をすることだった。

5　ジャック・ロンドン「火をおこす」
Jack London, "To Build a Fire", 1908

この作品の主人公、名もない男は、北極の冬の大自然と闘う気がある。そこがまずすごい。そのため大自然についての知識もある。それは作者にも当然あって、そこがまたすばらしい。北極の冬に通暁した小説家というのは、簡単には見つからない。そのおかげで男の旅に豊かなリアリティが生じているし、登場人物が一人しかいない小説なのに、すこしも退屈しない、どころか緊張の連続のドラマが生まれている。

世界（の果て）の珍しい体験を記録する、というタイプの小説は、どこの国でも小説のドル箱だが、とりわけアメリカ小説ではそうだと言えるだろう。なにしろフロンティアの国であり、フロンティア精神をことほぐ国だから、珍しい体験の魅力に満ちている。早い話、メルヴィルは実際に船乗りだったし、カーヴァーは実際にアルコール依存症だった。それでも、北極の厳寒期に、凍てついた川の上を一人の男に歩かせるこの作品は、数あるアメリカ「体験小説」の中でも、文字どおり「極北」に位置するのではないだろうか。

一九世紀の末にアラスカのクロンダイク川流域地方でゴールドラッシュが起こり、数万人の大衆が押し寄せた。一九〇八年発表のこの作品は、そんな当時の事情を背景にしている。ロンドン（一八七六―一九一六）もアラスカに押し寄せた一人だったが、かれにはそれだけでなく、浮浪者、社会主義者、そして流行作家など、さまざまな経歴があって、奔放な生涯を送った人だった。

だからロンドンの小説のテーマも多様だが、いちばん核になる主題を言えば、人間の限界や卑小さを強調するペシミスティックな思想だろうか。理性や知性を謳歌し、繁栄と進歩を享受する、当時から大勢を占めていた人間観に反発して、自然や社会の法則、あるいは人間自身の欲望や「本能」の中に、そんな楽天的な人間観を簡単に粉砕する力を見いだす、そういう思想が、当時アメリカではさまざまな作家たちによって表明されて、かれらはロンドンもふくめ「自然主義」の作家たちと呼ばれてきた。それにしても、「大自然」の猛威をこれほど教えるこの作品が、「自然主義」のど真ん中に位置することによって、アメリカ自然主義は、ずいぶんくっきりした姿を見せている。それもいかにもアメリカらしい成り行きだった。

もっと具体的に言うと、誰でもとらわれる一攫千金の欲望をぎりぎりの底辺で描きながら、当時の社会背景を同時に浮かび上がらせる題材のすばらしさも、本作品の評価ポイントだろう。文章も荒くれ男の主人公にふさわしく、単純でときに乱暴だが粘り強い。そして冷たい。作者はいわば大雪原とともに、最後は主人公を冷たく突き放す。

ロンドンには『野生の呼び声』など、有名な長編作品もあるが、そのベストは「火をおこす」をはじめとする、アラスカもの短編集であるかもしれない。

6　ウィリアム・フォークナー「あの夕陽」
William Faulkner, "That Evening Sun", 1931

アメリカ二〇世紀小説を代表するヘミングウェイとフォークナー（一八九七―一九六二）のうち、人生の一断面を切り取る、現代的な短編小説の名手はヘミングウェイのほうだった。フォークナーは長編むきの作家だった。のみならず、長編一作だけで物語は完結せず、次々に別の長編に繋がっていく、不思議なスケールの想像力をフォークナーは備えていた。「あの夕陽」も、そもそも代表作『響きと怒り』の一種の前触れとして、コンプソン家の人々やディルシー一家のエピソードを語っている。主人公のナンシーも、のちに『尼僧への鎮魂歌』であらためて重要な役回りをになうことになる。

それでも、フォークナーにもすばらしい短編がいくつかあって、よく知られているのは本作「あの夕陽」と「エミリーへの薔薇」である。ここでは読みやすさの観点から前者を選んだ。

ここでフォークナーは、ヘミングウェイの手法を取り入れたかのように、子供の視点から、会話中心に描写を運び、繰り返しの多い記述によって緊張感その他の感興を表現している。そこがまず見事で、じっくり読ませる。ときおり混じる子供らしい、新鮮な比喩もすばらしい。

上述のフォークナー独特の想像力にもとづいて、この作品でも、主筋の物語とは直接関係のない人物(や名前)が数多く現れる。これは作品の外側にも、仮想された世界(これがいわゆる「ヨクナパトーファ・サーガ」の世界である)が展開していることを示す、一種の作品の「厚み」だと理解することができる。

主筋の物語にも、もちろん見どころはふんだんにある。まず、キャディとジェイソンがかわいらしい。子供らしさの中に性格づけがしっかりおこなわれて、かれらがどんなオトナに成長するか、楽しみでさえある(オトナになったかれらの姿は『響きと怒り』で明らかにされる)。長男である語り手クエンティンはおとなしいが、よく読むと、長男としての自覚と子供らしい欲求の両方を抱えて、どうしていいのかわからない逡巡ぶりが浮かび上がる。つまりこの作品は最終的に、語り手がすべてを冷静に、余すところなく語る小説ではない。語り手が語らないもの、語り得ないものが物語の核心をなす、そういう現代小説的な工夫も、ここには萌芽的に見られると言っていい。

さて、思春期にさしかかった少年少女がオトナの世界を覗くとき、愛や性の主題がそこに展開することは普通だし、階級の主題が現れることも珍しくないが、それらすべてに加えて人種差別の主題が、しかも自分自身を加害者としてすでに巻き込んでしまった構造として、あらわれるところが、アメリカ南部で白人が育つことの苛烈さであり、これがフォークナーの主要な主題の一つでもある。コンプソン夫妻に比して、クエンティンは、子供心にナンシーと親しみ、彼女に同情を寄せている。クエンティンは、ナンシーとジーザスの愛と性が深いものであることも、かれの目は部分的にとらえている。ところがナンシーのジーザスに対する異様な恐怖（それはおそらく、貧しさのゆえに売春をしたことへの罪の意識に由来している）を前にして、クエンティンは、いまや白人として、彼女を見捨てなければならない瀬戸際に立たされてしまった。もちろんクエンティンは、白人であることを選ぶほかはない。そのことが「うちの洗濯物は今度からだれが洗うの」というさりげないセリフに、万感を込めて表現されている。このセリフがさりげないのは、白人支配層にとって、黒人の運命はさしずめ、洗濯物の洗い手程度に軽く見なければならないと、クエンティンが差別の構造に対して、内心の悲しみを抑えて過剰適応しているからだと考えられる。差別の構造にあっては、差別される側ももちろん辛いのだが、する側も辛いのだ。念のために言えば、差別の構造を温存しておいて辛いと言ってみせるのは、白人側の卑怯な自己満足だと怒ってはいけない。小説の世界は民主主義なので、みんなが辛くていいのだし、実際そうなのだから。

ジーザスははたして、ナンシーを襲いに来るのだろうか？　それはわからないし、強いて言えばたぶん来ないだろう。だが、その結果の如何にかかわらず、クエンティンはこの最後の夜にナンシーを、使用人としてあえて見捨ててしまった。そのことの悲しみに焦点を合わせるために、ジーザスがけっきょくどうなったのかを、あえて書かずにすませたのである。

なお、本作のタイトル「あの夕陽」は、ブルース＝黒人音楽の代表曲「セントルイス・ブルース」の一節に由来している。

7　アーネスト・ヘミングウェイ「何かの終わり」
Ernest Hemingway, "The End of Something", 1925

ヘミングウェイ（一八九九―一九六一）のような短編の名手から一作品だけを選ぶのは至難だが、最初に読んだときにもっとも強烈なインパクトを受けた、という素直な基準から「何かの終わり」を選んでみた。「拳闘家」、「世の光」、「清潔で照明のあかるい場所」、どれも最高級の名作である。

「何かの終わり」は、どうしてインパクトが強烈だったのか。主題の深さと、描き方の鮮やかさということになるだろう。

ニックは最初から不機嫌だ。「きょうはマージョリーと別れ話をしよう」と決心し、ビルにもそのことを伝えておいた。でも、つらい。別れるのがつらいなら、別れなければいい、先延ばしすればいいのに、どうして決心を固めてしまったのか。前ほど楽しくなくなったからだ。どうして楽しくなくなったのか。誰しも経験があるように、時間がたったからだ。マージョリーに教えることがなくなったというのは、表面上の口実にすぎない。げんにまだニックは、釣りのしかたを彼女に教えている。そんなことよりニックは、時間がたてば恋のワクワク感が衰えることに失望して、やりきれない思いなのだ。そしてワクワク感が衰えた以上、別れるしかないと、少年らしく一途に思い詰めたらしい。こんなはずじゃなかったのに、という悔恨。その意味で、ニックは時間に敗れたのだ。ヘミングウェイの大きな主題である「時間」が、こういう自然なかたちで現れていることに読者はまず驚かされる。

しかも、こうした少年の切ない恋の終わりの物語を、作者は必要以上に(?)淡々と、簡潔に描いていく。幕切れの場面ではニックを放り出して、無関係なビルの描写で小説を終えるほどだ。まるでニックの悲しみを、いずれ「時間がたてば」それも過ぎ去ると言っているかのようだ。廃墟と化した製材所にも、生え直しの草が見えている。

だから、主人公は時間に敗れ、作者は時間に従う、ということなのだろうか。そう言えば、作者は物語の時間を逆行させる過去の紹介や回想、時間を止める場面描写や心理描写も、ほとんどおこなっていない。まるで映画カメラを回しつづけるように、描写は一定の速度で進んでいく。これは一つの方法論なのだろう。

この方法論を、「何かの終わり」一作からこれ以上考究していくことはできないが、こうした方法論の結果、短編小説がどのように刷新されたのかは、一作だけからでも十分にうかがい知ることができる。物語は断片化され、「物語＝人生」といったそれなりに自然だが長々しく穏やかな起承転結（それはウォートンなどの得意技だった）を失って、短刀の一閃のようなきらめきを獲得するのだ。このきらめきの鮮やかさにかけては、今でもヘミングウェイに並ぶ作家はいないと言ってもいいだろう。レイモンド・カーヴァーがヘミングウェイを尊敬していたことはよく知られている。文体など、似たところがあるのは本書でも確認してもらえるだろう。

主人公のニックは、ヘミングウェイが書いたもっとも自伝的な主人公で、自伝に照らすと、ニックがこの恋の経験をしたのは、第一次大戦従軍をへて、二〇歳を過ぎてからのことだと想定されている。ニックを思わず少年と呼んできたが、青年のほうが正しいのかもしれない。どちらにしても、ニックは年齢のわりに幼く見える。それはヘミングウェイ自身のオクテっぽい素直さを反映していると同時に、内面を描写しない方法論の必然的な結果でもあると考えられる。

ニックはつねに短編に登場し、ヘミングウェイの初期作品の主題と方法の実験をしっかり支えた主人公だった。

8　バーナード・マラマッド「殺し屋であるわが子よ」
Bernard Malamud, "My Son, the Murderer", 1968

ウォートンとは違った意味で、マラマッド(一九一四-八六)のこの作品もまたリアリズム小説の極致である。短い中に、人生の難しさと小説の力がギュッと詰まっている。言うことをきかない息子。息子にも悩みはあるが、親としてはどうしていいかわからない。家族の軋轢ほど、答えの出ない難問はないと古今の小説は教えているが、日本の読者なら、小説に教わるまでもなく理解しているだろう。

本短編集で、家族が主題になった作品が、マラマッドとボールドウィンと二作、広く考えてもジュエットとウォートンがこれに加わるに過ぎないことは、おそらく偶然ではない。アメリカは概して、家族のしがらみを抜け出した個人単位の活動を重んじる国だからだ。家族の小説を書くことで傑作をものする作家は、この国では多くない。これが日本だったら、半分以上家族の小説になったかもしれない。

アメリカで家族におのずから関心がむかうのは、伝統的に、女性作家と、少数派人種の作家たちだった。女性は家庭の中に押し込められてきたからであり、少数派人種の人々は、冷酷なアメリカ社会にあって、自分たちを励ましあい支えあうために、家族の結束を必要としたからである。マラマッドはユダヤ系であり、ボールドウィンは黒人の作家だ。

今、冷酷なアメリカ社会と思わず言ったが、問題は差別の構造ばかりではない、少数派人種の人々は、たいてい貧しい。ウォートンの章で(裏返しに)述べたように、この貧しいということが、じつは小説を面白くする手っ取り早い条件なのである。世の中、金さえあれば解決できる問題は多い。それでは金がないために解決がつかない問題を描いて面白いのかというと、これがどういうわけか面白いのだ。人生の苦い真実に直面するのは貧乏人だと、だいたい相場が決まっている。貧乏は現実を踏みしめる(ウォートンなどの例外もあるが)。

マラマッドがこの作品で見出した真実は、父親の台詞にきわまっている――「わしに言えることはただ、人生はなまやさしいものじゃないってことだ」。すべての近代小説の出発点は、ここにあると言ってもいい(これにはウォートンも同意するだろう)。

だがその前に、父親の帽子が風に飛ばされている。この「ズブズブの」小説(状況が行き詰まって打開されない、いかにも小説らしい状況の小説)で、帽子が飛ばなければ、話は小説にならなかったかもしれない。少なくとも、終わりがもっとダラダラしたかもしれない。父親は、自分のホンネを息子にぶつける勇気（というか、みじめな開き直り）を持てなかったかもしれない。その意味で、帽子を飛ばす風がこの作品の「救い」である。マラマッドはこういう「救い」をきちんと思いつく作家だ。

現代の読者としては、息子を尾行したり、息子宛ての手紙を勝手に開封する父親の態度は許せないだろうか。父親も悪いと知って、謝っている。それほど息子のことが心配だったのだ。そういう父親を、読者は許せなければ許さなくてもいい。小説は善人ばかりの世界ではない。やむにやまれぬこういう人もいるんだな、という諒解は、さほど想定外ではないだろうし、そういう人に、読者がやさしくなれればそれでいいのだ。

小説はいわば、「悪人正機説」なのである。

9　ジェイムズ・ボールドウィン「サニーのブルース」

James Baldwin, "Sonny's Blues", 1957

家族の愛、再発見される兄弟の深い絆、支えあって苦難を耐えしのぶ勇気を描いて、この作品は何も難しいところのない、（通俗的に言えば）「感動秘話」である。率直に人生を語って嫌味にならないところは、いわば人物たちの苦労の徳というものだろう。

「感動秘話」だけが小説ではないし、この種の感動がかならずしも小説の評価に直結するわけではないのはしかたがない。人生、そんなにいい話ばかりに満ちているわけじゃないからだ。だが、たまにはこういう、率直な感動話もあっていい。おまけにそこに、作者の祈りのようなものが込められている場合には、なおさら読者は胸を打たれる。兄弟の絆にも感動するけれども、それを描かねばならないと歯をくいしばる作者ボールドウィン（一九二四‐八七）にも感動する。

その意味で、語り手たち兄弟が目撃する伝道集会は、小説というものの役割を一つ象徴的に表しているとも言える。「集まっている連中も、全員見慣れているはずなのだ。それなのに、かれらは足を止めて見つめ、聞いているし、ぼくも窓辺でじっとしている」――まるで昔から相も変わらぬ小説が書店にたくさん並んでいるのに、どうして今さら小説を読むのか、とボールドウィンは言外に尋ねているようだ。答えは共通しているだろう。そこに共感があり、祈りがあるからだ。なぜか。人は「苦しまないで生きることはできない」からだ。その物語は「決して目新しいものではないが、いつでも話さなければならない。ほかに話すべきことはない」からだ。ボールドウィンはこうして、この作品で、小説が生まれる原点の場所に立っている。

ボールドウィンは黒人の作家として、トニ・モリソンと並べてもいいほどすばらしい作家だが、一九二四年生まれのかれの場合には、時代の政治状況が味方をしなかった感がある。人種差別に対する反発が、長いいらだちの期間をへて、暴力の方向、断絶の方向を目ざしていった混乱の五〇～六〇年代、その混乱は、文学の役割を乗り越えて、端的に暴動を含む大衆運動を求めがちだったために、小説を必要としなかったと言うこともできる。ときにはそういう時代もあるものだ。そのとき多くの若者たちは、音楽など感性的なものに、自己表現や自己実現の指標を求めた。モダン・ジャズ隆盛の背景はそのようなものだったと言われている。

それでもボールドウィンは、時代との対話を諦めなかった。粘り強く、愚直なまでに真摯な努力の証拠が、この作品である。混乱の渦中にあって、かれは若い世代と自分とのあいだで意思の疎通をはかり、かれらを理解するとともに、絶望に似たかれらのエネルギーを、すこしでも前向きなものとして評価したいと考えた。というより、夢見たのだ。

終盤の、サニーのカルテットの進行を言葉で描写していく一連のページは、ジャズの描写として秀逸ではないだろうか。言葉を探しながら、カルテットに同調し、かれらの内面のリズムに共鳴しようとしているボールドウィンは、もう一人のプレイヤーにさえなっている。言葉でジャズをする夢。

この物語は、全体として一幅の夢でもあるのかもしれない。ただし、もちろん現実を逃避する夢ではなく、現実に立ち向かうための夢、あるいは、誤解を怖れずに言えば、現実を耐えやすくするための夢である。小説とはそういうものでもあるだろう。

なお、バードと渾名されるチャーリー・パーカー（一九二〇-五五）は、「モダン・ジャズの父」とも呼ばれ、一九四〇年代に活躍したサックス奏者だった。かれもまた麻薬に苦しんだ一人だ。

本作品は、同じ松柏社の『しみじみ読むアメリカ文学』（二〇〇七年）で堀内正規氏によって訳出され、すばらしい解説を受けている。あわせて参照を願いたい。

10　レイモンド・カーヴァー「シェフの家」
Raymond Carver, "Chef's House", 1981

白人最下層に近い中年の夫婦。かれらにもかれらの周囲にも、アルコール依存症が蔓延している。ウェスとエドナはなんとかやり直しの生活をしようとするが、シェフの家を追い出されるに及んで、ふたたびかれらの生活は崩壊する。――自身アルコール依存症の経歴を持つカーヴァー（一九三九-八八）の独壇場とも言うべき小説世界だ。

エドナは必死に、すべてを忘れてやり直しの生活をつづけようと言う。ウェスは忘れることはできない、自分は生まれたときから自分なのだから、と言う。つまりアルコール依存症として引きずってきた過去を、いわば自分の、変えられない運命として受け入れてしまっているわけだ。なぜなのか、そこがすこし難しいかもしれない。

苦しみの中で、ウェスは悲観的な運命論者になってしまった、と見ることもできる。どうせおれは、いつまた酒に手を出すかわからないダメ男に生まれついているんだと諦め、諦める意地（＝開き直り）がかれを支えているのかもしれない。今も酒を求めたい衝動がかれを襲っている。

だが、それならなぜ、シェフの家でならやり直しができ、エドナとまた一緒にやっていけるとウェスは最初に思ったのだろうか。自分が立ち直るための、余裕のないエゴイズムだったのだろうか。そうかもしれないが、たとえばこのまま数年間、シェフの家に二人で住みつづけていられたら、子供たちも訪ねてくるだろうし、状況は好転していたかもしれない。ハッピーエンドが待っていたかもしれないのだ(それでは小説にはならないだろうが)。確かに希望はあったはずだ。

では、シェフの家は何が違うのか。もちろん、家賃がタダ同然で、働かなくていいという好条件が違うのだ。町へ出て働き出せば、二人がいくら愛し合っていても、条件はアルコール依存症におちいる前とまったく同じだ。元の木阿弥に戻らないと言い切るのは、あまりにも無責任、不誠実だろう。ウェスはそう考えているようだ。エドナに二度とあの悲惨な思いをさせてはならない、その決意だけは自分が自分である根拠であって、それを忘れて、「また失敗しちゃったらごめんね」と言わんばかりに気楽に他人になりすましてみることは、ウェスにはどうしてもできない。エドナを愛すればこそ、それは二度とできないと思っている。だからここで諦めるしかない。ウェスは、自分の将来を悲観しているというより、過去に責任をとる覚悟から出発して、みずからに楽観を禁じているのだ。それが「おれは、おれじゃないか」と言うときのかれの厳しい自己意識なのだろう。

だから物語は悲劇と言ってもいいほど、運命を自覚した主人公の決意のような強さを最後には感じさせるのだが、エドナの語り口は、まったく淡々としている。一つには、ウェスにふたたび愛された一夏が、かれの誠実さをあらためて照らし出し、おそらくロサンゼルスからはるばる千キロやってきた自分が、決してバカを見たのではない、むしろかけがえのない経験をしたのだと、納得したい思いから、多少とも叙情的なかたちで手記を書きとめておくことにしたからである。エドナの文体は（カーヴァーのふだんの文体とさほど変わりがないにしても）、ことさら確かめながら、思い出しながら書く素朴な文体になっている。

また同時に、ウェスとエドナを取り囲む社会風潮も、だいぶ現代的になっている。貧しさゆえの物語に違いないのだが、ひとむかし前のように、社会に対する不満、貧富の格差に対する怒りのようなものはない。どうしようもない現実を、どうしようもなく受け入れるところから出発している。だから淡々としているのだ。そのことが、現代的でもあり、日本的な諦観に近づいているようにも見える。

どうしようもない現実をそのまま受け入れて、それでどうして小説が成り立つのか？　その謎がカーヴァーの魅力であり、現実のすべてを拒絶した「バートルビー」から一八〇度反対側にたどり着いたアメリカ小説史の流れを一身に引き受けて、短編だけを少しずつ書いたかれの意義でもあるだろう。

カーヴァーは詩と短編しか書かなかった作家だから、短編の傑作はいくつもあるが、中でも『大聖堂』の作品群が異彩を放っているように思われる。「ぼくが電話をかけている場所」「大聖堂」など。ここでは一番短い、瞬間彗星のような「シェフの家」を選んでみた。超短編はヘミングウェイの伝統でもあり、アメリカ小説の本領の一つでもある。

次　リチャード・ブローティガン「東オレゴンの郵便局」

Richard Brautigan, "The Post Offices of Eastern Oregon", 1971

まずタイトルがすばらしい。ぜんぜん謎めいていないのに、何だろうと思わせる。可愛らしくて、読んでみたくなる。

ただしブローティガン（一九三三―八四）は、起承転結のきちんとした物語を書くことはほとんどなくて、作品はだいたいスケッチ風、日記風、エッセイ風の書きものの寄せ集めである。この作品も偶然に回想された旅行記みたいなものだ。つまり本来の「物語＝小説」という（ウォートン型の）定式が、すっかり壊れているのである。「物語、と聞いただけでウソくさい」、戦後の小説はそういう時代だった。現代はさしずめ、「ウソくさくてもいいや」という時代だろうか。

定式を壊すのは、小説ジャンルの前進のために大事なことだったが、それならただダラダラと勝手気ままに書けばいいのかというと、そうでもない。物語がないと、小説はかえって難しい。ブローティガンの場合には、独特のユーモアと「死への感受性」とでもいうべきものを個性として（この作品にもあふれているたくさんの小さな「死」を、見逃すべきではないだろう）、この一見すると勝手気ままに見える作品を統一している。そして大きなテーマもある。

この作品のテーマはもちろん、マリリン・モンローに象徴される「古き良きアメリカの死」である。こういう大きなテーマを、個人的でやさしい語り口で、しかも「死にはもう慣れてます」といった感じのカラッとしたユーモアをもって、ブローティガンは語る。ただし、結末の悲しさは格別だ。やっぱり死に慣れた人なんかいないのかもしれない。

そういうわけで、作品自体の奥行きが深いとは言えないかもしれないが、作品が足をつけている生活感覚・現実感覚は、それなりに深いことが見てとれるだろう。わが偏愛の理由である。ブローティガンは、戦後の「ビート世代」の末裔で、ヒッピーの世代、「フラワー・ジェネレーション」などと呼ばれる世代の出身である。ここでどうしても、スコット・マッケンジーの名曲「花のサンフランシスコ」を思い出してしまう。

サンフランシスコに行くのなら
髪には花を飾るといいよ
サンフランシスコに行くのなら
やさしい人たちにそこで会えるから

みなし子同然の生い立ちから出発し、あたかもマリリン・モンローのようにかわいそうな生涯を送ったブローティガンに、追憶の花をたむけたい。いや、作品という花をわれわれにたくさんくれたのはブローティガンのほうだ。冥福を祈って次点としたい。

なお本作の翻訳については、かつて発表した拙訳（古矢旬編『史料で読むアメリカ文化史5――アメリカ的価値観の変容』東京大学出版会、二〇〇六年所収）を改稿したものであることをお断りしておく。

＊　＊　＊

さて、こうして陣容がととのうにつれて、悩みがなかったわけではない。作品選択については、フラナリー・オコナーの「気のいい田舎の人たち」、ティム・オブライエンの「レイニー川で」などは、明らかにベストテンの水準に達していると思った。だがその二作を入れるとなると、例えばジュエットとロンドンを落とさなくてはならない。全体が戦後に片寄るし、メルヴィルの次にいきなりウォートンやヘミングウェイが来るのでは、いくらなんでも断絶が大きい、という思いがあった。つまり私のベストテン選びの基準の中に、アメリカ小説の流れをなんとなく反映し、前進させている作品を選びたいという思いが潜在していることに、私は遅ればせに気づかされることになった。こういうのを潜在一遇と言うのだろうか（笑）。

実際、作品ごとの解説を書いてみると、おのずと多少文学史的になっている。本書は文学史のためのアンソロジーではないのだが、文学史的な意義も、やはり作品評価の一端をになっているのだと、この際認めてお許しいただくよりほかないと考えている。

それを言うならブローティガンも、私の偏愛だけが掲載の理由ではない。かれが戦後小説の変質を表現しているという私なりの評価があってのことだった。と思いあたってみると、どうも私の中では、そもそも小説愛が歴史的であるのかもしれない。ともかくブローティガンはメルヴィルにも繋がっているし、カーヴァーにも繋がっている。ような気がする。

以上、ベストテンなどという、一見するといさぎよいスリムな英断が、乱暴な蛮行に過ぎなかったことをあとから反省するようで、我れながら見事なまでに恥ずかしいが、この恥ずかしいということが、小説を愛することなのだと、確信する自分もちゃんといたりするのだから如何ともしがたく、あとは読者諸氏の寛容を頼むばかりの、まな板の鯉の心地である。ただし、大好きな一一編の作品に囲まれて、本当にしあわせな鯉である。魚類全般が嫌いな私がここまで言うのだから間違いない（笑）。

出版に際しては、松柏社の森有紀子氏に、いつもながらたいへんお世話になった。心からお礼を申し上げる。

Acknowledgements

"Bartleby, the Scrivener" in *The Piazza Tales and Other Prose Pieces, 1839-1860*, Volume Nine, Scholarly Edition
Copyright © 1987 by Northwestern University Press and The Newberry Library.

"That Evening Sun," copyright © 1931 and renewed 1959 by William Faulkner; from COLLECTED STORIES OF WILLIAM FAULKNER by William Faulkner. Used by permission of Random House, an imprint and division of Penguin Random House LLC. All rights reserved.

"The End of Something" by Ernest Hemingway
Copyright © 1925 by Ernest Hemingway
Japanese language anthology rights arranged with Hemingway Foreign Rights Trust c/o Kevin M. Hubley CPA, Bozeman through Tuttle-Mori Agency, Inc., Tokyo

"My Son, the Murderer" by Bernard Malamud
Reprinted by the permission of Russell & Volkening as agents for the author.
Copyright © 1968 by Bernard Malamud

"Sunny's Blues," © 1957 was originally published in Partisan Review. Copyright renewed. COLLECTED IN GOING TO MEET THE MAN. Used by arrangement with the James Baldwin Estate.

"Chef's House" by Raymond Carver. Copyright © Raymond Carver, 1983; Tess Gallagher, 1989, used by permission of The Wylie Agency (UK) Limited.

"The Post-Offices of Eastern Oregon" from REVENGE OF THE LAWN by Richard Brautigan.
Copyright © 1971 by Richard Brautigan;
Renewal Copyright © 1999, by Ianthe Brautigan Swenson.
Reprinted with the permission of the Estate of Richard Brautigan; all right reserved. Japanese language anthology rights arranged with Sarah Lazin Books, New York through Tuttle-Mori Agency, Inc., Tokyo

編訳者略歴

平石貴樹（ひらいし・たかき）
一九四八年、北海道函館生まれ。アメリカ文学者、作家。東京大学名誉教授。
アメリカ文学書に『アメリカ文学史』（松柏社）、小説に『松谷警部と目黒の雨』『松谷警部と三鷹の石』『松谷警部と三ノ輪の鏡』（創元推理文庫）、『サロメの夢は血の夢』（光文社文庫）、『潮首岬に郭公の鳴く』『立待岬の鷗が見ていた』（光文社）、翻訳にウィリアム・フォークナー『響きと怒り』（共訳、岩波文庫）、オーエン・ウィスター『ヴァージニアン』（松柏社）など。

アメリカ短編ベスト10

二〇一六年六月二〇日　第一刷発行
二〇二一年三月二〇日　第三刷発行

編訳者　平石貴樹
発行者　森 信久
発行所　株式会社 松柏社
〒一〇二–〇〇七二　東京都千代田区飯田橋一–六–一
電話　〇三（三二三〇）四八一三
電送　〇三（三二三〇）四八五七

印刷・製本　中央精版印刷株式会社
装　幀　小島トシノブ（NONdesign）

ISBN978-4-7754-0237-5